ONIRIA

B.F. Parry

ONIRIA

Il Mercante della Sabbia

Traduzione di Sara Marcolini

MONDADORI

www.ragazzimondadori.it

Le illustrazioni dell'inserto a colori sono di Aleksi Briclot

Titolo dell'opera originale *ONIRIA. Le Disparu d'Oza-Gora*
Prima edizione giugno 2019
Stampato presso ELCOGRAF S.p.A.
Stabilimento di Cles (TN)
Printed in Italy
ISBN 978-88-04-71172-8

1

LA BELLA E LA BESTIA

Scortata passo a passo dalle sue onnipresenti guardiane, la principessa dei sogni avanzava lungo il cupo corridoio con una grazia che avrebbe fatto morire d'invidia le più grandi attrici del cinema. Lacchè imparruccati seguivano con sguardo discreto quell'apparizione celeste. La doppia porta battente della sala da pranzo si aprì con solennità e le tre donne-ragno si fermarono sulla soglia.

Lui era là. La stava aspettando. Aanor entrò nella sala con passo deciso.

«Siete radiosa» sussurrò la Bestia mentre chinava la testa nera per baciare la mano della principessa.

«E voi siete un essere abietto» replicò lei, asciugandosi la mano sull'abito da sera come se fosse un grembiule da cucina.

Le tre teste di drago abbozzarono lo stesso sorriso divertito.

«Vedrete che entro la fine della serata avrò assunto un aspetto più degno della vostra bellezza, cara principessa.»

«Avete già ridotto le vostre dimensioni a quelle di un essere umano per poter entrare in questa dimora» disse Aanor. «Fatemi un piacere, riducetele ancora di più, a quelle di uno scarafaggio magari, così che vi possa schiacciare con la punta della scarpa.»

Senza aspettare una risposta, la principessa si avvicinò al lungo tavolo imbandito per un grande banchetto. Con gesto esperto raccolse l'ampia sottana sotto le gambe e si mise a sedere sull'unica sedia, proprio di fronte a una robusta poltrona destinata ad accogliere l'ingombrante posteriore del drago.

«Volete cenare?» esclamò a quel punto con voce squillante. «Bene, ceniamo! Ma facciamo presto, per cortesia. Ho fretta.»

La Bestia si avvicinò alla sedia della giovane principessa fino a sfiorarla. Non c'era più traccia di sorriso sulla sua triplice faccia. La testa blu e quella rossa fissarono la ragazza dritta in viso, mentre quella nera le soffiava una leggera brezza tra i capelli.

«Ci prenderemo il tempo che serve» sussurrò infine con calma.

La testa rossa accese con un soffio le candele dei quattro candelabri posati sulla lunga tovaglia immacolata, rivelando una successione di piatti pomposamente ricoperti da cloche d'argento.

«Perché sia voi che io sappiamo bene che non avete altro da fare» aggiunse la testa blu con un sibilo glaciale.

Un brivido percorse la schiena di Aanor. Aveva ragione, certo. Lei non aveva altro da fare che una cenetta tête-à-tête con quel mostro. Erano quattro giorni che stava rinchiusa in quella prigione dorata, seguita ininterrottamente dalle tre terribili donne-ragno che avevano partecipato al suo rapimento. Quattro giorni che raccontava per via telepatica alla madre, la regina, tutti i dettagli che riusciva a dare sul luogo in cui veniva tenuta prigioniera: l'oscurità perenne, le grida incessanti, le case diroccate che intravedeva dalla finestra, gli avvoltoi che volavano senza sosta nel cielo nero, la puzza... Per Aanor, che non aveva mai conosciuto altro che gli splendori di Hedonis, la capitale, quell'ambiente era tanto nuovo quanto insopportabile. La regina Dithilde, sovrana di Oniria, aveva subito confermato l'intuizione della figlia: il lussuoso palazzo in cui era tenuta prigioniera si trovava nel cuore di Ephialtis, la cupa città in cui vivevano rinchiusi gli incubi. La regina era anche riuscita a localizzare con precisione la posizione dell'edificio.

Eppure, non succedeva niente. Aanor aspettava invano lo squadrone che doveva liberarla. Erano quattro giorni che sentiva sempre le stesse scuse dalla madre: la polizia del Regno, la CRAMO, ovvero la Cellula di Rapporto, Arresto e Mantenimento dell'Ordine, non aveva più il controllo sulla città degli incubi e non poteva avventurarsi alla cieca, tutte le truppe speciali erano state mobilitate per proteggere la popolazione e rinforzare la zona di confine, la sicurezza del Paese doveva venire per forza prima dei sentimenti di una regina nei confronti della figlia...

Alla fine, Aanor aveva bloccato tutte le comunicazioni mentali con lei. Non sopportava più di ascoltare le suppliche impotenti di una donna che aveva il compito di far regnare l'ordine nel mondo dei sogni, ma che non era nemmeno in grado di liberare la propria figlia dalle grinfie di quel drago. E, soprattutto, aveva capito che per scappare dal capo della rivoluzione degli incubi non poteva che contare su se stessa.

E su Eliott.

Lui, almeno, aveva provato a salvarla, anche se il suo tentativo era stato un fiasco eclatante. Aanor era fiduciosa: sapeva che il giovane Creatore non l'aveva dimenticata, che era da qualche parte a Oniria, intento a escogitare un piano per liberarla. Era solo una questione di tempo.

Ma doveva fare in fretta. Perché La Bestia non poteva solo incenerire uccelli in volo a cento metri con la sua testa rossa, con quella nera provocava tornado in grado di ridurre in briciole gli edifici più solidi e con quella blu congelava sul posto chiunque al minimo fastidio. La Bestia poteva modificare le proprie dimensioni a piacere e spostarsi da un'estremità all'altra di Oniria, nonostante le protezioni che impedivano agli altri incubi di uscire da Ephialtis. Quel mostro era anche già così potente da poter acquisire ogni giorno nuove capacità che sfidavano la più fervida immaginazione. Ben presto sarebbe stato invincibile e nessuno sarebbe più riuscito a fermarlo.

Neanche un Creatore così dotato come Eliott.

Con un gesto secco, un lacchè con la testa da rospo sollevò una cloche .

«Crêpe al cervello di orangotango su letto di ortiche» annunciò.

«Non esiste» ribatté Aanor distogliendo lo sguardo con aria disgustata.

«Dovete assaggiarle» suggerì il drago. «Le privazioni costanti a cui vostra madre e il suo amico grifone hanno sottoposto Ephialtis in questi ultimi anni hanno ispirato i nostri cuochi a creare prodigiose delizie di gastronomia atipica.»

Aanor osservò il drago mentre spiegava lentamente il tovagliolo per sistemarselo sulle ginocchia. A cosa serviva tutto quel teatrino? Cosa voleva veramente da lei quel mostro? Durante quei quattro giorni di prigionia, la principessa si era convinta che La Bestia non l'avesse presa in ostaggio soltanto per ricattare la regina. Infatti, parecchi indizi suggerivano che il suo rapitore la considerasse molto più che semplice merce di scambio. Per prima cosa, era evidente che La Bestia fosse informata su di lei nei minimi dettagli. Per esempio, gli scaffali nella camera fastosa in cui Aanor veniva tenuta reclusa contenevano grandi tesori della letteratura, tra cui alcune copie in perfetto stato di tutti i suoi libri preferiti, gli stessi che conservava con cura nella piccola capanna nascosta nel cuore del frutteto dove aveva incontrato Eliott la prima volta. Non poteva essere una coincidenza. E la cosa che più la inquietava era che, una volta arrivata in quel luogo, La Bestia si era dimostrata piena di attenzioni nei suoi confronti e si era interessata a lei dando ordini alla servitù perché la facessero sentire sempre a proprio agio e scusandosi regolarmente per il fatto di essere obbligato a tenerla prigioniera... Un atteggiamento che cozzava in maniera lampante con l'immagine del mostro crudele e spietato che la principessa si era fatta di lui a forza di sentirne parlare dalla madre. E poi c'era quell'abito splendido che le aveva fatto consegnare in camera qualche ora prima, accompagnato da un biglietto d'invito per la cena e queste parole manoscritte: "La vostra presenza al mio fianco sarà un onore".

Come se le avesse dato la possibilità di scegliere!

«Il mio cuoco si è fatto in quattro per voi questa sera, mia cara» commentò il drago. «Sarebbe una grande delusione per lui non riuscire a deliziare il vostro delicato palato.»

«Volete arrivare al punto?» sbottò Aanor. «Perché avete insistito tanto per cenare in mia compagnia questa sera, dopo avermi tenuta chiusa in camera per quattro giorni? Perché mi avete fatto consegnare quest'abito da imperatrice Sissi? Perché tutta questa messa in scena?»

Un altro ghigno si disegnò simultaneamente sulle tre bocche del drago.

«Ho un paio di cosette da spiegarvi. Cose che il vostro precettore non ha di certo ritenuto utile inserire nel vostro programma di istruzione.»

«Quali cosette?» incalzò Aanor.

«La verità» sibilò La Bestia.

«Sono tutt'orecchi» replicò la principessa con aria di sfida.

I tre ghigni si allargarono in perfidi sorrisi. A un segnale della testa nera, il rospo servì le crêpe fumanti nei piatti e poi si ritirò. Nel momento in cui il lacchè aprì e richiuse la porta, risuonarono grida che venivano dall'esterno. Aanor gettò un'occhiata allarmata verso una grande portafinestra che dava sulla strada. La Bestia, invece, non ebbe alcuna reazione. Tagliò un pezzo di crêpe, se lo portò alla bocca blu e si abbandonò a un sospiro soddisfatto. Annusò con il naso rosso un bicchiere di vino dello stesso colore e fece schioccare la lingua di piacere. Poi, senza smettere di mangiare con le altre due teste, conficcò gli occhi gialli della testa nera in quelli dorati della principessa.

«Cosa sapete dirmi di Ephialtis e degli incubi?» le domàndò.

«È un'interrogazione?» domandò la principessa.

«Limitatevi a rispondere, per cortesia.»

Aanor sbuffò, irritata. Bevve un sorso d'acqua, poi posò il bicchiere sul tavolo.

«Ephialtis è il territorio degli incubi» recitò infine, «il luogo in cui si svolgono la maggior parte dei brutti sogni che fanno gli abitanti del mondo terrestre, e di conseguenza il luogo di nascita della maggior parte degli incubi. I Maghi che ci arrivano sono quasi tutti in preda all'inquietudine o alla paura, quindi Ephialtis e i suoi abitanti rappresentano il loro malessere profondo, infatti sono orribili, ripugnanti e pericolosi. Tuttavia, può accadere anche che certi Maghi creino incubi al di fuori del territorio di Ephialtis, o che certi Maghi facciano uscire i loro incubi da Ephialtis nel corso di un sogno, perciò gli squadroni della CRAMO vigilano affinché tutti gli incubi vengano riportati nel loro habitat naturale il più rapidamente possibile per evitare che provochino confusione e terrore nel resto di Oniria. Da qualche mese, certi incubi – su vostra malsana istigazione – reclamano l'apertura delle Porte che circondano Ephialtis nella speranza di ottenere soddisfazione terrorizzando la popolazione di Oniria alla prima occasione. Non capiscono, a quanto pare, che agendo in questo modo danno alla regina solo motivi in più per non cedere al loro ricatto.»

Le zampe artigliate della Bestia si sollevarono sopra il piatto in un applauso sinistro.

«Vedo che avete imparato bene la lezione. La propaganda di vostra madre funziona a meraviglia, persino con la sua stessa figlia. Complimenti a Sua Maestà! Un'opera d'inganno perfetta!»

«Non vi permetto di...»

«Non ho ancora finito!» la interruppe la testa blu, il cui respiro glaciale spense in un colpo solo tutte le candele che rischiaravano la lunga tavola.

Nell'oscurità, il rumore che saliva dalla strada si fece ancora più evidente. Mormorii, conversazioni sovrapposte, canti, qualche grido. Il brusio di una folla in attesa. Ancora una volta, Aanor si voltò verso la portafinestra.

«Avvicinatevi pure, principessa» le suggerì il drago con voce cavernosa. «Andate a vedere con i vostri occhi com'è il popolo di Ephialtis. Avvicinatevi, ma fatelo in modo che nessuno possa vedervi. Sarà meglio per voi, credetemi.»

Aanor si alzò in silenzio e andò alla portafinestra. Rimase nascosta dietro la pesante tenda di velluto blu e avvicinò solo la testa al vetro, evitando con cura il bagliore pallido che un lampione diffondeva dalla strada. Erano a centinaia, forse anche a migliaia, tutti ammassati lungo un marciapiede lurido. Una folla di pezzenti vestiti di stracci illuminati da torce. Uomini, donne, bambini dal viso spento tenevano tutti lo sguardo rivolto verso quella finestra. Tra loro, corpi menomati, malati, gobbi, sdentati e qualche creatura non umana dall'aspetto incerto... Aanor aveva già visto qualche loro simile, prima che la madre espellesse da Hedonis tutti gli esseri brutti e cattivi che la infestavano. Ma non aveva mai visto – e neanche mai vagamente immaginato – una tale concentrazione di miseria. Provò un senso di nausea.

«La popolazione di Ephialtis è formata perlopiù da poveri disgraziati la cui unica colpa è quella di essere stati creati malati, deformi o in qualche modo spaventosi» spiegò La Bestia. «A loro si aggiungono tutti gli animali giudicati sgradevoli, per esempio lupi, ragni, serpenti, pipistrelli, e altre creature più o meno pensanti, ovvero mostri, zombi, vampiri, streghe, arpie... In gran parte si tratta di esseri inoffensivi che fanno paura solo ai Maghi, ma a causa della politica di vostra madre sono costretti a vivere nell'ambiente malsano di Ephialtis.»

«Inoffensivi!» sbuffò Aanor. «Questo lo dite voi!»

«Dovete capire com'è la vita a Ephialtis» continuò La Bestia. «Qui è praticamente sempre notte, fa freddo e piove spesso. La terra non produce nulla o quasi: quando si scava, è più probabile trovare una mina antiuomo o un cadavere che patate da mangiare. Sia la città che i quartieri circostanti sono inquinati, sporchi, intasati di rifiuti e agli abitanti manca tutto. I rifornimenti che arrivano dal magazzino reale sono insufficienti, e tutto ciò di cui qui avremmo bisogno dall'altra parte del confine esiste in abbondanza. Ormai non si contano più le trappole, i labirinti, le prigioni insalubri o i precipizi senza fondo che spuntano qua e là secondo i capricci dell'immaginazione di Maghi spaventati. Fanno stragi da tutte le parti, ora dichiarando una guerra, ora scatenando un'epidemia di colera... Una volta, anche se la gran parte degli incubi nascevano a Ephialtis, erano rari quelli che sceglievano di restare qui: i più scappavano da questo luogo nauseabondo per andare a insediarsi in un'altra regione, dove conducevano un'esistenza pacifica in mezzo agli altri Oniriani. Oggi, però, Ephialtis è diventata la più terribile delle prigioni per tutta questa gente il cui unico crimine è quello di esistere. Ecco, principessa, è questo che fa vostra madre da oltre dieci anni.»

Aanor non rispose. Guardava in silenzio la folla di disgraziati ammassati sotto la finestra. Osservò a lungo un bimbo che provava a camminare nella melma di un canale di scolo. Continuava a cadere a terra, si alzava, cadeva di nuovo.

«Sembrate molto sicuro di voi nell'affermare che quelli non sono né ladri né criminali» mormorò infine con voce strozzata.

Il drago si alzò e la raggiunse dietro la tenda.

«Certi sono dei veri e propri furfanti, senza dubbio» replicò. «Ma i più sono cittadini onesti che chiedono una cosa sola: la possibilità di condurre un'esistenza dignitosa. Quella povera gente non merita di vivere nell'inferno di Ephialtis.»

Il drago fece una pausa e le avvicinò la testa blu all'orecchio.

«Voi mi direte che non posso darvi prova a sostegno di quanto affermo» mormorò con il suo alito gelido. «Ma io so che non ne avete bisogno. Mi sono informato sul vostro conto, principessa. So, per esempio, che voi siete incapace di mentire. E so anche che avete il dono di percepire le menzogne degli altri. Quindi sapete che vi ho detto la verità. Proprio come sapete già da molto tempo che vostra madre mente a se stessa pensando di agire per il bene del popolo, anche se vi rifiutate di ammetterlo. Privando milioni di individui di un'esistenza dignitosa, la regina Dithilde ha piantato con le proprie mani i semi della rivoluzione che provocherà la sua sconfitta. Questa gente ha sete di giustizia e la otterrà.»

Aanor nascose nell'ombra della tenda gli occhi arrossati per la vergogna e la rabbia. Le condizioni di vita di quella povera gente le facevano rivoltare lo stomaco, e che proprio sua madre fosse la responsabile di quella situazione era un pensiero insopportabile.

Si levarono delle grida dalla strada. Si era formato un assembramento proprio sotto la finestra. Dita febbrili erano puntate verso la tenda.

«È ora che faccia una piccola apparizione» dichiarò La Bestia.

Il drago fece qualche passo e inspirò profondamente, come un attore che si prepara a entrare in scena, poi aprì i battenti della portafinestra e uscì sul balcone. Subito scoppiò uno scroscio di applausi intercalato da grida esultanti. Durò parecchi minuti e La Bestia dovette chiedere silenzio più volte prima di ottenerlo. Nascosta dietro la tenda, Aanor non si perdeva nulla della scena. Sentire la folla che acclamava quel mostro come un eroe le dava la nausea.

«Amici miei, oggi è un grande giorno» annunciò La Bestia. «Ho appena saputo che i nostri alleati, i lupi mannari, hanno portato a segno un colpo che la regina non si aspettava: hanno attaccato una carovana oza-goriana e ucciso un abitante della città della Sabbia.»

Aanor soffocò un grido. Un Oza-Goriano assassinato? Ormai gli incubi non avevano più limiti! Certo, era già capitato che i rivoluzionari guidati dalla Bestia uccidessero degli Oniriani. Ma tutti gli abitanti di Oniria, sogni o incubi che fossero, avevano la particolarità di non morire mai davvero: se un'altra creatura li ammazzava, in un tempo più o meno breve poi resuscitavano sempre. Uccidere un Oza-Goriano, invece, aveva conseguenze ben più gravi.

Malgrado vivessero nel mondo dei sogni, gli Oza-Goriani non avevano molto in comune con le altre creature di Oniria. Non erano creati dai Maghi, ma si riproducevano tra loro come i Terrestri, potevano evolvere e acquisire nuove capacità attraverso l'apprendimento, e soprattutto la loro morte era definitiva, caratteristica che li rendeva particolarmente fragili. Eppure, erano indispensabili: senza la Sabbia che distribuivano, i Terresti non avrebbero sognato e Oniria non sarebbe esistita. Per questo vivevano al riparo nel dominio di Oza-Gora, un territorio in cui nessun Mago poteva penetrare e gli Oniriani solo in casi eccezionali. Era anche per questo che erano considerati da tutti gli abitanti di Oniria, incubi compresi, come un popolo sacro che chiunque aveva il dovere di proteggere.

Aggredendo volontariamente un Oza-Goriano, gli incubi rivoluzionari avevano infranto un tabù.

Fuori, la folla si agitava in preda alla confusione più totale. Tutti si scambiavano sguardi allarmati, si parlavano all'orecchio, gettavano occhiate al balcone... In poche parole, non sapevano come reagire.

«Come hanno osato i lupi mannari attaccare il popolo sacro?» gridò una voce possente. «Noi non abbiamo mai dato la nostra approvazione a compiere un tale crimine.»

Un'onda di creature terrorizzate si allontanò precipitosamente dal punto in cui si era levata la voce, lasciando un ampio cerchio vuoto in mezzo alla folla. Al centro, un minotauro alto come due uomini e muscoloso come un eroe dei fumetti protendeva verso il balcone la sua gigantesca testa di toro.

«Però io sì» tuonò La Bestia. «Questo può bastare.»

Una fiammata potente e precisa uscì dalla gola rossa del drago. Qualche istante dopo il minotauro non era altro che un mucchietto di ceneri.

«Amici miei» riprese La Bestia con l'enfasi di un grande oratore, «ho autorizzato io l'attacco agli Oza-Goriani, perché in questo modo abbiamo dimostrato la nostra determinazione alla regina Dithilde. Non potrà più fingere di ignorarci!»

Qualche applauso risuonò tra la folla.

«Abbiamo dimostrato alla regina Dithilde che niente e nessuno potrà mai fermarci!»

Altri applausi.

«Abbiamo dimostrato alla regina Dithilde che nessuno più a Oniria potrà dormire tranquillo finché lei non avrà restituito la libertà al popolo degli incubi!»

Uno scroscio di applausi. La folla esultava. Tutti si misero a ballare, gridare, cantare. C'era anche chi agitava cartelli con l'immagine della Bestia. Di tanto in tanto si levava un grido: «Viva i lupi mannari!», «Viva La Bestia!», «Viva gli incubi liberi!».

La Bestia alzò le zampe in segno di vittoria e venne intonato un canto marziale, seguito da lunghe acclamazioni. Infine, il drago chinò brevemente le sue tre teste e si ritirò. Era appena rientrato nella sala da pranzo quando risuonarono altre grida: «Consegnateci la principessa! Consegnateci la principessa!».

Aanor indietreggiò di qualche passo.

«Non temete» disse La Bestia chiudendo la portafinestra, «non ho alcuna intenzione di darvi in pasto a quelle creature assetate di vendetta.»

«Perché?» domandò Aanor con voce piatta mentre tornava a sedersi. «Per voi, la mia sorte è più importante di quella del minotauro?»

«Il minotauro ha avuto ciò che meritava. E mi serviva per dare una lezione a tutti e assicurarmi il pieno supporto della folla.»

Aanor scoccò un'occhiata piena d'odio al suo rapitore.

«Quanto a voi» continuò La Bestia, «si dà il caso che siate il pezzo forte del mio piano più ambizioso.»

«Finalmente siamo arrivati al sodo» sospirò Aanor. «E quale sarebbe questo piano?»

Il drago aprì la bocca per rispondere, ma fu interrotto da un urlo che sembrava provenire dalle viscere della terra. Non era la prima volta che la principessa udiva quel grido. Lo aveva già sentito più volte da quando era prigioniera della Bestia. Nel corso di tutta la giornata, le pareti del palazzo tremavano al ritmo di quella voce straziante.

«Mi vedo costretto a lasciarvi» annunciò il drago. «Ma non temete, non mi assenterò a lungo.»

La Bestia batté le zampe. Immediatamente, la doppia porta della sala da pranzo si aprì e comparvero le tre donne-ragno. In pochi secondi ripresero il loro solito posto, ognuna a meno di un metro da Aanor. Un altro urlo fece tremare il pavimento e il drago scomparve. Volatilizzato.

Dopo circa mezz'ora di attesa, durante la quale l'unica distrazione erano stati i movimenti furtivi delle sue guardiane e il clamore occasionale che saliva dalla strada, Aanor si decise a ispezionare ciò che si trovava sotto le cloche d'argento disposte sulla tavola. Ripose la prima subito dopo averla sollevata senza nemmeno cercare di capire cosa fosse: il fetore ripugnante che ne era emerso era bastato a dissuaderla dall'assaggiarlo. Passò in rassegna diversi piatti, tutti altrettanto disgustosi, prima di trovare un dolce alle ciliegie che destava sospetti solo a causa del suo strano colore nero. Aanor si chinò per annusarlo. Aveva un buon odore di frutta e zucchero. Le brontolò lo stomaco per l'impazienza. Prese un piattino, si servì un'abbondante porzione e tornò a sedersi al proprio posto.

La principessa stava per infilzare l'ultimo boccone quando una voce le risuonò alle spalle, irrigidendole tutti i muscoli del corpo.

«Perdonatemi la lunga assenza» si scusò il mostro. «Qualche aggiustamento dell'ultimo minuto.»

Aanor si voltò. Un attimo dopo, la forchettina che teneva in mano andò a schiantarsi con fragore sul pavimento lucidato della sala da pranzo. La ragazza, paralizzata, sbatté le palpebre per assicurarsi di non essere vittima di un miraggio. Invece no.

La Bestia si era davvero trasformata in un essere umano. E non in uno qualsiasi: aveva l'aspetto affascinante e tenebroso di un bad boy di Hollywood.

«Vi avevo avvertita, mia cara, che avrei assunto un aspetto più conforme alle vostre abitudini entro fine serata» commentò il giovane con un sorriso che sarebbe riuscito a sciogliere un lago ghiacciato.

Aanor abbassò lo sguardo per non prolungare troppo l'effetto che il fascino diabolico di quel ragazzo aveva su di lei. Nelle viscere provava un misto incerto di attrazione, terrore e disgusto.

«Non vi piace il mio nuovo aspetto?» domandò La Bestia rimettendosi a sedere a tavola.

«Come avete fatto?» replicò Aanor senza sollevare gli occhi.

«Questo, mia cara, è un segreto. E state certa che per voi ho in serbo molte altre sorprese.»

«Da parte vostra non mi aspetto nulla di buono.»

«Dite sul serio?» replicò La Bestia, offesa. «Il vostro punto di vista è tipico degli abitanti di Hedonis. Per i miei fratelli incubi, invece, sono l'eroe della rivoluzione.»

«Una rivoluzione che non sarebbe mai scoppiata senza il vostro intervento» commentò Aanor.

«Vero» ammise La Bestia. «Serviva un sobillatore per attizzare la collera latente in questi miserabili, per motivarli a reclamare giustizia, per dimostrare loro che era possibile. Serviva un salvatore, e sono fiero di esserlo.»

«Come potete definirvi un salvatore!» gridò Aanor alzando la testa. «Voi non avete rispetto per niente! Né per le leggi, né per i costumi, e tanto meno per questa gente che fingete di aiutare, ma che in realtà disprezzate.»

«Non mi avevano mentito» commentò il tenebroso apollo con voce mielosa.

«A che proposito?»

«A proposito della vostra intelligenza, principessa» sussurrò La Bestia. «Riconosco che i miei metodi non sono tra i più eleganti. Ma dovete ammettere che funzionano.»

«I vostri metodi hanno un nome» replicò Aanor. «Si chiama terrorismo. E niente, assolutamente niente, li può giustificare.»

«Tutto dipende dal punto di vista. Qui, noi li chiamiamo resistenza. Non facciamo altro che lottare contro l'oppressione della CRAMO con le uniche armi che ci hanno lasciato.»

«No!» protestò la principessa. «Sarebbe resistenza se voi attaccaste direttamente la CRAMO. Ma voi mandate le vostre truppe contro civili inoffensivi, a violentare le donne, a rapire i bambini, bruciare le case, torturare, massacrare. Vi rallegrate quando viene ucciso un Oza-Goriano innocente, anche se sapete perfettamente che il popolo della Sabbia non c'entra niente. È ignobile. Dovete mettere fine a questa barbarie!»

La principessa si era alzata dalla sedia, i pugni puntati sulla tovaglia immacolata. Grosse lacrime di rabbia le rotolavano lungo le guance. La Bestia rimase a osservarla a lungo, le mani giunte davanti alla bocca, l'aria pensierosa. Infine, con calma abbassò le braccia e protese il busto fino a toccare la tavola.

«Almeno su un punto siamo d'accordo» mormorò.

Aanor si rimise a sedere in silenzio, confusa.

«In effetti, credo che la guerra psicologica abbia fatto il suo tempo» continuò La Bestia, «e che la nostra tattica debba entrare in una nuova fase. Una fase molto promettente che avrà come obiettivo far capire a tutta la popolazione di Oniria la purezza delle nostre intenzioni. E sarete voi, mia cara, che ci permetterete di passare dalle tenebre alla luce.»

«Io?» si meravigliò la principessa.

«Sì, voi. Fra sei giorni vi sposerò davanti al popolo degli incubi riunito. Annunceremo il matrimonio all'ultimo momento per evitare sorprese da parte dei nostri amici della CRAMO. Sarà una grande festa, vedrete. Diventando mia sposa, dimostrerete agli Oniriani che non c'è nulla da temere da parte degli incubi e che noi siamo dei cittadini del Regno come gli altri.»

«Mai!» strillò Aanor, il cui colorito avorio stava diventando bianco come uno straccio. «Mi rifiuto!»

La Bestia batté le mani. Subito, la porta si aprì e le tre donne-ragno ripresero posizione.

«Non vi sto chiedendo la vostra opinione, mia cara» commentò con indifferenza. «Tra sei giorni. Fatevi trovare pronta.»

Fece alcuni passi, poi si fermò e rivolse alla principessa un sorriso machiavellico.

«Oh, un'ultima cosa» aggiunse infine. «Non sperate di comunicare la lieta novella a vostra madre o a chiunque altro. Uno degli effetti di quel delizioso dolce alle ciliegie che avete appena gustato è di interrompere le comunicazioni telepatiche. Si tratta solo di un effetto temporaneo, ovviamente. Tornerete in possesso di tutte le vostre facoltà dopo il matrimonio. Vi auguro una buona notte.»

La Bestia si voltò sbattendo gli stivali e lasciò la sala.

2

COMPLICAZIONI

Da quando l'Eurostar era uscito dal tunnel sotto la Manica e il suo cellulare si era riconnesso alla rete, Christine aveva fatto una telefonate dietro l'altra. Chiamate di lavoro, ovviamente. Christine lavorava sempre. Anche di domenica. D'altronde era per questo che le avevano proposto il lavoro dei suoi sogni in un importante studio legale di Londra. Ed era per questo che la famiglia Lafontaine aveva appena trascorso un fine settimana nella capitale britannica, alla ricerca di un appartamento da prendere in affitto.

Abituati a non farsi notare troppo, i suoi tre figli leggevano in silenzio. Chloé divorava un romanzo la cui copertina mostrava una principessa con jeans e diadema in groppa a un pony, mentre Juliette era immersa in un manuale sul corpo umano. Eliott, invece, provava con scarso successo a ripassare una lezione di grammatica. Stava cercando di capire le particolarità della concordanza del participio passato quando il volume della voce in sottofondo aumentò bruscamente. Girò la testa verso la matrigna. Christine stava facendo una delle sue sfuriate al telefono.

«Ma come!» strillò. «Avete solo UNA baby-sitter disponibile questa settimana! Ma allora a cosa serve rivolgersi a un'agenzia?»

«...»

«Come sarebbe a dire che ho criteri troppo selettivi? Mi serve solo una persona abbastanza autoritaria da farsi rispettare da un dodicenne ribelle e abbastanza intelligente da aiutare nei compiti due bravissime bambine di seconda elementare. Non può essere così complicato!»

«...»

«Gliel'ho già detto: dalle quattro del pomeriggio alle dieci di sera. E voglio che sia la stessa persona tutti i giorni. Faccia uno sforzo, si tratta solo di qualche settimana! Poi ci trasferiremo durante le vacanze di Natale.»

«...»

«Certo che no, non posso rientrare prima alla sera! Devo seguire il mio lavoro e lo prendo molto sul serio, signora! Perché, al contrario di lei, faccio sempre tutto il possibile per esaudire le richieste dei miei clienti!»

Christine pigiò con rabbia sul tasto rosso del cellulare e abbassò lo sguardo sui tre che la stavano osservando.

«Cosa avete da guardarmi così?» gracchiò.

Immediatamente, tutti e tre si rituffarono nella lettura.

Un taxi li aspettava alla Gare du Nord, e poco dopo i quattro si ritrovarono davanti all'ingresso del palazzo in Rue de Lisbonne, nel cuore di uno dei quartieri più eleganti di Parigi. Felice di essere di nuovo a casa, Eliott imboccò le scale a tutta velocità. Una volta raggiunto il pianerottolo del secondo piano, schiacciò l'interruttore a tempo per accendere la luce ed ebbe un tuffo al cuore. Seduta sullo zerbino, con la testa appoggiata alla porta dell'appartamento, mezza addormentata, li stava aspettando Mamilou.

«Nonna!» gridarono in coro Chloé e Juliette non appena arrivarono sul pianerottolo.

Mamilou si svegliò di soprassalto e accolse a braccia aperte i due piccoli bolidi che si erano lanciati verso di lei.

«Sono così contenta di vederti!» esclamò Chloé ricoprendola di baci.

«Ci sei mancata tantissimo!» aggiunse Juliette.

«Anche voi mi siete mancate tanto, bambine» mormorò Mamilou alzandosi in piedi.

Eliott non sapeva se andare anche lui ad abbracciare la nonna. Certo, era contento di vederla, ma l'ultima volta che si erano incontrati, la loro conversazione era degenerata in un'accesa discussione. Mamilou alzò la testa e rivolse al nipote uno sguardo infinitamente tenero. E anche infinitamente triste. Lui capì subito che era successo qualcosa. Qualcosa di grave.

«Cosa ci fai qui, Louise?» gracchiò la voce glaciale di Christine, proprio dietro Eliott.

«Buongiorno, Christine» replicò Mamilou con le gemelle ancora avvinghiate a sé. «So che mi hai chiesto di mantenere le distanze. E ho rispettato il tuo volere per tutta la settimana scorsa. Ma ho una cosa importante da dirti.»

«Allora dilla» tagliò corto Christine.

«Credo sia meglio entrare in casa» replicò Mamilou.

Si spense la luce. Il timer si era fermato. Christine premette di nuovo l'interruttore. Senza dire nulla, tirò fuori il mazzo di chiavi, si avvicinò alla porta e l'aprì. Eliott entrò per ultimo nell'appartamento. Con un nodo alla gola, si richiuse piano il battente alle spalle, temendo il peggio.

Tutti si diressero verso il salotto. Le gemelle non smettevano di schiamazzare, raccontando alla nonna tutto quello che avevano visto a Londra. Sembravano non rendersi conto che Mamilou non le stava ascoltando.

«Allora, di cosa si tratta?» chiese Christine sedendosi su una di quelle poltrone antiche che le erano costate una fortuna da un antiquario.

«Philippe è peggiorato» annunciò Mamilou. Il chiacchiericcio delle gemelle cessò di colpo. Eliott fece un lungo respiro, sperando di riuscire a trattenere le lacrime che gli salivano agli occhi. «Ci sono state delle complicazioni» continuò Mamilou con voce soffocata dall'emozione. «È stato in coma per troppo tempo e un rene ha smesso di funzionare. Per il momento l'altro funziona, ma non ce la farà a lungo da solo. Qualche settimana al massimo. I medici pensano che Philippe morirà prima di Natale.»

Eliott smise di lottare contro l'inevitabile e gli si bagnarono gli occhi. Christine si abbandonò a un sospiro quasi impercettibile. Solo Eliott lo notò. Niente sfuggiva a quello che lui stesso chiamava il suo dettagliometro: una capacità di osservazione molto superiore alla norma. Si voltò. La matrigna aveva il viso sfigurato. Non appena avvertì lo sguardo di Eliott, Christine si ricompose e riprese la sua solita espressione, impassibile come una statua di cera.

«Si può vivere anche con un rene solo!» obiettò Juliette. «L'ho letto nel mio libro sul corpo umano. E poi, anche se papà ha un problema con il secondo rene, possono fargli la dialisi! E magari anche un trapianto!»

«I medici metteranno vostro padre sotto dialisi se avranno la speranza di poterlo salvare, Juliette» mormorò con dolcezza Mamilou. «Ma se si trova in un reparto di cure palliative, è proprio perché si sta dirigendo piano piano verso la morte. Questo problema dei reni non fa altro che accelerare le cose.»

Juliette fece la smorfia imbronciata di chi si rifiuta di accettare la realtà. Chloé, invece, scoppiò in singhiozzi. Eliott fece appena in tempo a vedere Mamilou che stringeva le gemelle tra le braccia prima che le lacrime gli offuscassero completamente la vista.

Dopo qualche istante, Christine si alzò in piedi.

«Bene» esordì indicando la porta, «grazie per essere venuta a darci questa informazione, Louise. Adesso siamo tutti stanchi, è ora di andare a letto. Sai dov'è l'uscita.»

«Oh, ti prego, mamma...» piagnucolò Chloé tra i singhiozzi. «Mamilou può stare qui con noi come prima?»

«Mamilou non abita più qui» replicò Christine in tono stanco.

«Solo per questa sera!» supplicò Juliette.

«Ho detto di no!» gridò Christine. «Ora vattene, Louise, per favore, prima che le bambine diventino insopportabili.»

Mamilou non si mosse di un centimetro.

«Christine» le disse con voce dolce, ma ferma, «so che abbiamo i nostri contrasti e mi prendo la mia parte di responsabilità. Però non credo che sia il momento di scontrarci. La sola cosa che dobbiamo fare ora è sostenerci a vicenda.»

Christine non replicò.

«Non ti chiedo di tornare ad abitare qui» continuò Mamilou. «Non vuoi tenerti la suocera in casa e posso capirlo. Ma lascia almeno che mi occupi dei bambini. Lascia che vada a prenderli a scuola e che mi occupi di loro fino a quando non torni la sera. Loro hanno bisogno di te e hanno bisogno anche di me. Ora più che mai.»

Christine chiuse gli occhi e fece un lungo respiro.

«Suppongo che tu abbia ragione» ammise infine. Si diresse verso il mobile nell'ingresso, aprì un cassetto e ne tirò fuori una chiave dell'appartamento che porse a Mamilou.

«Ti avverto che Eliott è in castigo fino a nuovo ordine. E che non può permettersi più di fare sciocchezze a scuola. La settimana scorsa è scappato durante un'ora di punizione. La prossima volta verrà sospeso.»

«Farò in modo che si comporti bene» la rassicurò Mamilou.

«E le bambine hanno un esame di solfeggio giovedì sera» aggiunse Christine.

«Le farò esercitare.»

«Bene, allora a domani. Rientrerò tardi. Ho una cena con dei clienti.»

«Nessun problema.»

Mamilou prese la chiave. Abbracciò le gemelle, poi Eliott, e si diresse verso la porta d'ingresso.

«Louise!» la chiamò Christine.

Mamilou si voltò, pronta a ricevere altre istruzioni, ma non fu così.

«Grazie» mormorò Christine dopo un breve silenzio.

Mamilou sorrise. «Di niente» rispose infine.

Senza aggiungere altro, Christine si incamminò verso la

cucina, seguita dalle gemelle. Mamilou si allontanò nella direzione opposta.

«Nonna, aspetta!» gridò Eliott. La raggiunse quando ormai stava già per aprire la porta e si voltò per accertarsi che Christine e le gemelle non potessero sentirli. Poi la guardò dritto negli occhi. «C'è ancora una speranza per salvare papà» mormorò. Un bagliore illuminò lo sguardo triste di Mamilou. «Dopo la nostra discussione della settimana scorsa» continuò Eliott, «ho passato una notte senza clessidra per riposarmi. Avevi ragione, ne avevo bisogno e mi ha fatto bene. Ma la notte seguente ho dormito con la clessidra al collo e sono tornato a Oniria. Katsia e Farjo hanno accettato di aiutarmi, finalmente. E abbiamo trovato il tuo amico Jov'. O meglio è stato lui a trovare noi. In poche parole, Jov' ha convinto il capo della carovana di mercanzie di cui ti ho già parlato a portarci con lui fino a Oza-Gora. Il viaggio è stato lungo e faticoso, ma alla fine ieri sera siamo riusciti ad arrivare a destinazione. Questa notte devo incontrare il Mercante della Sabbia.»

«Oh, grazie al cielo!» sospirò Mamilou stringendo il nipote tra le braccia.

I due rimasero a lungo l'uno stretto all'altra. Dopo un po', Mamilou si sciolse dall'abbraccio e osservò il viso di Eliott.

«Sono così fiera di te!» esclamò. «Mi dispiace per l'altro giorno. Non avrei dovuto chiederti di ridarmi la clessidra, ma avevo davvero paura che ti succedesse qualcosa tornando laggiù.»

«E avevi ragione ad aver paura» ribatté in tono grave Eliott. «Il mondo dei sogni è veramente pericoloso. Soprattutto in questo momento. Sono successe cose terribili la notte scorsa. Degli incubi hanno attaccato la carovana con cui viaggiavamo. Erano dei lupi mannari e hanno ucciso un uomo. Sono stato fortunato che non mi sia successo niente.»

«Oh cielo!» esclamò Mamilou.

«Ma adesso non corro più alcun rischio» la rassicurò Eliott. «Ieri, Sherpak ci ha portati all'Assemblea dei Saggi di Oza-Gora. Abbiamo parlato con il loro capo, il wadi Mashar. Ha autorizzato Farjo e Katsia a restare là e, per quanto riguarda me, mi ha invitato ufficialmente a recarmi nella città della Sabbia quando voglio, tramite dislocazione istantanea. Così ho registrato nei minimi dettagli il cancello di entrata. E questa sera mi addormenterò visualizzandolo nella mente. Ci sarà Sherpak ad aspettarmi.»

«Chi è Sherpak?»

«Il capo della carovana. Un tipo in gamba. Sarà lui a portarmi dal Mercante della Sabbia. Non preoccuparti, adesso sono in buone mani.»

Mamilou lo strinse di nuovo tra le braccia e gli sussurrò qualche parola di congedo. Poi si voltò e aprì la porta. Eliott la vide uscire e all'improvviso lo travolse un dubbio.

«Nonna!» la chiamò.

«Sì, tesoro» disse Mamilou voltandosi di nuovo.

«Credi davvero che il Mercante della Sabbia riuscirà a curare papà in tempo?»

«Ne sono certa» rispose Mamilou con un sorriso.

E se ne andò.

3

L'ALBA DI UN GRANDE GIORNO

Dopo che Mamilou se ne fu andata, Eliott rifiutò la scodella di zuppa che gli propose Christine. Preparò in fretta lo zaino per le lezioni del giorno seguente e si mise subito a letto. Era stremato sia per il viaggio sia per la terribile notizia che riguardava il padre. Ma soprattutto era impaziente di arrivare a Oza-Gora e di incontrare la persona in cui riponeva le sue ultime speranze: il Mercante della Sabbia. Si infagottò sotto il piumone e chiuse gli occhi, la mano stretta intorno alla preziosa clessidra che gli riposava sul petto. Ricostruì mentalmente l'immagine del maestoso cancello in ferro battuto che costituiva l'unico ingresso a Oza-Gora. Si concentrò su ogni minimo dettaglio. Su ogni più piccolo ghirigoro. E sulla clessidra, simile alla sua ma molto più grande, che spiccava al centro.

Il suo respiro si fece sempre più regolare, sempre più profondo, e si addormentò.

Eliott capì subito di essere arrivato nel posto giusto. Quel deserto di ciottoli così grigio e triste come il letto di un fiume in secca. Quel cancello luccicante che spuntava in mezzo al nulla, riconoscibile tra mille. E soprattutto Sherpak che lo aspettava, sorridente, la mano destra sollevata in segno di saluto. L'altro braccio, invece, vittima della ferocia dei lupi mannari che avevano attaccato la carovana il giorno precedente, era ingessato dalla spalla al polso, cosa che tuttavia non diminuiva affatto l'impressione di forza e serenità che dava il carovaniere.

«Eliott!» esclamò Sherpak con voce grave. «Non credevo di vederti così presto. Sono appena arrivato!»

«E io non ero sicuro di trovarvi qui» ribatté Eliott. «Avevo così tanta fretta di venire che mi sono messo a letto alle otto senza cenare!»

«Allora avrai fame» commentò il carovaniere. «Arrivi proprio al momento giusto, a casa ci aspetta un'abbondante colazione. Tieni, metti questa.»

Sherpak gli porse una strana membrana trasparente che dall'aspetto ricordava una medusa schiacciata da un rullo compressore. Era una carabietta: una seconda pelle vivente che permetteva di comprendere, parlare, leggere e scrivere qualsiasi lingua. Le carabiette erano inutili nel resto di Oniria, dove tutti riuscivano a capirsi dalla notte dei tempi senza che ne nessuno potesse spiegarne il motivo. Ma all'interno del territorio di Oza-Gora, chi non parlava la lingua locale era obbligato a indossarne una.

Eliott non riuscì a trattenere una smorfia quando prese tra le mani la membrana flaccida e vischiosa. Ne aveva già indossata una il giorno prima e sapeva che non faceva male. Tuttavia, l'idea che quella cosa gli infilasse i tentacoli negli occhi, nel naso, nelle orecchie e nella bocca per collegarsi al suo cervello era comunque ripugnante.

Inspirò e si posò la membrana sul viso. Subito, la carabietta si distese sulla pelle per adattarsi ai lineamenti del ragazzo che provò una sensazione di fresco intenso sia in superficie, sia all'interno della testa. Per riflesso, Eliott si toccò la guancia con la punta delle dita. Era un po' appiccicaticcia, come se si fosse appena messo della crema solare. Sbatté le palpebre, si sfregò le orecchie, cantò qualche nota. Era tutto normale. Operazione riuscita: era pronto a incontrare il Mercante della Sabbia.

Sherpak si avvicinò all'imponente cancello e si tolse dal dito l'anello che custodiva la Pietra di Sabbia, quella pietra bianca e luminosa che, il giorno prima, aveva guidato la carovana fino a Oza-Gora attraverso il bizzarro paesaggio di Oniria. Il carovaniere infilò la pietra in una tacca e subito il cancello si aprì.

A quel punto, ancora una volta, comparve Oza-Gora.

A sinistra, una successione di alte scogliere risplendeva di infinite sfumature color ocra. A destra, un deserto di dune si increspava fino all'orizzonte. In mezzo, a qualche chilometro di distanza, un ammasso di casette bianche e basse brillava nella luce dorata dell'alba, nel cuore di una rigogliosa oasi di vegetazione. Era ancora più bella del giorno prima.

Eliott si lasciò rapire dallo splendore del paesaggio. Prese un respiro profondo per riempirsi i polmoni di aria pura e sorrise. Malgrado l'angoscia, la fatica, la situazione drammatica di suo padre, là stava bene. Senza che potesse spiegarne il motivo, si sentiva a casa in quel luogo chiamato Oza-Gora, anche se in realtà non ne sapeva praticamente nulla.

Quando il ragazzo uscì da quello stato contemplativo, Sherpak si era già incamminato lungo l'unica strada sterrata che portava alla città di Oza-Gora. Lo raggiunse con qualche rapida falcata.

«Vi hanno dato un appuntamento con il Mercante della Sabbia?» gli chiese.

«Tra due ore.»

Il resto del tragitto trascorse in silenzio. Sherpak aveva il carattere taciturno dei grandi viaggiatori che risparmiano saliva quando non hanno niente da dire. Quanto a Eliott, più avanzava, più gli si serrava il cuore. Non riusciva a smettere di ripensare a quello che era accaduto il giorno precedente, quando aveva seguito Sherpak lungo quella stessa strada per la prima volta con Katsia, Farjo e il resto della carovana. Erano arrivati stremati, pieni di lividi e ferite, con due cammeleonti in meno e una barella che trasportava il cadavere di un carovaniere. La carovana tanto attesa si era portata dietro una scia di disgrazia. A poco a poco, i visi inizialmente allegri che avevano incrociato lungo la strada si erano trasformati in maschere di tristezza, dolore e incomprensione. Ma il viso che più aveva sconvolto Eliott era stato quello della madre che piangeva sul corpo del figlio defunto.

Aveva pianto anche lui, a dodici anni, quando gli avevano annunciato che non avrebbe mai più rivisto la donna che lo aveva messo al mondo? Non ne aveva la minima idea. Suo padre gli aveva sempre dato risposte a tutte le domande, tranne che a quelle che riguardavano la morte della madre. L'unica cosa che ricordava era che Marie Lafontaine non era mai stata altro che una foto sul comodino e un vuoto immenso nel cuore.

Tuttavia, quella mattina, Eliott venne accolto a Oza-Gora da visi pieni di riconoscenza e gesti di benvenuto. I pochi abitanti che lui e Sherpak incontrarono lungo la strada principale, ancora tranquilla, sembravano conoscerlo. A un incrocio, una signora anziana si aggrappò a lui e gli baciò le mani per poi andarsene senza dire nulla. Il giovane Creatore interrogò Sherpak con lo sguardo.

«Oza-Gora è una grande città» spiegò il carovaniere, «ma le notizie corrono in fretta e la tua carnagione pallida tradisce la tua identità. Tutti sanno che senza il tuo intervento nessuno di noi sarebbe tornato vivo da questa spedizione. I miei compatrioti mostrano riconoscenza nei confronti dei propri eroi.»

Eliott si sentì arrossire le guance sotto la carabietta che le copriva e abbassò la testa. Ben presto, i due lasciarono la strada principale per inoltrarsi in un dedalo di viuzze strette e tortuose.

Qualche minuto dopo, raggiunsero una deliziosa casetta a due piani tutta bianca con una porta blu. Sherpak l'aprì e Eliott lo seguì in un patio piastrellato di blu, intorno al quale crescevano piante in vaso di ogni genere. Una donna dai capelli ricci e gli occhi ridenti andò loro incontro, accompagnata da una bambina di cinque o sei anni che le assomigliava.

«Credevo che fossi più grande!» gridò la bambina non appena vide Eliott.

«Andiamo, Paki!» la riprese la donna. «È così cha accogli il nostro ospite?»

«Eliott» intervenne Sherpak, «ti presento la mia sposa Shaïa e nostra figlia Paki.»

Shaïa lo salutò con una stretta di mano calorosa.

«Benvenuto nella nostra casa!»

«Buongiorno, signora» replicò Eliott educatamente stringendole la mano. «Katsia e Farjo non sono qui?»

«Il tuo amico Farjo sta ancora dormendo» rispose Shaïa. «Invece Katsia si è svegliata molto presto, ma è da un po' che non la vedo in giro. Non so dove sia andata.»

«Allora vado a svegliare Farjo, e lui mi aiuterà a trovare Katsia.»

«Da questa parte» intervenne Sherpak indicando la scala che portava al piano superiore. «La seconda porta a sinistra.»

Eliott salì i gradini piastrellati della scala. Arrivato in cima, rimase impressionato dai ronfi assordanti che uscivano da una delle camere. Farjo russava come un trattore. Eliott decise di lasciarlo riposare ancora qualche minuto perché l'aveva incuriosito una scaletta a chiocciola che si allungava alla sua destra. Si avvicinò, salì qualche gradino e si ritrovò su una grande terrazza sul tetto. Il bucato era appeso ad asciugare su una corda tesa tra due paletti di legno. Eliott passò in mezzo ai vestiti umidi per avvicinarsi al parapetto. La vista sui tetti della città era straordinaria. Al centro, che dominava su tutto il resto, troneggiava la cupola dell'Accademia dei Saggi dove Sherpak l'aveva portato il giorno prima con Katsia e Farjo. Tutt'intorno, si estendeva un groviglio di muretti, terrazze, camini, pergolati, finestre e piante da cui si levavano suoni e odori del primo mattino: la dolcezza del pane caldo, il tintinnio di vasellame, l'amaro del caffè, il gorgoglio dell'acqua che scorre, il brusio smorzato delle prime conversazioni…

Un rumore improvviso distolse Eliott dalla contemplazione del paesaggio. Un fruscio. Proprio accanto a lui. Girò la testa verso la porta del piccolo capanno di legno che si trovava alla sua sinistra. Di nuovo lo stesso fruscio. Più forte. C'era qualcuno nascosto in quel capanno. Eliott si sentì raggelare il sangue. E se un agente della CRAMO fosse riuscito a intrufolarsi fino là? In un gesto istintivo, si portò la mano al petto e strinse tra le dita la clessidra di Mamilou. No! Mai avrebbe permesso alla Cellula di Rapporto, Arresto e Mantenimento dell'Ordine di mettere le mani sulla preziosa chiave che gli permetteva di viaggiare da un mondo all'altro.

Eliott raccolse un bastone che si trovava per terra e avanzò a passo lento verso la porta, senza far rumore. Sollevò il bastone con due mani, pronto a colpire. Poi inspirò profondamente e aprì la porta con un calcio secco.

«Chi va là?» gridò, sia per spaventare l'avversario che per farsi coraggio.

In mezzo a un guazzabuglio di vasi vuoti e utensili da giardinaggio, seduta a gambe incrociate con un libro aperto sulle ginocchia, Katsia guardava Eliott con aria beffarda.

«Cosa c'è, piccoletto?» lo schernì l'avventuriera. «Hai appena visto un fantasma?»

«Ti diverti, eh?» borbottò Eliott abbassando l'inutile bastone. «Ho sentito dei rumori e credevo che fosse un agente della CRAMO che mi aveva trovato.»

«Nel cuore di Oza-Gora?» ridacchiò l'avventuriera. «Stai delirando! Se c'è un luogo in tutta Oniria in cui le truppe di quel maledetto grifone non verranno mai a cercarti, è questo! Dai, rilassati! Goditi il momento!»

«Mmm» borbottò Eliott. «Parli bene tu. Si vede che non hai tutta la polizia del Regno alle calcagna come se fossi il peggiore dei criminali! Ma cosa ci fai in questo capanno?»

«Mi nascondo» rispose Katsia.

«Da chi?»

«Da Paki.»

Stavolta fu Eliott a scoppiare a ridere. L'avventuriera, esperta di kung fu, virtuosa della pistola, che portava un vero e proprio arsenale nascosto nella minima piega della veste, quella ragazza che non aveva mai paura di niente e di nessuno si nascondeva per scappare da una bimbetta di cinque anni!

«Bravo, ridi pure quanto vuoi» mugugnò Katsia. «Tanto non sei tu che devi condividere la stanza con quella piccola peste. È da ieri sera che non la smette di parlarmi e di tempestarmi di domande assurde. Ho dovuto rifugiarmi qui per stare un po' tranquilla.»

«Mi sembra di sentir parlare delle mie sorelle» commentò Eliott.

«Hai delle sorelle?» gli domandò Katsia.

«Sorellastre» precisò Eliott. «Sono gemelle. Hanno sette anni e non la smettono mai di parlare. Dai, vieni, andiamo a svegliare Farjo. Ci aspettano per la colazione.»

Katsia ripose il libro nella bisaccia da cui non si separava mai e si alzò con uno scatto agile. Eliott gettò un'ultima occhiata ai tetti della città prima di scendere lungo la scaletta a chiocciola, subito seguito dall'avventuriera. Una volta raggiunto il pianerottolo delle camere, entrambi si diressero verso la porta da cui arrivavano i ronfi di Farjo. Eliott lo chiamò dolcemente. Nessuna reazione. Lo chiamò più forte. Ancora niente. La scimmia aveva il sonno pesante.

«Lascia fare a me, ci sono abituata» intervenne Katsia.

Eliott si fece da parte. L'avventuriera aprì la porta con fracasso, marciò verso la finestra a passo marziale, tirò le tende con un colpo secco, aprì le imposte, poi si diresse verso il letto e assestò alla povera scimmia addormentata un paio di sonori schiaffi.

«In piedi, pelandrone!» sbraitò nelle orecchie dell'amico.

Furiosa, la scimmia mormorò una serie di onomatopee

incomprensibili per poi avvolgersi nella coperta voltando la schiena all'avventuriera in un gesto risoluto. La tregua fu molto breve. Katsia strappò via la coperta con uno strattone secco, afferrò la scimmia per la coda e la sollevò in aria a testa in giù. Farjo proferì una sfilza di insulti che avrebbe fatto arrossire uno scaricatore di porto, il tutto gesticolando nel tentativo di liberarsi dal pugno di ferro dell'amica. Invano. Katsia attese che l'amico si calmasse per posarlo finalmente a terra.

«È ora di colazione» annunciò l'avventuriera. «E cerca di non farmi vergognare, eh? Comportati bene, per una volta.»

«Ehi!» si ribellò la scimmia. «Quando si sveglia la gente così, non si ha nessun diritto di dare lezioni di buone maniere!»

L'avventuriera ignorò il commento e uscì dalla stanza a passo risoluto. Poi Farjo uscì a sua volta.

«Ciao, Eliott» disse passando davanti al giovane Creatore.

«Buongiorno, Farjo.»

«Finalmente è arrivato il grande giorno, eh?» esclamò la scimmia. «Oggi si risolveranno tutti i tuoi problemi!»

«Sì, oggi è il grande giorno. O almeno lo spero» commentò Eliott senza molto entusiasmo.

«Oh, hai forse qualcosa da raccontare al tuo vecchio amico Farjo» replicò la scimmia strizzando gli occhi con aria inquisitoria. «Cosa c'è che non va?»

«Ho ricevuto delle notizie su mio padre» gli confidò Eliott. «Brutte notizie. Ormai è da troppo tempo che dorme e il suo corpo non ce la fa più. Se il Mercante della Sabbia non trova una soluzione, morirà tra meno di un mese.»

La scimmia guardò l'amico con la sua espressione più seria che la faceva sembrare strabica. Poi gli diede un forte schiaffo sulla coscia.

«Non preoccuparti, amico mio!» gli disse con voce rassicurante. «Il Mercante della Sabbia è l'uomo più potente di entrambi i mondi. Troverà una soluzione.»

Eliott abbozzò un sorriso e seguì Farjo lungo la scala.

Eliott si sentì subito a proprio agio nel salotto di Sherpak e Shaïa. Era una stanza semplice, anche se buia, ma rallegrata da un immenso tappeto rosso e pouf di cuoio colorati. C'erano giocattoli sparpagliati a terra e un'accozzaglia di oggetti accatastati nelle nicchie ricavate nel muro. Un tavolino basso era ricoperto di crêpe, panini caldi, frutta e altre appetitose delizie che fecero brontolare per la fame lo stomaco vuoto del giovane Creatore. Sherpak, Shaïa e Paki erano già a tavola. Eliott e Farjo si misero a sedere ai lati di Shaïa, e un'ombra di disperazione oscurò gli occhi di Katsia quando Sherpak la invitò a prendere posto accanto alla piccola Paki.

In effetti, non appena l'avventuriera si fu seduta la bambina cominciò a tempestarla di domande.

«Da dove vengono tua mamma e tuo papà?» le domandò.

«Io non ho genitori» rispose Katsia in tono stanco.

«Oh, sono morti?» domandò la bambina, dispiaciuta.

«No» rispose Katsia con una punta di irritazione nella voce, «io non ho genitori, tutto qua. Non li ho mai avuti.»

«Davvero?» si meravigliò Paki. «Ma come hai fatto quando eri piccola? Chi si è preso cura di te?»

«Nessuno, perché non sono mai stata piccola!» s'innervosì l'avventuriera.

«Non è vero!» strillò Paki. «Sei una bugiarda!»

«Andiamo, tesoro, non innervosirti» le sussurrò Sherpak con dolcezza. «Katsia non è una bugiarda. Semplicemente, lei viene da un posto in cui le cose sono molto diverse rispetto a qui. Gli Oniriani non nascono come noi da un papà e da una mamma. Vengono creati da Maghi venuti dal mondo terrestre, con un certo tipo di caratteristiche che restano le stesse nell'arco di tutta la loro esistenza.» Sherpak sollevò la testa verso Katsia. «Quanti anni hai, Katsia?» le domandò.

«Diciassette» borbottò Katsia. «Ho sempre avuto diciassette anni e sempre li avrò, a meno che un giorno il mio Mago non decida di cambiare le cose.»

«E suppongo che tu non abbia né genitori, né fratelli o sorelle» indovinò il carovaniere.

«Esatto» confermò Katsia. «Non ho famiglia. A parte Farjo, che è come un fratello.»

Paki guardò la scimmia e poi si voltò verso la madre con aria incredula.

«È tutto vero, mamma?» le domandò.

«Sì, è vero» confermò Shaïa. «Imparerai tutto quello che c'è da sapere sui Maghi e le loro creazioni a scuola, quando sarai più grande.»

«Ma io voglio saperlo adesso!» si ribellò Paki. «Ma poi, cos'è un Mago?»

Shaïa si abbandonò a un sospiro rassegnato.

«Un Mago è un sognatore che viene dal mondo terrestre e che crea sogni e incubi» le spiegò. «Lo sai, sono quelli che addormenta il Mercante della Sabbia.»

«Ah, sì...» mormorò la bambina. «Quelli che creano Oniria e tutti i suoi abitanti, tranne noi.»

«Proprio così» confermò Sherpak.

Paki rimase pensierosa qualche istante, poi sollevò lo sguardo verso Eliott.

«Ma allora tu sei un Mago? Puoi creare la gente?» gli domandò aggrottando le sopracciglia.

«Non sono un Mago» la corresse Eliott, «io sono un Creatore.» Eliott si sfilò la clessidra da sotto la maglietta e la mostrò agli occhi sbalorditi della bambina. «Non sono venuto a Oniria grazie alla Sabbia che distribuisce il Mercante della Sabbia, ma grazie a questa clessidra» le spiegò.

«Ma cos'è un Creatore?» domandò Paki.

«È un po' come un Mago, però più potente» rispose Eliott. «I Maghi non controllano quello che creano, invece io decido tutto quello che voglio creare.»

«Ma come fai a creare qualcosa?» insistette Paki.

«Chiudo gli occhi, visualizzo nella mia mente quello che voglio creare, mi concentro per non dimenticare nessun dettaglio e quando apro gli occhi eccola lì davanti a me.»

«Oh, è come una magia!» esclamò la bambina, estasiata. «Vorrei tanto essere capace di farlo anch'io! Mi fai vedere come si fa?»

«Mi piacerebbe tanto» rispose Eliott, «ma è impossibile. Non posso utilizzare i miei poteri di Creatore nel territorio di Oza-Gora.»

«E soprattutto, tu sei un'Oza-Goriana, non una Creatrice» aggiunse Sherpak accarezzando con dolcezza i capelli della figlia. «Anche se Eliott ti mostrasse quello che sa fare tu non potresti fare altrettanto.»

«Non è giusto!» brontolò la bambina incrociando le braccia sul petto.

Katsia alzò gli occhi al cielo.

«Be', io non ho genitori. Neanche questo è giusto, ma non mi lamento» disse con fermezza. «Quindi, adesso togliti dalla faccia quel broncio e comincia a mangiare, così eviterai di dire sciocchezze.»

Paki sollevò la testa verso la ragazza, gli occhi socchiusi e una smorfia ancora arrabbiata.

«Se vuoi» le disse, «ti presto volentieri i miei genitori ogni tanto, così magari diventi più gentile.»

Tutti scoppiarono a ridere, tranne la piccola Paki, che non capiva cosa ci fosse di così divertente e corse a rifugiarsi nel grembo della madre.

Shaïa invitò tutti a servirsi ed Eliott si riempì il piatto con una mezza dozzina di crêpe che ricoprì di un succo delizioso che assomigliava al miele, però aveva un sapore più simile a uno sciroppo di zucchero d'orzo. Si stava leccando le dita quando un giovane Sherpak in miniatura – gli stessi occhi chiari, lo stesso colorito abbronzato, la stessa stazza robusta – entrò nel salotto.

«Questo è Maïto, il nostro figlio maggiore» annunciò il carovaniere. «Ha dodici anni come te, Eliott.»

Eliott l'osservò. Non riusciva a credere che lui e quel ragazzo avessero la stessa età. Maïto era più alto di lui di una buona spanna e aveva le braccia più grosse delle sue cosce.

«Va meglio?» domandò Shaïa.

«Più o meno» borbottò il ragazzo prendendo posto vicino a Eliott.

«Maïto è un po' agitato» spiegò Shaïa. «Anche per lui oggi è un grande giorno: deve sostenere l'esame di orientamento.»

«Cosa sarebbe?» domandò Katsia.

«L'esame di orientamento consiste in una serie di colloqui che tutti i giovani Oza-Goriani di dodici anni devono sostenere» spiegò Sherpak. «Vengono interrogati dai rappresentanti delle principali categorie professionali, poi in base alle necessità, ai loro desideri e attitudini, un maestro orientatore decide il loro orientamento professionale. È così che io sono diventato carovaniere e Shaïa responsabile della logistica.»

Eliott spalancò gli occhi.

«Mi occupo della fornitura di materiale e cammeleonti nelle cave di Sabbia» precisò Shaïa.

«E tu, Maïto, che mestiere vorresti fare?» gli domandò Eliott.

«Renaiolo» rispose il ragazzo.

«E cosa sarebbe un renaiolo?» domandò Farjo, con la bocca piena fino a scoppiare di quella che sembrava torta di prugne.

«I renaioli sono gli assistenti del Mercante della Sabbia» spiegò Maïto. «Se supero l'orientamento, dalla settimana prossima diventerò apprendista e comincerò a studiare la raffinazione e la distribuzione della Sabbia.»

«Caspita!» esclamò Eliott con un luccichio negli occhi. «Sicuramente deve essere molto più interessante delle lezioni di grammatica!»

«Cos'è la grammatica?» domandò Paki.

«Il mio peggiore incubo» rispose Eliott. «Insieme alla matematica.»

«Devi essere contento di andare a scuola» intervenne Katsia in tono brusco. «Hai la possibilità di non dipendere da un Mago per acquisire nuove capacità.»

Eliott arrossì fino alla radice dei capelli. Aveva dimenticato la possibilità che aveva di apprendere. Per gli Oniriani come Katsia e Farjo, era impossibile. I loro Maghi li avevano creati con un certo numero di capacità – alcune delle quali potevano essere straordinarie, come la capacità di combattere di Katsia o il dono della metamorfosi di Farjo – ma non potevano acquisirne di nuove. Anche se avessero preso lezioni per dieci anni, Katsia e Farjo non sarebbero mai stati in grado di disegnare o di suonare uno strumento musicale. Come la maggior parte degli Oniriani, Farjo se ne infischiava alla grande, invece Katsia ne soffriva molto.

«Credo che sia ora di andare!» annunciò Sherpak, interrompendo il silenzio imbarazzato che era calato sulla tavola. «Il tuo appuntamento con il Mercante della Sabbia è tra mezz'ora.»

4

TELEFONO ROSSO

La regina Dithilde era seduta allo scrittoio, gli occhi chiusi, le mani sulle tempie. Si era alzata presto, dopo una notte insonne. Da quando aveva lasciato il letto, non aveva smesso di tentare di contattare la figlia per via telepatica. Invano.

Improvvisamente, sollevò la testa e spazzò via con un solo gesto tutte le carte sparse sullo scrittoio.

«Ma perché?» si infuriò. «Perché ha bloccato le comunicazioni? Crede che sia facile, per me?»

La sua veste, rossa per un istante, diventò grigio scuro e un attimo dopo la regina scoppiò in lacrime. Rimase così per parecchi minuti, prostrata sullo scrittoio, la testa appoggiata sulle braccia incrociate. Poi i singhiozzi si calmarono e la veste riprese la sua solita tinta viola, quella che assumeva quando la regina riusciva a controllare le proprie emozioni.

La sovrana si alzò dalla sedia e si inginocchiò per raccogliere le carte sparpagliate a terra.

La regina Dithilde trasalì quando sentì squillare il telefono. Rivolse subito uno sguardo inquieto verso il tavolino rotondo di legno intarsiato in un angolo della stanza. Sul tavolo c'era un solo oggetto. Una grossa scatola rossa dotata di un unico pulsante che lampeggiava. La regina si alzò, si lisciò le pieghe della veste, prese un respiro profondo, poi si diresse verso la scatola rossa e pigiò il pulsante.

Subito un'immagine comparve proprio accanto alla scatola. La sagoma a grandezza naturale di un uomo. Mashar, wadi di Oza-Gora e presidente dell'Assemblea dei Saggi, era appena comparso in tridimensione nell'ufficio.

«Buongiorno, Vostra Maestà» la salutò l'uomo. «Mi rincresce disturbarvi di così buon'ora.»

«Non mi disturbate affatto, Mashar» replicò la regina. «Ma dalla vostra espressione avvilita deduco che si tratta di una questione grave.»

«Effettivamente è così. La nostra carovana è rientrata ieri sera in stato pietoso. È stato ucciso un uomo e ci sono parecchi feriti. La carovana è stata attaccata dai lupi mannari.»

«Mi addolora ricevere una notizia così terribile» sospirò la regina in tono stanco. «Vi assicuro che la CRAMO fa tutto il possibile per evitare questo tipo di incidenti con gli incubi. Ma, sfortunatamente, il rischio zero non esiste...»

«Lo so» la interruppe Mashar. «Non vi ho chiamata per rimproverarvi di ciò che è accaduto. L'ho fatto solo per avvertirvi che l'attacco è stato rivendicato.»

«Rivendicato?» ripeté la regina, allarmata.

Mashar si frugò nella tasca della lunga tunica e ne tirò fuori una pergamena che le srotolò sotto gli occhi.

«Con gli omaggi della Bestia» lesse la regina a mezza voce.

«Questa pergamena è stata trovata ai piedi del carovaniere ucciso» spiegò Mashar. «Non abbiamo ancora sentito la dichiarazione del capo della carovana per determinare le circostanze esatte dell'aggressione, ma tutto lascia intendere che gli incubi ribelli abbiano attaccato volontariamente il convoglio oza-goriano. Si tratta di una nuova fase della loro rivolta. Probabilmente vogliono dimostrarvi la loro determinazione.»

La regina serrò le labbra.

«Grazie di avermi avvisata. Convocherò immediatamente il Gran Consiglio. Prenderemo le misure necessarie.»

«Perdonatemi la domanda» esordì Mashar con deferenza, «ma potrei sapere quali misure intendete?»

«Aumenteremo i controlli e la repressione» rispose la regina Dithilde. «Purtroppo non c'è altro da fare.»

A quel punto fu Mashar a serrare le labbra.

«I controlli e la repressione sono importanti» convenne. «Ma la vostra CRAMO non può sorvegliare tutta Oniria. Visto come stanno le cose, non pensate che sarebbe più efficace intraprendere delle trattative con i rivoluzionari?»

«È assolutamente fuori discussione» replicò la regina la cui veste all'improvviso aveva preso una tinta scarlatta. «Vi ricordo che quella gente ha sequestrato mia figlia!»

«Nemmeno io approvo i loro metodi» commentò Mashar. «Ma credo che...»

«Non intendo negoziare con dei terroristi!» lo interruppe la regina. «Arrivederci, Mashar.»

La regina pigiò il pulsante sul telefono rosso. L'immagine del wadi di Oza-Gora scomparve all'istante. La regina Dithilde attese che la sua veste tornasse di color viola, poi si diresse verso l'interfono che si trovava sullo scrittoio e pigiò il primo pulsante.

«Sì, Vostra Maestà?» rispose una voce addormentata dall'altro capo dell'apparecchio.

«Convocate il Gran Consiglio» ordinò la regina. «Tra mezz'ora. Riunione urgente.»

5

IL PALAZZO DI VETRO

Sherpak, Eliott, Katsia e Farjo camminarono cinque minuti per le viuzze ormai molto animate di Oza-Gora. Il carovaniere portava sotto il braccio sano un misterioso pacchetto rettangolare che faceva molta attenzione a non scuotere. Li condusse fino a un edificio piuttosto grande che non si distingueva dalle altre case circostanti, se non per il flusso costante di persone che entravano e uscivano dalle sue due enormi porte.

«È qui che lavora il Mercante della Sabbia?» domandò Eliott.

«No!» esclamò divertito Sherpak. «Questa è una stazione di BULL, ovvero Bolidi Urbani di Locomozione in Linea. La metro oza-goriana, se preferisci chiamarla così.»

«C'è la metro anche qui?» esclamò Eliott. «Ma non si vedono cavi, né fili elettrici, non ci sono neanche macchine per strada, niente che assomigli a un computer o a un cellulare... Sembra di essere nel Medioevo!»

«Per noi è molto importante che gli strumenti tecnologici si adattino perfettamente al nostro habitat naturale» spiegò Sherpak. «E la Pietra di Sabbia, la nostra principale risorsa energetica, non ha bisogno né di cavi né di reti. Venite con me, vi faccio vedere com'è la nostra metro.»

Tutti e quattro penetrarono all'interno della stazione, attraversarono l'androne fino a un ascensore stipato e scesero ai binari, situati a parecchie decine di metri sottoterra.

«Non prendiamo i biglietti?» chiese Eliott, sorpreso.

«L'utilizzo dei BULL è gratuito» rispose Sherpak.

L'ascensore si fermò e le porte si aprirono su uno spettacolo che aveva molto più a che fare con la fantascienza che con un banale servizio di trasporto pubblico. Niente corsie, niente pannelli informativi, solo una larga piattaforma illuminata a giorno intorno alla quale erano ammassate centinaia di sfere trasparenti.

«Ecco qui i famosi BULL!» annunciò Sherpak.

Eliott era impressionato. Senza dubbio, gli Oza-Goriani avevano accesso a risorse magiche che provenivano da Oniria, ma in ogni caso era evidente che padroneggiavano tecnologie molto più avanzate di quelle dei Terrestri.

Il carovaniere condusse i tre visitatori verso una sfera vuota e li invitò a salire a bordo. La sfera, che misurava circa tre metri di diametro, sembrava fluttuare accanto alla piattaforma, separata dalle sfere vicine da una sottile barriera luminosa. All'interno, cinque comode poltrone, un ampio spazio per i bagagli e un tablet trasparente. I due Oniriani si accomodarono sulle poltrone senza fare tante domande. Dopotutto, dovevano essere molto più abituati a mezzi di trasporto così bizzarri che alla classica metro terrestre. Eliott, invece, cercava disperatamente con lo sguardo una mappa delle linee, uno schermo informativo, qualcosa che gli permettesse di sentirsi meno smarrito... Invano.

«Ma come si fa a sapere che questo BULL va nella direzione giusta?» domandò un po' preoccupato.

«Siamo noi a decidere la destinazione» rispose Sherpak.

Il carovaniere sfiorò con un dito il tablet e subito comparve una mappa luminosa, cosparsa di punti che rappresentavano le varie stazioni. Uno dei punti stava lampeggiando. Sherpak lo indicò annunciando: «Questa è la stazione in cui ci troviamo noi».

Poi pigiò su un altro punto che portava la scritta "Belvedere". Subito la porta si chiuse senza rumore e il BULL lasciò la piattaforma. Avanzò con fluidità lungo la barriera luminosa, prendendo sempre più velocità quanto più si allontanavano. Le luci della stazione svanirono e il BULL si trovò ben presto immerso nell'oscurità. Si riusciva a vedere solo grazie alla luce interna e alla barriera luminosa che scorreva fuori. Poi Eliott intravide in lontananza quella che sembrava un passaggio laterale che si apriva in un tunnel, nel quale decine di sfere illuminate circolavano a grande velocità in entrambi i sensi. Il BULL accelerò dirigendosi dritto verso quel flusso incessante.

«Ma andremo a schiantarci!» strillò Eliott.

«Non preoccuparti» lo rassicurò Sherpak. «Stiamo solo per immetterci nel binario veloce. I movimenti dei BULL sono regolati con minuziosità estrema da un sistema centralizzato. Non capitano mai incidenti.»

Di fatto, il loro BULL si infilò nel binario veloce tra altri due con una precisione impeccabile. Per il momento sollevato, Eliott si lasciò sprofondare su una poltrona. Ma ogni volta che incrociavano un BULL che arrivava dall'altro senso, il minimo cambio di direzione lo faceva rabbrividire.

«La rete di BULL è incredibilmente grande» commentò Katsia, curva sopra il tablet di vetro. «Non credevo che la città di Oza-Gora fosse così estesa come...»

«Oh, ma la rete non si limita solo alla città di Oza-Gora!» replicò Sherpak. «Collega anche le altre città.»

«Ci sono anche altre città?» chiese l'avventuriera, stupita.

«Oza-Gora è la città più antica e più piccola del nostro dominio» spiegò Sherpak. «Una volta, molto tempo fa, era anche l'unica. Ma per far fronte all'aumento demografico, nel corso dei secoli sono state costruite altre cinque città. Ci sono due città trogloditiche costruite nella scogliera, e tre nelle oasi in pieno deserto. Senza contare poi i villaggi, chiaro.»

«Caspita!» gridò Farjo. «Ma quanti Oza-Goriani ci sono?»

«Circa tre milioni» rispose Sherpak.

«Assurdo!» commentò Katsia. «Ho sempre pensato che ce ne fossero solo una manciata.»

«Gli Oniriani sanno ben poche cose su di noi» replicò Sherpak scrollando le spalle.

Il BULL lasciò all'improvviso l'oscurità sotterranea e si lanciò verso l'alto. Si allontanava dal suolo a vista d'occhio, fluttuando lungo tre cavi appena visibili, senza nessun'altra struttura visibile. Eliott si aggrappò alla poltrona, in preda al panico. Il paesaggio sfilava a tale velocità che era impossibile vederlo. L'unica cosa che il giovane Creatore riusciva a distinguere era la scogliera ocra verso cui si stava precipitando il BULL, e in cui non scorgeva nessuna apertura. Incapace di sopportare ancora a lungo quello spettacolo, Eliott chiuse gli occhi. Il BULL fece una virata brusca e la luce interna diminuì di colpo. Poi il BULL ridusse la velocità. Fluttuò ancora qualche secondo e si fermò. Eliott aprì gli occhi. Erano arrivati alla stazione Belvedere. Il giovane Creatore si rilassò. Si era aggrappato alla poltrona con tale forza che ora aveva i crampi alle dita.

«Non c'è tanta gente qui» osservò Farjo saltando con uno scatto agile sulla piattaforma deserta.

«In realtà, questa stazione ha un interesse principalmente turistico, ma non ci sono molti turisti a Oza-Gora» spiegò Sherpak.

Eliott, Katsia e Farjo si scambiarono uno sguardo incuriosito e poi seguirono il carovaniere verso l'ascensore vuoto. L'androne della stazione, interamente scavato nella roccia, aveva un impatto impressionante con il suo soffitto ricoperto di stalattiti. Ma il vero spettacolo si trovava all'esterno, sulla grande piattaforma a cielo aperto che sovrastava il vuoto. Eliott avanzò verso il parapetto e rimase senza fiato per il meraviglioso panorama che gli si apriva davanti agli occhi. Sulla parete della scogliera, maestoso nel suo scrigno di pietra e sabbia, si ergeva uno splendido palazzo di vetro, le cui migliaia di pareti cristalline trasformavano i raggi del sole in altrettanti riflessi colorati. Una lunga fila di cammeleonti formava una gigantesca linea di connessione tra il palazzo di vetro e il deserto di sabbia che si estendeva in lontananza.

«Sembra il castello di una fiaba!» esclamò Eliott, estasiato.

«Il Palazzo di Vetro compete per bellezza con i più bei monumenti di Oniria» spiegò Sherpak con orgoglio. «C'è una stazione di BULL che porta direttamente all'interno, ma non volevo che vi perdeste questo spettacolo!»

«Quel coso brilla come un diamante» osservò Farjo. «Vi siete rivolti a degli illusionisti di Oniria per costruirlo?»

«No» rispose Sherpak, «il Palazzo di Vetro è stato completamente costruito dal popolo oza-goriano, senza magia. Il vetro in sostanza è composto di sabbia e la sabbia è la nostra specialità da sempre. Per i nostri maestri vetrai non ha segreti.»

I tre compagni di viaggio rimasero a lungo a bocca spalancata, affascinati dallo splendore che avevano sotto gli occhi.

«Forza, andiamo!» incalzò Sherpak, distogliendoli dalla contemplazione. «Il Mercante della Sabbia vi aspetta.»

Il carovaniere si addentrò lungo un sentiero in dolce pendenza che scendeva a fianco della roccia verso il Palazzo di Vetro. I due Oniriani gli stavano alle calcagna. Eliott, invece, all'improvviso non riusciva più a mettere un piede davanti all'altro. Aveva il respiro corto, le mani sudate, il cuore gli martellava come se avesse appena saltato la corda, eppure quelli non erano gli effetti del viaggio in BULL.

Ciò che lo metteva in quello stato era sapere che il momento che aspettava era finalmente arrivato. Avrebbe incontrato il Mercante della Sabbia. Dopo che Mamilou gli aveva consegnato la clessidra, Eliott si era concentrato su come trovare il Mercante della Sabbia, ma non aveva mai immaginato il suo incontro con lui. Fino a quel momento. Che aspetto aveva? Era impressionante quanto il suo palazzo? Come rivolgergli la parola? Da dove cominciare? Avrebbe accettato di aiutarlo? Doveva parlargli di Mamilou? Le domande zampillavano e scomparivano nella mente di Eliott come stelle cadenti, subito cacciate dalla domanda seguente.

E le sue gambe si rifiutavano di avanzare.

Eliott chiuse gli occhi. Pensò al padre, che giaceva in un letto d'ospedale con un rene che non funzionava più e il corpo intero in deperimento. Ricordò le terribili parole di Mamilou: "I medici ritengono che Philippe morirà prima di Natale." Pensò a tutte le prove che aveva dovuto superare per arrivare fino a lì, e alla speranza folle che l'aveva spinto a non mollare mai malgrado le difficoltà. Pensò al futuro felice che solo il Mercante della Sabbia avrebbe potuto rendere possibile: suo padre di nuovo in vita e di nuovo a casa, suo padre sorridente, che lo stringeva teneramente tra le braccia.

Eliott riaprì gli occhi. Era pronto.

«Aspettatemi!» gridò ai suoi compagni di viaggio. E li raggiunse di corsa.

Il sole cominciava a picchiare come un pugile sulla testa dei quattro viandanti quando arrivarono sulla soglia di un alto portone in legno. Sherpak afferrò il batacchio e diede tre colpi secchi che risuonarono all'interno. Si udirono dei passi strascicati, poi un donnone grasso dall'aspetto inquietante schiuse una finestrella che si apriva in mezzo alla porta. Squadrò i quattro visitatori dalla testa ai piedi.

«Cosa volete?» domandò in tono alquanto brusco.

«Buongiorno, Nanni» la salutò Sherpak. «Abbiamo un appuntamento con il Mercante della Sabbia alle nove. Siamo un po' in ritardo, chiedo scusa.»

«Uhm» si limitò a rispondere la donna prima di richiudere la finestrella.

Chiavistelli e catenacci cigolarono e sferragliarono, poi la porta si aprì completamente e la corpulenta guardiana fece loro segno di entrare. Penetrarono in una stanza ampia e luminosa che faceva pensare a un convento del terzo millennio: fini archi di pietra bianca e luminosa – senza dubbio Pietra di Sabbia – sostenevano una volta di vetro e metallo sapientemente lavorata che, per un miracolo di architettura che Eliott non sapeva spiegare, lasciava passare la luce pur mantenendo nella stanza una piacevole temperatura fresca.

«Aspettate qui» ordinò Nanni indicando alcuni divanetti sobriamente rivestiti di velluto verde, prima di allontanarsi strascicando i piedi.

«Cavoli!» commentò Farjo. «Che personaggino! Davvero il massimo della simpatia!»

«Nanni prende molto sul serio il suo compito di guardiana» commentò Sherpak. «È convinta che ci sia un mucchio di gente che vuole impadronirsi dei segreti della Sabbia, e per questo motivo è un po' paranoica. Ma, in realtà, siamo passati dalla porta principale solo per cortesia, perché esistono molte altre entrate al palazzo e nessuna è sorvegliata.»

«Fa bene a essere diffidente!» intervenne Katsia. «Ci sono parecchi Cercatori di Sabbia a Oniria che pagherebbero una fortuna per impadronirsi dei segreti nascosti in questo palazzo.»

«Oh, certo!» convenne Sherpak. «Ma nessuno è mai riuscito ad arrivare fino a qui. Non ci preoccupano molto quelli. Le protezioni di Oza-Gora sono sufficienti.»

«Se lo dite voi...» borbottò Katsia con una punta di scetticismo.

Sherpak invitò i tre ospiti a sedersi sui divanetti indicati dalla guardiana, di fronte a un muro ricoperto di orologi che segnavano l'ora in diversi punti dei due mondi. Erano le 9:15 a Oza-Gora, che aveva esattamente dodici ore di differenza con Londra, dove pertanto erano le 21:15. Erano le 22:15 a Parigi, le 3:45 a Delhi e le 18:15 a San Paolo del Brasile. Eppure, ben presto Eliott si rese conto che c'era qualcosa che non quadrava.

«Saranno almeno dieci minuti che siamo seduti qui, ma gli orologi di Hedonis ed Ephialtis non si sono mossi... Credo che siano guasti.»

«Non sono guasti, amico mio» replicò Farjo. «È sempre mezzogiorno a Hedonis, e sempre mezzanotte a Ephialtis.»

«Come? Là non scorre il tempo?» domandò Eliott, stupito.

«Il tempo non significa niente a Oniria perché non ha alcun effetto su esseri che non invecchiano mai» spiegò Sherpak.

«Ma gli Oniriani contano gli anni come noi!» insistette Eliott. «Mi ricordo che Jov' ha parlato di...»

«Noi utilizziamo il tempo di Oza-Gora come riferimento per collocare gli eventi storici» intervenne Katsia.

«E pianificare il ritmo delle giornate» aggiunse Sherpak. «Questo garantisce un minimo di organizzazione.»

«E qui, a Oza-Gora, come funziona?» domandò Eliott.

«Esattamente come nel mondo terrestre» rispose il carovaniere. «I vostri secondi sono i nostri secondi, i vostri anni sono i nostri anni.»

«Però i vostri secondi durano troppo!» esclamò Farjo. «Sono stufo di aspettare! Quando ci fanno vedere questo Mercante della Sabbia?»

In quel preciso istante risuonarono i passi strascicati dell'antipatica guardiana e i quattro ospiti si voltarono. Nanni era accompagnata da un giovanotto dalla pelle scura, slanciato e scattante, che andò loro incontro con un sorriso. I suoi stivali alti e la tunica verde stretta in vita da un grosso cinturone lo facevano quasi sembrare Robin Hood.

«Cosa? Non può essere questo il Mercante della Sabbia!» mormorò Farjo all'orecchio di Eliott. «È troppo giovane!»

«Presto lo scopriremo» mormorò Eliott, con il cuore in gola.

Il giovanotto si fermò a due metri dal gruppo aprendo le lunghe braccia in un gesto di saluto.

«Mi dispiace avervi fatto aspettare» si scusò con una voce chiara che risuonò in tutta la sala. «Benvenuti al Palazzo di Vetro! Mi chiamo Til. Il Mercante della Sabbia mi ha chiesto di farvi visitare il palazzo.»

«Ma non dovevamo vederlo subito?» si allarmò Katsia. «Ci sono problemi?»

«Nessun problema» la rassicurò il giovane renaiolo, «solo un piccolo contrattempo. In questo momento il Mercante della Sabbia è occupato, ma vi riceverà appena possibile.»

«Buongiorno, Til» intervenne il carovaniere. «Sono Sherpak. E questo è il Creatore Eliott, accompagnato da Katsia e Farjo, che vengono da Oniria.»

«Buongiorno, cari ospiti!» esclamò il giovanotto con l'entusiasmo di un animatore di un club vacanze. «Sono molto felice di accogliervi qui. Proverò a spiegarvi tutto sulla Sabbia e sulla sua distribuzione. Andiamo?»

«Senza di me» replicò Sherpak, «purtroppo vi devo lasciare.»

«Ve ne andate?» gridò Eliott, che pensava di poter contare ancora sulla presenza rassicurante del carovaniere.

«Sì, devo fare una deposizione davanti all'Assemblea dei Saggi riguardo a quanto è accaduto ieri con i lupi mannari. Ma ci vediamo più tardi a casa mia, va bene? Vi ricordate la strada?»

«Ce l'ho stampata qui» rispose Katsia indicandosi la fronte. «Come tutti i luoghi da cui sono passata. Memoria da avventuriera.»

Sherpak sorrise, poi porse a Eliott il pacchetto che teneva in mano.

«Tieni, dallo al Mercante della Sabbia da parte mia, è una cosa che mi aveva chiesto di fargli avere. Fai attenzione a non scuoterlo troppo, è fragile.»

«D'accordo» acconsentì Eliott con voce tremante di paura. «Allora, a dopo...»

«Non preoccuparti» lo rassicurò Sherpak dandogli una pacca sulla schiena, «andrà tutto bene.»

6

INSONNIA

Juliette si rigirò nel letto per l'ennesima volta. Nell'oscurità intravedeva la sagoma della sorella, immobile sotto le coperte dall'altra parte della stanza. Tuttavia, sentiva che Chloé non stava dormendo. Era una di quelle cose che le gemelle sapevano l'una dell'altra senza aver bisogno di dirselo.

«Dormi?» domandò, comunque.

«No, non ci riesco» rispose Chloé. «Non dopo quello che ci ha raccontato Mamilou.»

«Neanch'io» bisbigliò Juliette. «Non posso credere che tra meno di un mese papà non sarà più con noi.»

Un silenzio grave piombò sulla stanza, turbato soltanto dal gorgoglio del radiatore. Poi si udirono dei singhiozzi che provenivano dal letto di Chloé.

Juliette, invece, non piangeva. Fissava il soffitto, furiosa. Ce l'aveva con il mondo intero che non poteva salvare suo padre.

«Credi che Eliott riesca a dormire?» domandò.

«Non lo so...»

Le due bambine non ebbero bisogno di dirsi altro. Si alzarono nello stesso momento, si infilarono pantofole e vestaglia, e si intrufolarono nell'oscurità del corridoio fino alla camera del fratello. Juliette spinse la porta facendo pianissimo. E le due si aprirono un varco tra le cianfrusaglie sparpagliate a terra, fino al letto di Eliott.

«Dorme come un angioletto» bisbigliò Chloé con invidia. «Non so come faccia.»

«Neanch'io» bisbigliò Juliette. «Ma sai una cosa? Ultimamente faccio fatica a capirlo. Non trovi anche tu che sia un po' strano?»

«Sì» convenne Chloé. «Parla ancora meno del solito e ha le occhiaie che gli arrivano alle guance, anche se va sempre a letto prestissimo.»

«Sono sicura che ci nasconde qualcosa» dichiarò Juliette.

«Dici?»

«Sì» affermò Juliette. «Qualcosa di grave.»

«Oh, no!» si allarmò Chloé. «Secondo te, si droga? Ho sentito dire che nella sua scuola ci sono ragazzi che si drogano.»

«Spero di no» bisbigliò Juliette. «Ma non riusciremo a saperne tanto di più restando qui a guardarlo dormire. Dai, andiamo. Domani cominciano le indagini.»

7

REPLICAE DORMITIVAE

Til condusse Eliott, Katsia e Farjo attraverso un dedalo di corridoi con pareti e soffitti formati da spessi vetri colorati. L'esuberante giovane guida snocciolava spiegazioni entusiaste su ogni minimo dettaglio architettonico accompagnandole con gesti animati. A sentirlo parlare, il Palazzo di Vetro era in assoluto l'edificio più bello di entrambi i mondi.

Man mano che avanzavano i corridoi diventavano sempre più frequentati, finché non raggiunsero un'arteria più grande in cui centinaia di persone sfrecciavano in ogni direzione. Tutti indossavano la stessa tunica di Til, ma di diversi colori: i più portavano un'uniforme blu, ma ne incrociavano anche di gialle, verdi, rosse, grigie e alcune rare uniformi nere.

Til si fermò davanti a una porta metallica blu sulla quale era dipinta a grandi lettere bianche la seguente scritta: SERRA DI DISTRIBUZIONE NUMERO 37.

«Preparatevi a sentire caldo» annunciò con un sorriso.

Detto questo, aprì la porta su una sala più grande di uno stadio, completamente coperta da un'immensa vetrata. Il calore era soffocante. Til e i tre visitatori avanzarono su un promontorio che offriva una magnifica visione d'insieme. Per tutta la lunghezza della sala e su vari piani si allineavano, a intervalli regolari, milioni di piante a foglia larga disposte su grossi tavoloni bianchi. Tra i corridoi si affaccendavano migliaia di persone che indossavano tuniche blu scuro. Quel luogo era talmente immenso da dare un senso di vertigini.

«Cosa succede qui?» domandò Farjo. «Coltivate l'insalata?»

«No» rispose Til, divertito. «Vi trovate all'interno di un'unità ultramoderna di distribuzione della Sabbia.»

«Ma non viene distribuita direttamente nel mondo terrestre?» si stupì Eliott, che aveva in testa la rappresentazione tradizionale del Mercante della Sabbia che volava sopra i letti dei bambini ricoprendoli con abbondanti manciate di Sabbia per farli dormire.

«In piccola parte, sì. Ma la Terra ha conosciuto un'esplosione demografica senza precedenti negli ultimi anni, mentre la popolazione di Oza-Gora è rimasta pressoché stabile. Per noi è diventato impossibile far addormentare tutto il mondo, anche lavorando senza sosta. Così il Mercante della Sabbia ha messo a punto una nuova tecnica che permette di effettuare la distribuzione a distanza grazie a queste piante.»

«Non capisco proprio il collegamento» commentò Katsia in tono scettico.

«Seguitemi e capirete tutto» ribatté Til.

Il giovanotto si precipitò giù per un'ampia scala e attese i visitatori accanto alla prima pianta della fila.

Da vicino, sembravano normalissime piante a foglia larga in vaso, tranne che per un piccolo dettaglio: si muovevano senza che soffiasse un alito di vento.

«Ecco a voi una *Replica dormitiva*» annunciò Til indicando la pianta. «Si tratta di una pianta che cresce soltanto in una zona molto ristretta, nel cuore più recondito del deserto di Oza-Gora. Eliott, puoi leggerci cosa c'è scritto qui?»

Indicò una grossa etichetta incollata sul vaso in cui la pianta affondava le radici.

«Samuel L. Jones, maschio, dieci anni. 1256 Broadway, New York City, USA» lesse Eliott a voce alta. «È il nome e l'indirizzo di un bambino.»

«Esattamente» confermò Til. «È il nome e l'indirizzo della persona collegata a questa pianta.»

Farjo si precipitò sotto il tavolo su cui era posato il vaso.

«Tu di' quello che vuoi, bello, ma qui sotto non c'è collegato nessuno!» esclamò.

Til scoppiò in una sonora risata.

«Collegato in senso figurato» precisò. «Il Mercante della Sabbia ha sviluppato un sistema che permette di collegare ogni Terrestre a una *Replica dormitiva*. Grazie a questa invenzione, basta versare della Sabbia sulla pianta per fare addormentare il Terreste collegato a essa. Non è più necessario visitarli a uno a uno. Questo consente di farci guadagnare tantissimo tempo.»

«Ma allora, ogni Terreste ha una pianta?» domandò Farjo.

«Sì, tutti. Tranne i neonati. Ci vogliono alcune settimane, a volte anche dei mesi, prima di riuscire a collegare una *Replica dormitiva* a un neonato.»

Farjo diede un colpetto a Eliott col gomito.

«Sai cosa significa, amico mio?» bisbigliò all'orecchio del giovane Creatore.

«Sì» rispose Eliott con il cuore che gli batteva forte. «Questo significa che mio padre ha una *Replica dormitiva* da qualche parte in queste serre.»

«Possiamo chiedere a Til di andare a vederla!» suggerì Farjo.

«No» rispose Eliott. «Prima preferisco parlare con il Mercante della Sabbia.»

«Come vuoi tu.»

Mentre i due discutevano, Til si era avvicinato a una lastra di vetro inclinata collocata su un'asta di legno, in fondo alla fila di piante. La sfiorò con la mano e parecchie icone apparvero in colori fluorescenti.

«Eliott, mi puoi dire il tuo nome completo, quanti anni hai e il tuo indirizzo, per favore?» gli domandò.

«Eliott Lafontaine. Dodici anni. Abito a Parigi in Rue de Lisbonne.»

Til cliccò su un'icona e inserì tutti i dati.

«Siamo fortunati» annunciò, infine. «La tua *Replica dormitiva* si trova proprio in questa serra. Andiamo a vederla, seguitemi.»

Il giovane Oza-Goriano guidò i visitatori fino all'altra estremità della sala, facendosi largo tra i renaioli in tunica blu indaffarati intorno alle piante. Alcuni si limitavano a osservare le *Replicae dormitivae*, altri gettavano sulle foglie manciate di una polvere finissima che pescavano da piccole sacche fissate alla cintura. Farjo era salito sui tavoli e procedeva facendo slalom tra le piante. Eliott, invece, camminava lentamente soffermandosi a leggere le etichette incollate sugli innumerevoli vasi.

«Queste piante sono tutte collegate a bambini» osservò, stupito.

«Sì, ci troviamo in una delle serre riservate ai bambini dai nove ai tredici anni» spiegò Til. «Ci sono più di duecento serre come questa nel palazzo. Di fatto, cerchiamo di raggruppare nella stessa sala soggetti con esigenze simili. Nel caso dei bambini, si interviene in funzione dell'età. Per esempio, i neonati devono dormire tre o quattro volte al giorno, i bambini un po' più grandi fanno il pisolino al pomeriggio, gli adolescenti dormono a lungo durante il fine settimana... Inoltre, all'interno di ogni sala, si classificano i soggetti in base al fuso orario e alle loro abitudini legate al sonno. Un miracolo della logistica!»

«Ma come fate a sapere quando distribuire la Sabbia a ciascuno?» chiese Katsia.

«Osserviamo le piante. Senza dubbio avrete notato che le *Replicae dormitivae* non sono statiche.»

«Eccome se l'abbiamo notato!» esclamò Farjo. «Non la smettono di farmi il solletico!»

«La pianta si muove per esprimere lo stato di attività della persona collegata a essa. I renaioli botanici che lavorano qui sono esperti nell'arte di individuare il momento preciso in cui la persona è a riposo e pronta ad addormentarsi. Lo studio delle *Replicae dormitivae* è una scienza molto complessa.»

«E cosa succede se il renaiolo si sbaglia?» chiese Eliott, preoccupato.

«Cerchiamo di evitare errori il più possibile» spiegò Til, «ma può succedere che la Sabbia venga distribuita nel momento sbagliato. Comunque sia, stai tranquillo: se il Terrestre non si trova in una situazione in cui può dormire, non si addormenterà di colpo. Si sentirà un po' assonnato, magari si appisolerà per un attimo o sognerà da sveglio, tutto qua.»

«Allora credo che il renaiolo che si occupa della mia *Replica dormitiva* sia un po' sadico perché pare che si diverta a distribuirmi la Sabbia durante le lezioni di matematica!» borbottò Eliott.

Til scoppiò a ridere. Farjo e Katsia, che non erano mai stati tra i banchi di scuola, si scambiarono un'occhiata perplessa.

Til condusse i tre visitatori attraverso il labirinto di corridoi e infine arrivarono davanti a un'etichetta sulla quale c'era scritto: "Eliott Lafontaine, maschio, dodici anni. 16, Rue de Lisbonne, 17° Arrondissement, Parigi, Francia". Le foglie della *Replica dormitiva* di Eliott ondeggiavano con un delicato movimento regolare. Il giovane Creatore non osava avvicinarsi: lo inquietava l'idea di trovarsi di fronte a un organismo vivente così intimamente collegato a lui.

«Allora, cosa ci dice di bello questa pianta?» domandò in finto tono indifferente.

«Ci dice che stai dormendo come un sasso» spiegò Til. «Logico, infatti sei qui con noi.»

«E cosa succede se la tocco?» ridacchiò Farjo avvicinando la zampa alla pianta con aria dispettosa.

Eliott sgranò gli occhi in preda al terrore, ma Til liquidò la provocazione puerile della scimmia senza tante parole.

«Non succede proprio un bel niente. Forza, seguitemi. Voglio mostrarvi una sala di raffinazione.»

8

I RETROSCENA DEL POTERE

Il grifone Sigurim, l'uomo forte di Oniria, direttore della Cellula di Rapporto, Arresto e Mantenimento dell'Ordine, non era abituato al fatto che la regina Dithilde prendesse decisioni senza chiedergli la sua opinione. E la cosa non gli piaceva affatto. La regina aveva convocato il Gran Consiglio senza consultarlo e quello era un segnale indiscutibile che la sua influenza sulla sovrana continuava a diminuire.

Tutto era cominciato poco dopo il rapimento della principessa Aanor, era da allora che la sfortuna si accaniva sul grifone.

Il piano segretissimo – e poco ortodosso – fomentato da Sigurim per reprimere la rivoluzione era semplice: grazie alla clessidra di quel giovane Creatore recentemente comparso a Oniria avrebbe potuto inviare un agente nel mondo terrestre per uccidere chi aveva creato La Bestia. Tutte le creature oniriane generate da quel Terrestre sarebbero scomparse con lui, e quella sarebbe stata la fine della Bestia e della rivoluzione degli incubi. Certo, quel piano comportava la violazione di alcune sacrosante leggi immutabili di Oniria. Ma Sigurim era un essere d'azione, uno di quelli convinti che grandi obiettivi giustificano piccoli compromessi.

Il piano era semplice, però aveva come presupposto una cosa. Una cosa sola. Mettere le mani sulla clessidra di quel Creatore. Tuttavia, malgrado l'avviso di ricerca diffuso in tutto il Regno, per il momento il Creatore in questione era riuscito a sfuggire alle truppe di Sigurim. Per il grifone, questo era fonte di grande disappunto. Che in quattro anni non fosse riuscito a catturare il ribelle Jov' poteva passare: era noto che quel criminale avesse numerosi alleati, quindi non c'era da meravigliarsi che fosse riuscito a rimanere nascosto. Ma quel Creatore era giovane, inesperto, e in teoria non doveva avere appoggi a Oniria. Se fosse riuscito a sfuggire ancora alle truppe della CRAMO, era molto semplice: ben presto Sigurim sarebbe diventato lo zimbello di tutto il Regno.

Come se non bastasse, la rivoluzione degli incubi era diventata semplicemente incontrollabile. Pur lavorando giorno e notte, gli squadroni della CRAMO, troppo poco numerosi, non riuscivano più a proteggere la popolazione. E la terribile notizia che Sigurim stava per dare alla regina era la prova evidente che la situazione gli era completamente sfuggita di mano...

Sigurim salutò con un breve e poco educato cenno della testa la giovane dea a dieci braccia che lavorava nella segreteria della regina, poi diede due colpi secchi alla porta dell'ufficio.

«Avanti» rispose una voce flebile.

Non appena vide entrare il grifone, la regina Dithilde fece una smorfia delusa. Abbassò subito la testa per continuare a mettere ordine tra le pile di carte che troneggiavano, instabili, sullo scrittoio.

«Aspettavate qualcun altro, Vostra Maestà?» chiese il grifone.

«In effetti, sì» rispose la regina senza ulteriori spiegazioni. «Di cosa volevate parlarmi, Sigurim?»

«Devo comunicarvi una notizia importante» annunciò il grifone.

La regina sollevò di scatto la testa con un bagliore di speranza negli occhi.

«Siete riuscito a mettere le mani sul giovane Creatore?»

«No» rispose il grifone. «Temo di dovervi dare una brutta notizia.»

La regina chiuse gli occhi e fece un respiro profondo. «E di che notizia si tratta?» domandò infine in tono rassegnato.

«Questa mattina i miei informatori a Ephialtis mi hanno riferito che la notte scorsa alcuni lupi mannari hanno attaccato una carovana oza-goriana. A quanto pare con l'approvazione della Bestia.»

«Ne sono al corrente» replicò la regina. «È proprio per questo motivo che ho convocato il Gran Consiglio. C'è altro?»

Il grifone rimase allibito. Il fatto che non fosse stato lui il primo a dare la notizia alla regina dimostrava che la sua situazione stava diventando veramente preoccupante.

«Perdonatemi, Vostra Maestà» esordì Sigurim, «ma posso sapere come avete ottenuto questa informazione? Tramite vostra figlia?»

«No, lei ha tagliato tutte le comunicazioni» mormorò con amarezza la regina. «Ho appreso la triste notizia direttamente da Mashar. Mi ha contattata questa mattina per informarmi che la carovana era rientrata con un uomo in meno a causa dell'attacco dei lupi mannari rivendicato dalla Bestia. Ne parleremo tra poco con gli altri membri del Gran Consiglio.»

«Non sapevo che i lupi mannari avessero ucciso un uomo» borbottò Sigurim.

«Allora dite ai vostri informatori di essere più precisi la prossima volta» tagliò corto la regina.

«Ciò che intendo dire» insistette il grifone, «è che qualcosa non quadra. I lupi mannari sono quasi incontrollabili. Una volta che hanno ricevuto l'ordine di attaccare non si possono più fermare, il sapore del sangue è irresistibile per loro. Eppure, hanno ucciso un solo uomo. È molto strano. Malgrado la loro leggendaria rapidità, gli Oza-Goriani non sono in grado di difendersi efficacemente da un attacco dei lupi mannari. Avrebbero dovuto subire più perdite.»

«Questo io non lo so» s'irritò la regina. «In ogni caso si tratta del popolo sacro! Può essere che La Bestia abbia ordinato ai lupi mannari di fare una sola vittima, per esempio.»

«Ne dubito» commentò il grifone con una smorfia.

«E i vostri dubbi vi portano a una conclusione di qualche interesse per noi?» domandò la regina con freddezza.

«Per il momento, no, Vostra Maestà» ammise il grifone.

«Allora vedete di meditarci su per conto vostro, per cortesia» ordinò la regina. «Io ho già abbastanza preoccupazioni.»

Sigurim non ebbe il tempo di replicare. Una raffica di colpetti secchi risuonò alla porta. La regina fece segno al grifone di aprirla. Qualche secondo dopo, un minuscolo uccellino verde comparve nell'ufficio.

«Bogdaran, ho del lavoro per te» tagliò corto la regina senza perdere tempo a salutare il nuovo arrivato.

«Ai vostri ordini, Vostra Maestà» pigolò l'uccellino posandosi sullo schienale di una sedia. «Di cosa si tratta?»

«Devi spiare La Bestia e tutti quelli che abitano con lui nel suo palazzo, compresa mia figlia.»

«A... a Ephialtis?» chiese la bestiola in un gemito.

«Sì, a Ephialtis» confermò la regina in tono duro. «Sempre che tu non preferisca che ti cacci di nuovo.»

«No, no, no!» squittì l'uccellino scuotendo la testa. «Andrò a Ephialtis. Ogni vostro desiderio è un ordine, Vostra Maestà.»

«Bene. Voglio sapere tutto quello che succede in quel palazzo, e soprattutto voglio che scoviate qualche falla nell'organizzazione della Bestia. Deve per forza essercene una. Voglio che troviate il modo di liberare la principessa Aanor dalle grinfie di quell'orribile mostro.»

«Se mi posso permettere» intervenne il grifone, «ho già affidato ai miei agenti di Ephialtis questa missione...»

«E hanno dimostrato la loro incompetenza!» sbottò la regina. «Sono cinque giorni che mi fate aspettare senza il minimo progresso, Sigurim. Devo cambiare strategia. Bogdaran è un codardo, ma anche un'eccellente spia che passa inosservata quasi ovunque. Lo ha dimostrato seguendo mia figlia a sua insaputa per anni. Senza dubbio saprà ottenere le informazioni che in seguito permetteranno ai vostri uomini di intervenire.»

«A proposito di informazioni» esordì Bogdaran, gonfiando le piume verdi sul petto con orgoglio, «Vostra Maestà sarà senz'altro felice di conoscere il contenuto della conversazione che hanno avuto Sua Maestà la principessa Aanor e il giovane Creatore poco prima del rapimento.»

Gli altri due si voltarono al contempo a fissarlo.

«Sono passati cinque giorni» sibilò la regina, stizzita. «E solo adesso ti decidi a parlare?»

«Mi avete cacciato subito dopo l'incidente, Vostra Maestà» replicò l'uccellino con un inchino. «Non ero più al vostro servizio, quindi...»

«Però ora lo sei di nuovo!» strillò la regina. «Cosa aspetti? Parla!»

«Il ragazzo è venuto a Oniria con l'obiettivo di incontrare il Mercante della Sabbia» spiegò l'uccellino. «Vostra figlia ha deciso di aiutarlo e gli ha consigliato di salire a bordo della carovana di Oza-Gora per raggiungere la città della Sabbia.»

«Questo spiega tutto!» esclamò il grifone. «Non so come sia riuscito in questa ardua impresa, ma è evidente che c'era anche quel Creatore sulla carovana. È stato lui a salvare i carovanieri dall'attacco dei lupi mannari. È molto dotato, molto abile. Per questo motivo è stato ucciso un solo carovaniere.»

La veste della regina aveva assunto la sfumatura blu della riflessione.

«Allora, se è vero quello che dite» mormorò, «questo significa che il ragazzo è riuscito a raggiungere la città della Sabbia.»

«Sì» confermò il grifone. «E questo significa anche che gli Oza-Goriani sono al corrente della sua presenza. Non è entrato clandestinamente a Oza-Gora. Non dopo aver salvato i carovanieri. Lo hanno accolto. Questo è certo.»

«E Mashar non mi ha detto nulla!» sbottò la regina, mentre la veste prendeva il colore rosso scuro della collera.

Il grifone non esitò un istante. Aveva l'occasione di segnare un punto a proprio favore perché quel moto di collera rendeva la regina vulnerabile. Era il momento di agire, e doveva farlo subito.

«Bogdaran!» sibilò rivolgendo all'uccellino un'occhiata truce. «Sei ancora qui? La regina ti ha dato un ordine. Vai subito a prendere posto a Ephialtis. E non tornare fino a quando non avrai ottenuto informazioni interessanti.»

«Agli ordini, signore» rispose l'uccellino impaurito, e sfrecciò subito via a tutta velocità.

Dopo aver chiuso la porta, il grifone si avvicinò lentamente alla regina.

«Vostra Maestà» le sussurrò all'orecchio, «purtroppo non vedo che un'unica soluzione per far fronte alla situazione presente.»

«Vi ascolto» mormorò la regina in tono stanco.

«Dobbiamo convincere il Gran Consiglio a dichiarare lo stato di emergenza» affermò il grifone. «È l'unico modo per proteggere la popolazione dalla crescente aggressività degli incubi.»

«Mashar non mi darà mai la sua approvazione» replicò la regina. «Al contrario, vorrebbe che intraprendessi delle negoziazioni con gli incubi...»

«Questo perché ignora quanto pericolosi possano essere quegli incubi» affermò il grifone. «Mashar si culla nelle illusioni. Non guarda la realtà in faccia. Forse perché si sente al sicuro nel suo deserto inaccessibile... Ma voi, voi sapete bene che se non li fermiamo subito, quegli incubi saranno capaci di marciare su Hedonis e di prendere il potere a Oniria!»

La regina rabbrividì.

«Non riuscirò mai a convincerlo» mormorò.

«Chi parla di convincerlo?»

La regina sollevò la testa.

«Per dichiarare lo stato di emergenza, devo ottenere il consenso di Oza-Gora» puntualizzò, come se fosse la cosa più ovvia del mondo. «Questa è l'usanza.»

«Esattamente!» esclamò il grifone con un sorriso mieloso. «Questa è l'usanza. Ma non sta scritto da nessuna parte nelle leggi di Oniria. Siete voi alla fine l'unica che può prendere decisioni. Vi basta solo l'appoggio del Gran Consiglio, che mi impegno a ottenere per voi, e poi potrete dichiarare da sola lo stato di emergenza. Sapete anche voi che è l'unica soluzione.»

La regina rimase pensierosa.

«Credete che dichiarare lo stato di emergenza sia veramente necessario?» domandò, infine. «Si tratta di una misura straordinaria. L'intero Regno resterà paralizzato, Oza-Gora privata di viveri...»

«Allo stato attuale delle cose» la rassicurò il grifone, «è l'unico modo per permettere ai miei uomini di sedare la rivoluzione degli incubi. Se indugiamo oltre, avranno la meglio su di noi.»

La regina chiuse gli occhi e fece un respiro profondo.

«Allora convinciamo il Gran Consiglio» concluse.

Poi passò davanti al grifone per andarsene. Mentre la guardava allontanarsi, Sigurim non riuscì a trattenere un mezzo sorrisetto. Era entrato in quell'ufficio sull'orlo della disgrazia, ma ora ne usciva più forte che mai. Perché, con lo stato di emergenza, i suoi poteri sarebbero stati quasi illimitati.

9

CONTENUTO PREZIOSO

Dopo aver lasciato l'ambiente soffocante della serra numero 37, Til, Eliott, Katsia e Farjo presero un trenino che li condusse attraverso dei corridori sempre più bui. A poco a poco, le pareti di vetro lasciarono spazio a muri di pietra e la luce naturale alla luce artificiale diffusa da grosse lastre bianche che, come confermò Til, erano di Pietra di Sabbia.

«Ci troviamo all'interno della scogliera» annunciò Til. «Il Palazzo di Vetro si estende ancora per parecchie decine di chilometri attraverso una rete di gallerie. In sostanza, la parte esterna serve a proteggere le serre. Le altre attività richiedono un controllo preciso del calore e della luce, ed è per questo che si svolgono prevalentemente nella parte rocciosa.»

Il trenino si fermò, e Til fece segno ai visitatori di smontare. Imboccarono un corridoio laterale, poi si arrampicarono lungo una scala interminabile che sbucava su un vasto piazzale che sembrava una stazione di smistamento. Decine di rotaie s'incrociavano in tutte le direzioni e centinaia di carrelli trainati da forze invisibili convogliavano della sabbia grigia nella direzione di grandi porte rosse che si sollevavano per lasciarli passare.

«È qui che arriva la Sabbia grezza estratta dalle cave» spiegò Til. «Seguitemi, andiamo a vedere come viene lavorata in seguito. Ma fate attenzione ai carrelli, pesano parecchie tonnellate!»

I quattro si infilarono sotto una porta rossa. Dall'altra parte, i carrelli versavano il loro contenuto prezioso in un gigantesco cratere, poi ripartivano verso la stazione di smistamento. Til spinse una porticina grigia, e un baccano assordante travolse i visitatori. Avanzarono su una piattaforma metallica che sovrastava una sala immensa, piena di vasche rotonde intorno alle quali si affaccendavano parecchi renaioli in tunica rossa. Trasportata da un estremo all'altro della sala da un'enorme vite senza fine, la Sabbia si riversava nelle vasche attraverso grandi cerchi di metallo.

«Quelli sono i setacci» spiegò Til, quasi gridando per farsi sentire sopra il rumore. «Permettono di separare i grani più grossi, scuri e freddi di Sabbia di Incubi dai grani più fini, chiari e caldi di Sabbia di Sogni. Dovete sapere che, in media, la Sabbia grezza è composta dal novanta per cento di Sabbia di Incubi, assolutamente inadatta alla distribuzione.»

«Quindi, la Sabbia che finisce nelle vasche che vediamo è quella che poi viene distribuita?» domandò Farjo.

«Non ancora. Servono in media tre passaggi in setacci sempre più fini per ottenere un risultato di buona qualità. Bisogna ridurre la proporzione di Sabbia di Incubi almeno del trenta per cento.»

«E cosa fate con gli scarti?» domandò Katsia.

«Un mucchio di cose» rispose Til. «Le proprietà refrigeranti della Sabbia di Incubi vengono utilizzate soprattutto per rinfrescare le case quando fa troppo caldo o per conservare gli alimenti. Inoltre hanno anche eccellenti proprietà antinfiammatorie... Ma guardate là! Stanno per svuotare quella vasca.»

Un uomo tarchiato in tunica rossa si avvicinò alla vasca che aveva indicato Til e infilò un lungo tubo nella Sabbia.

«Che cosa sta facendo?» domandò Katsia.

«Misura la temperatura della Sabbia. Dato che la Sabbia di Sogni è calda e quella di Incubi è fredda, la temperatura permette di determinare la composizione della miscela contenuta in ogni vasca. La temperatura ideale è di circa trentasei gradi Celsius. Tutte le vasche vengono mantenute a questa temperatura per non alterare le misurazioni della Sabbia. Salvo casi eccezionali, la temperatura è sempre troppo bassa dopo la prima setacciatura. Viene effettuata solo per formalità.»

L'uomo in tunica rossa ritrasse il termometro dalla vasca. Poi controllò varie spie su un pannello e azionò una leva. Subito si aprì una botola nella parte inferiore della vasca e la Sabbia si riversò a grande velocità lungo uno scivolo la cui estremità scompariva nel suolo.

«Scommetto che ci sono altre due sale di sotto» azzardò Farjo. «Per i tre passaggi al setaccio! Ecco perché ci hai fatti salire su quella scala interminabile!»

«Indovinato!» confermò Til. «Effettivamente ci sono tre livelli di sale sovrapposte con setacci sempre più fini. Se al terzo livello la Sabbia è ancora troppo fredda, viene setacciata manualmente. Altrimenti viene inviata nelle vasche di stoccaggio, pronta per la distribuzione.»

Appoggiato al parapetto della piattaforma, lo sguardo fisso sulle lancette di un enorme orologio appeso alla parete, Eliott ascoltava distratto le spiegazioni del giovane renaiolo. Per quanto quella visita guidata fosse interessante, non era per quel motivo che era venuto al Palazzo di Vetro. Erano già le 10:15.

«Tutto bene, Eliott ?» domandò Til. «Sembri altrove col pensiero.»

«È solo che... Avevamo appuntamento più di un'ora fa, e comincio a preoccuparmi. Il Mercante della Sabbia ci riceverà davvero?»

«Ma certo che sì!» esclamò il giovane renaiolo. «Il Mercante della Sabbia è spesso in ritardo, ma rispetta tutti gli impegni presi, credimi.»

«Sarà meglio per lui» intervenne Katsia, la mano platealmente posata sull'impugnatura della pistola. «Perché questo appuntamento è molto importante per il piccoletto. E se il tuo capo non lo riceverà questa mattina, dovrà vedersela con me, anche se è il Mercante della Sabbia.»

Til guardò l'avventuriera sbigottito.

«Non preoccupatevi» li rassicurò, «il Mercante della Sabbia vi riceverà. Mi informerà quando sarà disponibile e io vi porterò immediatamente da lui. Nel frattempo, vi propongo di continuare la visita... A meno che non preferiate aspettare davanti alla porta del suo ufficio.»

«Stai scherzando, bello? Continuiamo la visita!» gridò Farjo con entusiasmo.

Katsia ed Eliott acconsentirono con un cenno della testa, e Til li guidò fuori dalla sala di raffinazione.

10

PAZZI E SAGGI

L'auditorium dell'Accademia dei Saggi di Oza-Gora era tanto gremito quanto silenzioso. Decine di Saggi in toga bianca, immobili sui banchi di legno, tenevano gli occhi puntati su Sherpak. Il carovaniere, in piedi davanti all'assemblea, aveva appena terminato di esporre gli eventi funesti del giorno prima. Era il momento delle domande.

Una donna anziana con uno chignon brizzolato alzò la mano.

«Nel vostro racconto, Sherpak, avete menzionato il fatto che il giovane Creatore è ricercato dalla CRAMO» esordì. «E per questo motivo l'avete nascosto e portato fin qui. Ve ne diamo merito, poiché proprio questo giovane ha salvato la carovana dai lupi mannari… tuttavia, accettandolo a bordo avete sfidato l'autorità della regina. Perché?»

«Il ragazzo mi è stato affidato da Jov'» rispose Sherpak. «E voi sapete bene, come me, che il Mercante della Sabbia stima molto quel suo vecchio amico… e non dimentichiamo la gratitudine che tutti noi gli dobbiamo per i servizi che ci ha prestato in passato.»

«Ma i tempi sono cambiati» intervenne un omone barbuto. «Oggi Jov' è un reietto ricercato dalla CRAMO. È ancora degno di fiducia?»

«Jov' si è dato alla clandestinità per opporsi alla politica segregazionista della regina Dithilde e liberare incubi innocenti dall'inferno di Ephialtis» obiettò Sherpak. «Credo che nessuno di noi possa rimproverarglielo! Vi ricordo che, qualche anno fa, la stessa Assemblea dei Saggi di Oza-Gora ha provato invano a inviare una delegazione al cospetto della regina per dissuaderla dal perpetrare questa politica repressiva.»

«Avete ragione» convenne la donna con lo chignon, «ai miei occhi Jov' è ancora degno di fiducia, tuttavia ciò non spiega perché quel ragazzo è ricercato, né perché dobbiamo proteggerlo.»

Il carovaniere si sfilò dalla tasca della tunica una lettera già aperta e la mostrò ai Saggi.

«Questa è la lettera in cui Jov' mi chiede di occuparmi del ragazzo. Spiega molte cose. Ufficialmente, Eliott è ricercato per complicità in merito al rapimento della principessa Aanor. Tuttavia, secondo Jov', questo è soltanto un pretesto. È stata La Bestia in persona a rapire la principessa. Eliott era presente sul luogo e, al contrario, lui ha cercato di impedire il rapimento, fatto ben noto alla regina. Questa versione è stata confermata punto per punto dagli informatori di Jov'.»

«Ma allora perché è ricercato?» si spazientì la donna con lo chignon.

«Non è lui che cercano» rispose Sherpak in tono grave, «ma la sua clessidra. A quanto pare, il grifone intende utilizzarla per inviare un agente nel mondo terrestre. L'obiettivo è eliminare il Terrestre che ha creato La Bestia, e con lui tutte le sue creature oniriane. Tutto ciò con il benestare della regina.»

«Ma le leggi immutabili proibiscono agli Oniriani di recarsi nel mondo terrestre!» gridò la donna con lo chignon. «E per di più con la clessidra di un Creatore! Lo spirito del giovane Creatore resterà intrappolato a Oniria e...»

«Eppure, ciò non sembra preoccupare né Sigurim né la regina» la interruppe Sherpak.

Grida inorridite risuonarono per tutta la sala. I visi erano tanto inquieti quanto scandalizzati. Un uomo più giovane degli altri si alzò in piedi.

«Dobbiamo inviare una delegazione al cospetto della regina Dithilde per riportarla alla ragione!» esclamò. «Il suo comportamento è irresponsabile, per non dire inaccettabile!»

«È diventata pazza!» strillò una voce.

«E quel grifone è un pericolo pubblico!» le fece eco un'altra.

Il wadi di Oza-Gora, seduto in mezzo agli altri Saggi, si schiarì la gola in maniera rumorosa. Subito, il clamore cessò. Tutte le teste si voltarono verso Mashar.

«Sfortunatamente, temo che la regina Dithilde non sia disposta a incontrarci» annunciò. «L'ho chiamata questa mattina per informarla dell'attacco alla carovana rivendicato dalla Bestia. Le ho suggerito di intraprendere negoziazioni con gli incubi. Si è opposta in maniera perentoria.»

Un mormorio di protesta si levò in tutta la sala.

«E cosa pensa di fare?» domandò un uomo mingherlino dai capelli bianchi.

«Aumentare i controlli e la repressione, sue parole testuali» rispose Mashar in tono stanco.

Le obiezioni si fecero ancora più veementi.

«Ancora di più?»

«Ma non serve a niente!»

«Dovrebbe ridare la libertà agli incubi!»

«Non ha capito niente.»

Quando tornò la calma, una donnina esile alzò la mano.

«Mashar, avete detto alla regina della presenza del giovane Creatore a Oza-Gora?» domandò con una vocina minuscola come lei.

«No» rispose Mashar. «Vista la gravità della situazione, considero nostro dovere proteggere il giovane Creatore e la sua clessidra. Non possiamo permettere che la regina infranga impunemente le leggi immutabili.»

Un'approvazione generale seguì quella dichiarazione.

«E dove si trova il Creatore in questo momento?» domandò un uomo dalla pelle particolarmente scura.

«È al Palazzo di Vetro» rispose Sherpak. «Ha un appuntamento con il Mercante della Sabbia. È stata principalmente la prospettiva di questo incontro a spingerlo a venire a Oniria.»

«Ho chiesto al Mercante della Sabbia di attendere l'esito della nostra riunione prima di ricevere il ragazzo» aggiunse Mashar. «Quel ragazzo è venuto a chiedere l'aiuto degli Oza-Goriani per una questione personale, e volevo assicurarmi che l'Assemblea fosse concorde a concederglielo.»

«La situazione è critica» replicò l'uomo dalla pelle scura. «Se il grifone riesce a impossessarsi della clessidra del Creatore e a inviare un agente nel mondo terrestre, non oso immaginare cosa potrebbe succedere. Sappiamo bene tutti che la violazione di una legge immutabile mette in pericolo l'intera Oniria. Non conosco il motivo per cui questo giovane richiede l'aiuto del Mercante della Sabbia, ma non può essere così grave come ciò che accadrà se gli ruberanno la clessidra. Non sarebbe più saggio chiedergli di tornare a casa sua e di non venire più nel mondo dei sogni fino a nuovo ordine?»

Un mormorio di approvazione percorse la sala. Mashar stava per rispondere quando una timida ragazza comparve nell'auditorium. Si avvicinò senza far rumore al wadi per consegnargli un messaggio che lui lesse subito. Dopo qualche secondo, Mashar si posò lentamente il foglio sulle ginocchia e sollevò il viso pallido.

«Sono stato informato che la regina Dithilde ha dichiarato lo stato di emergenza» annunciò con voce da funerale. «D'ora in avanti nessun Oza-Goriano è autorizzato a uscire dal territorio. Le carovane sono sospese fino a nuovo ordine. La comunità dovrà organizzarsi per sostenersi con le proprie risorse. Non sappiamo per quanto tempo durerà.»

11

IMMERSIONE NEL BLU O NEL BIANCO

Til, Eliott, Katsia e Farjo scesero dal trenino proprio davanti all'ingresso di un lungo corridoio in pietra ocra, costeggiato a intervalli regolari da piccole porte verdi. Til guidò i visitatori fino a una di queste porte e batté cinque colpetti discreti. Una voce li autorizzò a entrare. A quel punto, Til fece segno agli altri di non parlare, e tutti insieme si intrufolarono piano piano in una bassa sala a volta in cui regnava una luce smorzata e il silenzio più assoluto. Una decina di renaioli in tunica verde se ne stavano sdraiati a occhi chiusi su comodi divanetti, mentre una donna sulla trentina in tunica bianca controllava le indicazioni che comparivano su un tablet di vetro collocato in fondo a uno dei divanetti.

Eliott rabbrividì. Quella scena gli ricordava il reparto di cure palliative in cui si trovava il padre.

«Ah, sei tu, Til...» sussurrò la donna in tunica bianca. «Però non mi sembra di aver visto il tuo nome nel programma...»

«Buongiorno, Denia» rispose il giovane renaiolo. «No, non sono di turno questa mattina. Ho qui con me dei visitatori e gli sto facendo fare il tour del palazzo. Ti dispiace se restiamo qui un attimo così spiego come funziona il trapasso?»

«D'accordo, ma non fate rumore» rispose la donna. «Due renaioli si sono appena immersi e hanno ancora il sonno leggero.»

«Va bene, grazie. Faremo attenzione.»

Til fece segno agli altri di seguirlo e si fermò accanto a uno dei corpi addormentati.

«Allora, cosa vedete?»

«Be'... una donna che dorme» rispose Farjo.

«Giusto. E non notate nient'altro?» domandò Til.

«Ha una borsa in pelle di cammeleonte» commentò Farjo, indicando con sguardo invidioso la saccoccia che si intravedeva appena, legata alla cintura.

«E indossa una clessidra simile alla mia!» osservò Eliott. «Ma questa clessidra è bianca e luminosa, invece la mia è blu e assorbe la luce.»

Il giovane renaiolo afferrò delicatamente la clessidra appesa al collo della donna addormentata e la sollevò in posizione verticale. «Nient'altro?»

«Sì!» esclamò Eliott. «La sabbia scorre dall'alto verso il basso!»

«E quindi?» intervenne Katsia. «È normale, no?»

«Quindi quella clessidra non funziona come la mia» replicò Eliott. «Quando mi trovo a Oniria, la sabbia della mia clessidra scorre dal basso verso l'alto. Guarda!»

Eliott le mostrò il prezioso pendente. La sabbia scura era tutta incollata sulla parte superiore del contenitore di vetro.

«Infatti, questa clessidra è esattamente il contrario di quella di Eliott» spiegò Til. «Questa donna sta per effettuare un trapasso, che nel nostro gergo chiamiamo anche "immersione". Mentre il suo corpo sta dormendo qui, in questa sala, grazie alla clessidra bianca che porta al collo la sua mentre viaggia verso il mondo terrestre. È il procedimento inverso rispetto alla clessidra blu di Eliott, che permette alla mente di un Terrestre di raggiungere il mondo dei sogni.»

Eliott rimase a bocca aperta. Se le clessidre degli Oza-Goriani non erano uguali alla sua, se la sua clessidra permetteva solo alla mente di un Terrestre di raggiungere il mondo dei sogni, e se serviva una clessidra diversa per effettuare il viaggio inverso, allora perché Sigurim voleva impossessarsi della sua clessidra per inviare un agente nel mondo terrestre? C'era qualcosa che gli sfuggiva...

Eliott si curvò verso Farjo.

«Tu lo sapevi?» gli domandò.

«No» rispose la scimmia. «Credevo che gli Oza-Goriani utilizzassero le stesse clessidre dei Creatori.»

Eliott aggrottò la fronte e si girò verso Til.

«E se un Oniriano utilizzasse la mia clessidra blu, cosa succederebbe?» domandò con voce soffocata.

«Un Oniriano?» ripeté Til con aria grave. «È proibito dalle leggi immutabili!»

«Ma se lo facesse comunque?» insistette Farjo che aveva capito dove voleva arrivare l'amico. «Se qualcuno del mondo dei sogni prendesse la clessidra di Eliott e si addormentasse con quella, cosa succederebbe?»

Til gettò alla scimmia un'occhiata sospettosa.

«Rilassati, cocco» intervenne Katsia. «Nessuno qui ha intenzione di rubare la clessidra a Eliott.»

«È solo una curiosità» aggiunse il giovane Creatore.

«Dunque...» rispose Til, «se qualcuno del mondo dei sogni si addormentasse con la clessidra di Eliott, sia la sua mente che il suo corpo si sposterebbero nel mondo terrestre. Allo stesso modo, se Eliott utilizzasse una clessidra bianca, la sua mente e il suo corpo finirebbero nel mondo dei sogni.»

Eliott storse la bocca, perplesso.

«E cosa può fare la mente di un Oza-Goriano in immersione nel mondo terrestre?» domandò Katsia. «La clessidra blu permette a Eliott di creare tutto quello che immagina quando si trova a Oniria... Suppongo che anche la clessidra bianca dia dei superpoteri a quelli che trapassano nell'altro mondo.»

L'avventuriera aveva fatto esattamente la domanda che Eliott aveva sulla punta della lingua.

«Hai ragione» rispose Til. «La mente di un trapassatore in immersione possiede facoltà indispensabili per distribuire la Sabbia a grande velocità all'interno delle case: è praticamente invisibile, può spostarsi molto rapidamente via terra e via aria, passare attraverso pareti e porte...»

«Come i fantasmi?» domandò Farjo.

«Proprio così!» esclamò il giovane renaiolo. «A volte accade anche che un trapassatore poco discreto si faccia vedere da un Terrestre. È per questo che i Terrestri credono ai fantasmi e agli spiriti e...»

«Ma la mente di un trapassatore...» lo interruppe Katsia, «può anche... potrebbe, per esempio, uccidere qualcuno?»

Til guardò l'avventuriera aggrottando le sopracciglia.

«Solo per curiosità» aggiunse Katsia. «Pensavo ai rischi del mestiere...»

Il viso di Til si rilassò un po'. «I rischi sono minimi» rispose infine. «Nel caso in cui un Terrestre un po' fragile scopra un trapassatore, può spaventarsi e avere un attacco cardiaco. Ma, a parte questo, non corriamo alcun rischio di ferire direttamente qualcuno. Laggiù, le nostre menti non possono né toccare né afferrare oggetti, perché passiamo attraverso a tutto ciò che appartiene al mondo terrestre. Le sole cose che possiamo toccare sono quelle che si trovano nella nostra saccoccia in pelle di cammeleonte: la Sabbia e la cerbottana che ci permette di lanciarla negli occhi dei Terrestri. Non c'è alcun rischio di ferire qualcuno in quel modo!»

Til si allontanò di qualche passo verso il fondo della sala. Katsia si avvicinò a Eliott e gli bisbigliò all'orecchio: «Almeno adesso sai perché il grifone ha bisogno di una clessidra blu. Con una bianca il suo agente non potrà uccidere nessuno».

Til tornò con una scatola di legno che aprì con estrema delicatezza. All'interno c'erano delle bustine di diversi colori pigiate le une contro le altre.

«Per l'immersione» spiegò, «utilizziamo queste bustine di tisana di Sabbia. Permettono di controllare il tempo di immersione con precisione in funzione del dosaggio. Bastano pochi sorsi.»

«Io non capisco a cosa serva l'immersione, dato che potete fare la distribuzione più rapidamente con quelle piante che fanno il solletico» commentò Farjo.

«A dire il vero, in realtà pratichiamo l'immersione solo per due categorie di persone. I neonati, prima che vengano collegati a una *Replica dormitiva*, e le persone che hanno modificato le proprie abitudini relative al sonno, per esempio perché hanno cambiato lavoro o perché sono in viaggio. Tramite l'immersione si può determinare a cosa è dovuto il cambiamento e, se necessario, spostare la pianta in un'altra serra o reparto. Inoltre, vengono effettuate regolarmente immersioni di controllo per verificare che ogni Terrestre stia bene.»

Eliott provò un balzo al cuore. Una visita di controllo! Ecco cosa mancava a suo padre da sei mesi! I renaioli si erano forse dimenticati di lui?

«E se le persone si trasferiscono o si trovano all'ospedale, voi come le trovate?» domandò, emozionato.

«Le etichette delle *Replicae dormitivae* si aggiornano automaticamente» rispose Til. «Basta leggere...»

Eliott avrebbe voluto chiedere a quando risaliva l'ultima immersione di controllo che avevano fatto a suo padre, ma un pulsante rosso cominciò a lampeggiare sul pannello situato in testa a un divanetto, proprio dietro Farjo.

«Quel trapassatore sta per svegliarsi» annunciò Til.

Denia fece loro segno di farsi da parte e si avvicinò al divanetto con una grossa coperta che posò sul corpo dell'uomo anziano che vi era sdraiato.

«Abbiamo sempre freddo quando torniamo da un'immersione» spiegò Til, anticipando la domanda che stava per fargli Eliott.

Il pulsante smise di lampeggiare e s'illuminò di una luce verde costante. Poi, le palpebre del trapassatore si misero a sfarfallare, fino ad aprirsi completamente.

«È andato tutto bene?» domandò Denia.

«Non è stato facile, ma abbiamo raggiunto il risultato» rispose il trapassatore.

Frugò nella sua saccoccia, ne tirò fuori una minuscola provetta che conteneva alcune gocce di liquido trasparente e la mostrò a Denia.

«Alla fine sono riuscito a recuperare queste maledette lacrime. Ma è stata una faticaccia, te l'assicuro!»

«Lacrime!» esclamarono in coro Eliott, Katsia e Farjo.

Solo in quel momento il trapassatore si accorse della loro presenza e gettò a Til un'occhiata interrogativa.

«Questi sono ospiti del grande capo» spiegò il giovane renaiolo. «Eliott viene dal mondo terrestre, Farjo e Katsia sono di Oniria. Potresti mostrarci a cosa servono queste lacrime, per cortesia?»

«Caspita! Sono secoli che non riceviamo visite così importanti!» commentò il trapassatore.

Subito saltò giù dal divanetto e fece segno ai visitatori di seguirlo. Una volta arrivati in fondo alla sala, ancora avvolto nella coperta, l'uomo aprì un grande armadio nel quale erano disposti alcuni vasi da fiori pieni di un bel terriccio bruno, un sacco di piccoli semi e una grande scatola di cartone. Afferrò un vaso che poi cacciò tra le braccia di Farjo senza domandargli il permesso, pescò dalla scatola quella che sembrava un'etichetta bianca e infine porse un seme a Eliott.

«Questo è un seme di *Replica dormitiva*» spiegò. «Piantalo nella terra, piccoletto. Proprio in mezzo al vaso.»

Eliott posò a terra il pacchetto di Sherpak, prese il seme e lo piantò nella terra. Non accadde nulla. A quel punto il trapassatore stappò la provetta.

«Queste sono le lacrime di un neonato di quattro mesi che ho raccolto con tutte le difficoltà del mondo» spiegò. «Non ho mai visto un bambino di quell'età dimenarsi tanto... Comunque sia, guardate bene!»

Versò qualche lacrima sul punto in cui Eliott aveva appena piantato il seme, e all'istante apparve un giovane germoglio di *Replica dormitiva* sotto agli occhi sbalorditi di Eliott. Poi il trapassatore versò ancora una lacrima sull'etichetta che aveva preso dall'armadio, e subito comparve una scritta in bella calligrafia: il nome, l'indirizzo e l'età del neonato. Per ultimo il trapassatore incollò l'etichetta sul vaso con gesto esperto.

«Ecco fatto!» esclamò, infine. «Ora dritto in serra e fine della storia! Non dovremo più andare nel mondo terrestre più volte al giorno per addormentare questo neonato.»

Proprio in quell'istante squillò una suoneria appena udibile. Subito Til si infilò una mano in tasca e ne tirò fuori un grosso ciottolo piatto che sfregò energicamente con la punta delle dita. Il ciottolo smise di suonare e Til consultò il messaggio che era apparso in lettere rosse sulla superficie piatta e liscia della strana pietra.

«Ci siamo» annunciò. «Il Mercante della Sabbia è pronto a ricevervi.»

12

LACRIME REALI E LACRIME ARTIFICIALI

L'ufficio del Mercante della Sabbia si trovava in cima al Palazzo di Vetro, sotto una magnifica cupola di cristallo. Eliott, Katsia e Farjo si fermarono sbalorditi davanti alla vetrata della sala d'attesa. Offriva uno spettacolo mozzafiato su centinaia di enormi serre allineate che si perdevano a vista d'occhio.

«Wow!» esclamò Farjo. «È così...»

«Immenso!» completò la frase Katsia con occhi stralunati.

«Ci vorranno delle ore per andare da una parte all'altra di questo palazzo!» commentò Farjo.

«Anche dei giorni, se si va a piedi» confermò Til. «Serve molto spazio per far crescere circa sette miliardi di *Replicae dormitivae*!»

Gli occhi di Eliott erano inchiodati sul paesaggio, ma la sua mente era altrove. Era arrivato il momento della verità. Mamilou, Jov', Farjo... Tutti sembravano dare per scontato che il Mercante della Sabbia sarebbe riuscito a curare suo padre in breve tempo. Tuttavia, senza saperne spiegare il motivo, aveva un brutto presentimento.

«Andiamo?» suggerì, distogliendo Katsia e Farjo dalla loro contemplazione.

«Andiamo!» risposero in coro i due Oniriani.

«Seguitemi, da questa parte» disse Til.

Eliott si infilò dietro il giovane renaiolo, seguito dai due amici. Til li condusse fino a una comunissima porta di legno. Stava per bussare quando una potente esplosione risuonò all'interno. Tutti indietreggiarono con un salto. Una baraonda incredibile si levò dalla stanza, come se stessero spostando tutti i mobili. Un istante dopo, più nessun rumore. Til attese qualche secondo prima di bussare con due colpi secchi. Una voce roca li invitò a entrare.

Til aprì la porta, e i quattro visitatori si ritrovarono in una nuvola di denso fumo bianco che li avvolse completamente irritandogli la gola. A poco a poco la nuvola si disperse ed Eliott, con il naso affondato nella manica della camicia, cominciò a distinguere ciò che lo circondava. Pareti piastrellate di bianco, scaffali e tavoli ricolmi di recipienti e provette, strumenti dalle forme bizzarre... Quella stanza assomigliava più a un laboratorio di scienze ultramoderno che a un semplice ufficio.

Le ultime volute di fumo svanirono e la sagoma di un uomo comparve in mezzo alla stanza. Era molto alto e indossava una tunica da renaiolo nera troppo larga per lui. Portava sulla schiena una mantella verde scuro, mezza bruciacchiata, fissata all'altezza del petto da una clessidra bianca da trapassatore. I radi capelli bianchi erano spettinati. Teneva un estintore per incendi tra le mani infilate in un paio di guanti gialli da giardiniere. Sorrise. I suoi denti perfettamente bianchi contrastavano con il nero della fuliggine che gli ricopriva il viso.

Non c'erano altre persone nella stanza. Doveva per forza essere lui. Era il Mercante della Sabbia.

«Scusatemi per il disordine» disse con semplicità. «Ho appena terminato un piccolo esperimento che purtroppo non è andato esattamente come speravo.»

Quell'uomo dall'aspetto trasandato e con un sorriso giovanile emanava una bellezza fuori dal comune. Era impressionante. Eliott avanzò e gli porse con mano tremante il pacchetto che gli aveva affidato Sherpak.

«Ah, la commissione che avevo chiesto, immagino!» esclamò il Mercante della Sabbia, entusiasta.

«Sì» confermò Eliott, «Sherpak mi ha detto di consegnarvi questo pacchetto.»

«Quel caro Sherpak! Non si è dimenticato di me.»

Il Mercante della Sabbia posò l'estintore, si tolse i guanti, si pulì frettolosamente il viso con uno straccio che gettò a terra e aprì il pacchetto con l'eccitazione di un bambino nel giorno del suo compleanno. All'interno c'era una grande scatola che conteneva un centinaio di fiale piene di liquido colorato. Il Mercante della Sabbia ne scelse una e la strappò. Subito un piacevole profumo d'erba appena tagliata invase l'ufficio coprendo la puzza di bruciato.

«È perfetto!» esclamò.

«Che cos'è?» domandò Farjo.

«Sono aromi» rispose il Mercante della Sabbia con un bagliore vivace negli occhi. «Aromi potenti racchiusi in queste piccole fialette sotto forma di goccioline di profumo molto concentrato. Ce ne sono di tutti i tipi: menta, fiori d'arancio, ciambella, risotto ai gamberetti, l'odore del mare, quello dell'erba appena tagliata o quello di un bosco di cedri... Sono convinto che profumando la Sabbia con questi piacevoli aromi si possa migliorare la qualità dei sogni...» All'improvviso ammutolì, sollevò la testa e scrutò il viso di Eliott con sguardo attento. «Tu devi essere il giovane Creatore di cui mi ha parlato Sherpak.»

«Sì, mi chiamo Eliott.»

«Eliott...» ripeté il Mercante della Sabbia, come se quello fosse il nome più bello che avesse mai sentito. «Caspita, abbiamo qui il nipotino di Lou!»

«Voi conoscete mia nonna?» chiese Eliott, sbalordito.

«Certo, la conosco molto bene» rispose il Mercante della Sabbia. «O meglio, la conoscevo... È passato tanto tempo.»

Eliott era al contempo sbalordito e fiero che sua nonna conoscesse personalmente qualcuno di così importante come il Mercante della Sabbia. Ma allo stesso tempo non poté evitare di provare un po' di risentimento nei confronti di Mamilou… perché non glielo aveva mai detto? Gli sarebbe stato molto utile!

«Eliott, sono veramente desolato di averti fatto attendere» si scusò il Mercante della Sabbia. «Contrattempi indipendenti dalla mia volontà…»

«Non importa» replicò Eliott.

«Spero almeno che la visita al Palazzo di Vetro sia stata interessante» commentò il Mercante della Sabbia.

«È stata appassionante!» esclamò Katsia con entusiasmo.

Il Mercante della Sabbia posò la scatola dei cento profumi su una sedia già ingombra di altre cose e si girò verso la ragazza. «Tu devi essere la giovane e irruente avventuriera. Sherpak mi ha decantato il tuo talento nel combattimento.»

Katsia sembrò lusingata dal complimento. Avanzò verso il Mercante della Sabbia e gli porse una mano in gesto deciso.

«Mi chiamo Katsia» disse con voce chiara. «Sono molto felice di conoscervi.»

«Anch'io, Katsia» affermò il Mercante della Sabbia stringendo calorosamente la mano dell'esuberante avventuriera.

Farjo si era messo a saltellare sul posto per farsi notare. Obiettivo raggiunto: il Mercante della Sabbia si avvicinò a lui… e lo guardò con espressione grave.

«Quanto a te, signorino» esordì in tono severo, «ho l'impressione di averti già conosciuto. Mi avevano avvisato che sei un brontolone ingordo, ficcanaso, presuntuoso, chiacchierone e a volte persino anche volgare, se ho ben capito…» Farjo si acquattò su se stesso. Il Mercante della Sabbia continuò a fissarlo con sguardo duro ancora per qualche secondo, poi tutto d'un tratto sorrise. «Ma mi hanno detto anche che sei un allegro buontempone dal cuore grande e soprattutto un amico fedele. Queste sono ottime qualità! Forza, alzati!»

Il Mercante della Sabbia ringraziò Til di essersi occupato dei suoi ospiti e aprì la porta per farlo uscire. Aveva ancora la mano sulla maniglia quando si voltò verso Eliott.

«Preferisci che parliamo da soli?» gli chiese. «Sono certo che Til sarebbe felice di continuare la visita con Katsia e Farjo mentre noi...»

«No!» protestò Eliott. «Farjo e Katsia sono già al corrente di tutto e mi hanno aiutato ad arrivare fin qui. Non ho niente da nascondergli.»

«In tal caso, accomodatevi pure» replicò il Mercante della Sabbia chiudendo la porta dietro la quale Til stava scomparendo.

Li condusse in fondo alla stanza, in un angolo tappezzato di ripiani stipati di libri e altri oggetti vari. Là troneggiava uno scrittoio ancora più disordinato della camera di Eliott. Su invito del padrone di casa, gli ospiti spazzolarono via la polvere da tre sedie e si accomodarono. Il Mercante della Sabbia non usò molte precauzioni: si mise subito a sedere sulla sua poltrona facendo danzare in aria la cenere e la polvere che la ricopriva. Poi puntellò i gomiti sullo scrittoio, posò il mento sulle mani giunte e assunse un'espressione concentrata.

«Bene, Eliott» esordì, «a cosa devo il piacere di questa tua visita? Spiegami tutto. E non tralasciare alcun dettaglio, perché sono sempre molto importanti.»

Il ragazzo iniziò il suo racconto sforzandosi di non dimenticare nulla. Gli parlò della malattia del padre, come anche della teoria di Mamilou secondo la quale il sonno incessante di Philippe era dovuto a un impiego improprio della Sabbia. Raccontò di come sua nonna gli aveva consegnato la clessidra blu da Creatore che lei stessa non aveva più il diritto di utilizzare, nella speranza che lui potesse trovare, con l'aiuto del Mercante della Sabbia, un modo per curare il padre. Raccontò anche tutto quello che gli era accaduto dopo la prima volta che aveva messo piede a Oniria come Creatore: il suo incontro con Aanor, e poi con la regina Dithilde, che gli aveva chiesto di creare un esercito per permetterle di combattere contro la rivoluzione degli incubi, poi quello con Farjo e Katsia, che avevano accettato di aiutarlo, il rapimento di Aanor da parte della Bestia, il piano del grifone Sigurim, che voleva utilizzare la clessidra di Eliott per inviare un agente nel mondo terrestre con l'obiettivo di uccidere il Terrestre che aveva creato La Bestia perché era il solo modo per far scomparire definitivamente un Oniriano, l'incontro con il ribelle Jov', e infine il viaggio con la carovana e l'attacco dei lupi mannari.

Alla fine del racconto, con la bocca riarsa per aver parlato tanto, Eliott sollevò uno sguardo pieno di speranza verso il Mercante della Sabbia. L'omone non sorrideva più. Al contrario. Era impallidito e all'improvviso sembrava più vecchio di vent'anni. Quando fu sicuro che il ragazzo avesse terminato il suo racconto, si abbandonò a un lungo sospiro.

«Mi avevano già riferito gli episodi più recenti della tua avventura oniriana, ma non sapevo come fosse iniziata» mormorò scuotendo la testa. «Sono davvero desolato che tu abbia avuto così tante difficoltà a trovarmi. Un tempo era tutto molto meno complicato, ma ora Oniria sta vivendo un periodo molto buio...» Il Mercante della Sabbia rimase pensieroso per qualche istante, lo sguardo perso nel vuoto. «Per quanto concerne la malattia di tuo padre» riprese poi, «non vedo che una sola spiegazione. Ma devo procedere a una piccola verifica per esserne sicuro. Seguitemi.»

Il Mercante della Sabbia afferrò dallo scrittoio una lastra di vetro simile a quella che Til aveva consultato nella serra numero 37. Tracciò qualche linea che Eliott non riuscì a distinguere, poi si alzò in piedi e rovistò tra i ripiani fino a quando non trovò uno strano apparecchio che assomigliava a uno scanner portatile da supermercato. Infine fece segno ai suoi ospiti di seguirlo. Eliott moriva dalla voglia di fargli delle domande, ma era troppo impressionato dall'espressione preoccupata dell'uomo per azzardarsi a chiedergli qualsiasi cosa.

Tutti e quattro scesero di vari piani lungo una stretta scala e presero una serie di lunghi nastri trasportatori prima di entrare in una serra ancora più impressionante di quella che avevano visitato con Til: la serra numero 102. Quella serra, più grande del terminal di un aeroporto internazionale, era interamente costruita sopra il vuoto e aveva il pavimento trasparente. Dalla soglia si poteva intravedere, a dieci piani più basso, una fila di cammeleonti carichi di bisacce colme fino all'orlo di Sabbia nera... Quello spettacolo, a più di trenta metri di altezza, aveva un fascino inquietante.

Eliott restò immobile un istante sulla soglia, non osava posare piede su quel pavimento trasparente. Quando sollevò la testa, Katsia e il Mercante della Sabbia erano già avanzati lungo il corridoio costeggiato di *Replicae dormitivae*, e Farjo, trasformatosi in tortora, volava intorno alle loro teste. Eliott si sforzò di guardare dritto davanti a sé e li raggiunse, non senza un certo timore.

Il Mercante della Sabbia li condusse a passo deciso attraverso il labirinto frondoso e a un certo punto si fermò di fronte a una delle piante. Eliott lesse l'etichetta e il cuore gli balzò nel petto come uno di quei pupazzi che scattano fuori dalle scatole a sorpresa. Era la *Replica dormitiva* di suo padre.

Il Mercante della Sabbia si sfilò dalla tasca lo strano scanner che aveva portato con sé e lo passò con delicatezza su una foglia della pianta. L'aggeggio emise un flebile *bip* e qualcosa comparve sullo schermo di controllo.

«Quello che temevo» mormorò il Mercante della Sabbia.

«Cosa?» domandò Eliott con voce tremante.

Il Mercante della Sabbia rivolse lo scanner verso Eliott. Mostrava una sola parola scritta in lettere brillanti su tutta l'ampiezza dello schermo... "sconosciuto". Eliott rimase a fissare lo schermo senza capire, la gola secca, incapace di fare ordine nel groviglio di domande che gli sgorgavano dalla mente.

«Ciò significa che questa *Replica dormitiva* non è quella di tuo padre» spiegò il Mercante della Sabbia. «È un falso che qualcuno ha fatto crescere con lacrime artificiali.»

«Ma allora dov'è la pianta del padre di Eliott?» domandò Farjo. «In un'altra serra?»

«Torniamo nel mio ufficio» rispose il Mercante della Sabbia con aria grave. «Preferisco un luogo più tranquillo per rispondere a questa domanda.»

Katsia e Farjo fissarono Eliott con aria avvilita. Il giovane Creatore distolse lo sguardo. Il suo intuito agitava la bandiera rossa. Seguì il Mercante della Sabbia tenendo gli occhi fissi sulla sua lunga mantella verde. Sul ciglio della sua palpebra sinistra si era formata un'unica lacrima.

Decisamente reale.

13

L'APPRENDISTA STREGONE

Torturato per l'attesa e temendo il peggio, Eliott si stava agitando sempre di più. Lungo tutto il tragitto di ritorno, il Mercante della Sabbia era rimasto muto con un'espressione grave in volto. Riprese a parlare solo dopo aver richiuso dietro di loro la porta del suo ufficio.

«Ciò che sto per rivelarvi è di natura assolutamente confidenziale» esordì. «Vi chiedo la massima discrezione.»

«Potete contare su di me» mormorò Eliott, che sentiva il sudore dell'angoscia imperlargli la fronte.

«So tenere la bocca chiusa» dichiarò Katsia.

Il Mercante della Sabbia rivolse un'occhiata interrogativa a Farjo, che si era rannicchiato sulla sedia con le due zampe strette sulla bocca e gli occhi stralunati.

«E so tenere d'occhio Farjo perché tenga chiusa anche la sua» aggiunse l'avventuriera. «Non temete, non parlerà.»

«Bene» disse il Mercante della Sabbia, poi piantò lo sguardo in quello di Eliott e continuò: «Ragazzo, la *Replica dormitiva* di tuo padre è stata rubata.»

Eliott si sentì come se una freccia gli avesse trapassato il petto, tanto che non riuscì a ribattere.

«Rubata?» esclamarono in coro Katsia e Farjo. «Ma da chi?»

«Da uno dei miei apprendisti» rispose il Mercante della Sabbia scuotendo la testa con disappunto. «Un certo Jabus.

Un elemento brillante, ma instabile, scomparso ormai da parecchi mesi. Nessuno sa dove sia. Fino a poco fa non sapevo che avesse prelevato del materiale. Dovrò far controllare con lo scanner tutte le *Replicae dormitivae* del palazzo per verificare che non ne abbia rubate altre. Probabilmente si sarà portato via anche della Sabbia e delle attrezzature tecniche...»

«Un attimo» intervenne Katsia. «Come potete essere così sicuro che sia stato Jabus a rubare la pianta? Non avete prove!»

«È vero» ammise il Mercante della Sabbia. «Ma due indizi importanti sostengono la mia supposizione. Il primo è che le date coincidono. Eliott ha detto che suo padre si è ammalato poco più di sei mesi fa, il 25 maggio. Il mio ultimo incontro con Jabus risale a pochi giorni prima, poi nessun Oza-Goriano l'ha più visto.»

«E il secondo indizio?» domandò Katsia.

«Il secondo è il movente» dichiarò il Mercante della Sabbia con voce sinistra. «Jabus voleva essere il primo a creare analoghi negativi. Non è stato autorizzato a farlo all'interno del palazzo... così si è arrangiato per poterlo fare all'esterno.»

«Che cosa sono gli analoghi negativi?» domandò Eliott con voce tremante.

«Gli analoghi sono immagini che vengono proiettate nella mente di un Terrestre poco prima di somministrargli la dose di Sabbia che lo fa addormentare e sognare. L'immagine proiettata rimane impressa nella sua mente e influenza la prima fase dei sogni. In questo modo si può, se non controllare, almeno indirizzare il sogno di un Terrestre.»

«Ma la legge immutabile numero cinque proibisce di influenzare i sogni dei Maghi!» obbiettò Farjo.

«La legge proibisce soltanto di influenzare i sogni dei Maghi per ottenere un beneficio personale» lo corresse il Mercante della Sabbia. «Noi utilizziamo gli analoghi esclusivamente a scopi terapeutici, perché ne possa beneficiare lo stesso Terrestre.»

«Io non vedo la differenza!» sbottò Katsia.

«Immaginate per esempio che un bambino non dorma più perché fa troppi incubi, al punto da rifiutarsi di andare a letto. Noi possiamo aiutarlo a ritrovare un sonno più piacevole trasmettendogli per parecchie notti di seguito immagini positive, come delle persone sorridenti, animaletti che giocano o anche paesaggi rasserenanti.»

«E funziona?» domandò l'avventuriera con aria scettica.

«Più o meno, sì» rispose il Mercante della Sabbia. «Ma non si tratta di una scienza esatta, soprattutto perché lo stesso analogo non suscita necessariamente le stesse emozioni in persone diverse: per uno l'immagine del mare sarà rasserenante, per un altro sarà terrificante. Possiamo sbagliarci. Tutto ciò richiede molta osservazione del Terrestre che si desidera aiutare, e anche molto tatto. Si tratta di una scienza recente, in costante evoluzione.»

«Ma quello che vorrei sapere io» si spazientì Eliott «è cosa sono gli analoghi negativi e perché questo Jabus fa soffrire così tanto mio padre!»

«Gli analoghi negativi sono analoghi che provocano incubi» spiegò il Mercante della Sabbia.

«Ma gli incubi non fanno bene a nessuno!» esclamò Farjo.

«No» confermò il Mercante della Sabbia, «ed è proprio per questo motivo che non abbiamo mai provato a realizzarli all'interno del palazzo. Ma Jabus era ossessionato dall'idea di creare analoghi negativi. Diceva che avrebbero stimolato l'immaginazione degli umani, che li avrebbe resi più potenti, più determinati. La forza era la sua ossessione... si potrebbe dire che era l'unica cosa che contava per lui. Aveva un vero e proprio culto per gli incubi...» Il Mercante della Sabbia batté con rabbia un pugno sullo scrittoio ricoperto di fuliggine facendo sussultare tutti gli oggetti che si trovavano sopra. «Una sera Jabus venne a trovarmi nel mio ufficio, poco prima della sua scomparsa. Mi chiese l'autorizzazione di creare una commissione di ricerca specializzata negli analoghi negativi. Ovviamente mi rifiutai di farlo: fabbricare analoghi negativi è un'eresia, è come voler giocare agli apprendisti stregoni! Ma Jabus si infuriò e disse che niente e nessuno gli avrebbe impedito di portare avanti il suo progetto e lasciò il mio ufficio. Poi nessuno lo vide più. Lì per lì non presi sul serio le sue minacce. Mi sbagliavo.»

Eliott si sentì travolgere da un'ondata di rabbia che gli montava dentro. Non sapeva cosa farsene del rammarico del Mercante della Sabbia.

«Ma perché proprio mio padre?» sbottò. «Ci sono circa sette miliardi di *Replicae dormitivae* nelle vostre serre. Perché questo Jabus ha scelto proprio quella di mio padre per fare i suoi maledetti esperimenti?»

Il Mercante della Sabbia rimase a riflettere per qualche istante, lo sguardo perso nel vuoto.

«Non lo so» mormorò. «Credo sia stato un caso... Ma il fatto che abbia scelto proprio il figlio di una ex Creatrice è una coincidenza inquietante...»

«Quindi?» si spazientì Eliott.

Il Mercante della Sabbia si soffermò a fissare il giovane Creatore.

«Quindi per rispondere a questa domanda e mettere fine al sonno di tuo padre c'è soltanto una soluzione: trovare Jabus.»

14

L'ABITO BIANCO

In bilico su un piccolo sgabello, Aanor provava a restare perfettamente immobile mentre la sarta dava gli ultimi ritocchi in fondo all'abito. La vecchia rugosa e sdentata tremava dalla testa ai piedi. Solo le sue mani esperte sfuggivano per miracolo ai sussulti e volteggiavano con precisione in mezzo alla nube di mussola bianca. La Bestia aveva dato istruzioni precise. Quel matrimonio incarnava un simbolo, doveva segnare gli animi. Era indispensabile che la sposa fosse splendida.

E Aanor l'aveva capito bene.

Sul letto della principessa giacevano, l'uno accanto all'altro, i poveri cadaveri di altri due abiti. Uno era macchiato di rossetto, inchiostro, succo di ribes... Aanor ci aveva versato sopra tutto quello che aveva trovato a portata di mano nell'arco dei pochi secondi che le avevano concesso le sue guardiane prima di immobilizzarla. L'altro abito, invece... la principessa lo aveva semplicemente fatto a pezzi con le forbici che aveva preso "in prestito" dalla sarta per qualche attimo.

Per quel terzo tentativo, le donne-ragno avevano preso tutte le precauzioni necessarie. Tutto quello che poteva macchiare era stato rimosso dalla camera della principessa, e le forbici della sarta erano state confinate nell'anticamera. Ogni volta che la sarta ne aveva bisogno, una delle guardiane legava ad Aanor le mani dietro la schiena con un resistente filo di seta.

Aanor sentì un crampo al piede destro e sollevò il tallone. Subito le tre donne-ragno si avvicinarono, pronte a intervenire.

«Tranquille» borbottò la principessa, «ho solo un crampo al piede. Devo muoverlo un po'.»

Una delle donne-ragno acconsentì con un cenno della testa. Aanor fece qualche rotazione della caviglia, poi riprese docilmente la sua posa. Su richiesta della sarta, le guardiane si allontanarono di qualche centimetro, senza mai distogliere lo sguardo dalla ragazza.

Distruggere il terzo abito sarebbe stato più difficile.

Tuttavia, Aanor aveva un piano. Avrebbe rischiato di lasciarci la pelle nel distruggere quell'abito, ma in fondo l'idea non era poi così male. Perché nessuno si sarebbe mai sposato con una principessa defunta. Se lei fosse morta, La Bestia sarebbe stata obbligata ad annullare il matrimonio. Sperava tanto di riuscirci perché così gli avrebbe fatto perdere tempo prezioso. Tempo prezioso che forse avrebbe permesso a Eliott di trovare un modo per salvarla.

«Abbiamo finito» annunciò la sarta.

La principessa venne autorizzata a scendere dallo sgabello e le sue guardiane la trascinarono verso il grande specchio dorato che troneggiava nella camera.

«Siete uno splendore» mormorò la sarta.

Aanor non poteva dire il contrario. Avrebbe mentito. Senza dubbio quella donna sapeva fare bene il proprio mestiere.

«Siete molto brava, Madame» ribatté infine. «Ma manca qualcosa.»

«Voi credete?» si allarmò l'abile sarta.

«Sì, manca una mantella» continuò Aanor. «Sono abituata al clima mite di Hedonis. Qui ho sempre freddo, mi servirà una mantella. Siete in grado di farla?»

«Ma certo!» rispose la sarta con un inchino. «Serve solo della pelliccia bianca. Di ermellino, preferibilmente.»

«Credo che La Bestia ce lo concederà» commentò Aanor.

La principessa avanzò con passo etereo fino al secrétaire con le tre guardiane sempre al suo seguito. Afferrò una campanella che agitò con delicatezza. Subito un lacchè con la testa da rospo aprì la porta.

«Portateci due metri di pelliccia di ermellino, per cortesia» ordinò. «E, visto che siete qui, procurateci anche della legna. Il fuoco di questo caminetto è quasi spento, e ho freddo.»

«Ai vostri ordini, Vostra Maestà» rispose il rospo.

Tornò qualche minuto più tardi con le braccia cariche di legna. Poi raccolse le braci del fuoco morente, posò tre ceppi nel caminetto, azionò il mantice e un fascio di belle fiamme prese a guizzare nel focolare.

«Porterò la pelliccia tra mezz'ora» annunciò con un inchino.

«Perfetto, grazie» replicò Aanor.

Il rospo scomparve.

«Mentre aspettiamo la pelliccia, posso sedermi?» domandò la principessa.

«Assolutamente no!» esclamò la sarta. «Altrimenti si rovina lo strascico!»

«Bene, allora almeno posso camminare?» domandò Aanor. «Non ce la faccio più a restare immobile. Ho bisogno di sgranchirmi le gambe.»

Le donne-ragno si consultarono con lo sguardo. Infine una di loro abbassò la testa in segno di approvazione.

Aanor si mise a camminare avanti e indietro. All'inizio lentamente, poi a passo sempre più svelto, almeno per quanto le permetteva l'abito, e sempre tallonata dalle tre guardiane. Tracciava dei cerchi nella camera. Cerchi sempre più larghi. Passava davanti al letto, poi davanti alla porta, allo specchio, al secrétaire, agli scaffali, al caminetto, alla finestra, alla pettiniera, e poi di nuovo davanti al letto. I suoi passi si fecero sempre più leggeri, sempre più aggraziati, come una danza. Poi la principessa sollevò le braccia come per abbracciare un cavaliere immaginario. E la danza si trasformò in un valzer. Aanor si mise a volteggiare e volteggiare in un vortice di mussola bianca. Un-due-tre, un-due-tre... La sarta sollevò la testa dai suoi modelli di carta per ammirarla. Le stesse donne-ragno si distanziarono un po', tanto erano affascinate, distratte da quello spettacolo. Era una visione quasi magica. L'abito volteggiava e lo strascico accarezzava i piedi del letto, la cornice dello specchio, un-due-tre... e lo strascico scivolava sul pavimento antico ai piedi degli scaffali, un-due-tre...

In un'ultima giravolta, lo strascico di Aanor si infilò nel caminetto. Subito la mussola di seta prese fuoco e in pochi secondi la principessa si trasformò in una torcia vivente.

Tutto accadde molto in fretta. Una donna-ragno agitò la campanella, arrivò un rospo che ripartì subito dopo, tornò accompagnato da altri due carichi di tinozze d'acqua che vennero riversate sulla principessa. L'abito bruciato si sfaldò a brandelli sotto il peso dell'acqua, e la principessa ricoperta di ustioni si precipitò verso il caminetto. Venne agguantata in extremis da due donne-ragno, mentre la terza l'avvolgeva dalle caviglie alle spalle in un bozzolo di seta.

Sconfitta e stremata, la principessa si lasciò cadere sul pavimento bagnato. Aveva distrutto il terzo abito, ma non era riuscita a morire. Le sue ustioni superficiali cominciavano già a cicatrizzarsi.

«Aspettate!» gridò quando l'ultimo lacchè con la testa da rospo stava per lasciare la stanza.

Questi si voltò con deferenza verso lo strano bozzolo bianco che giaceva a terra.

«Dite al vostro padrone che, se mi vuole sposare, questa camicia di forza è l'unico abito bianco che riuscirà a farmi indossare.»

Il lacchè diventò ancora più verde di quanto non fosse già. Non era mai piacevole portare brutte notizie alla Bestia.

«Trasmetterò il vostro messaggio, Vostra Maestà» rispose con un inchino.

15

MISSIONE IMPOSSIBILE

«Allora, cosa si può fare per trovare Jabus e salvare mio padre?» si spazientì Eliott.

Il giovane Creatore si era alzato dalla sedia, teso come una pelle di tamburo.

Il Mercante della Sabbia scosse il capo con espressione triste e mormorò: «Nell'immediato, niente, purtroppo».

Per Eliott quella risposta era talmente inaudita che rimase a bocca aperta. Aveva riposto tutte le sue speranze in quell'uomo, aveva rischiato la vita più volte per incontrarlo, alla fine era riuscito ad arrivare fino a lì e a scoprire finalmente perché suo padre si trovava in quello stato da più di sei mesi... Tutto questo per sentirsi dire che non c'era niente da fare?

«Ma questo Jabus è un vostro apprendista!» sbottò dopo qualche secondo di stupore. «Siete voi responsabile di quello che fa con la vostra Sabbia e con le vostre *Replicae dormitivae*! Dovete fermarlo!»

Il Mercante della Sabbia si abbandonò a un lungo sospiro.

«Poco prima del vostro arrivo ho ricevuto un messaggio da parte di Mashar, il wadi di Oza-Gora. La regina Dithilde ha dichiarato lo stato di emergenza. Questo significa che nessun Oza-Goriano ha il permesso di uscire dal territorio fino a nuovo ordine. Questo vale anche per le carovane. Dovremo ricorrere al razionamento dei viveri e sostenerci con le nostre sole risorse per tutto il tempo che sarà necessario. Non potrò mandare una squadra alla ricerca di Jabus fino a quando non verrà revocato lo stato di emergenza.»

«Ma voi siete il Mercante della Sabbia!» s'infervorò Katsia. «L'uomo più potente del mondo dei sogni, di sicuro potete far cambiare idea alla regina!»

«È proprio perché il mio incarico comporta responsabilità molto pesanti che non ho alcun potere sulle decisioni politiche» spiegò il Mercante della Sabbia. «Non faccio parte nemmeno dell'Assemblea dei Saggi di Oza-Gora. Quanto alla regina di Oniria, ormai è da molto tempo che non mi dà più ascolto...»

Eliott si mise a tremare per la collera e la disperazione. Dovette serrare i denti per trattenersi dal ribaltare tutto l'ufficio del Mercante della Sabbia. Poi, a poco a poco, la sua rabbia si trasformò in freddezza.

«Vorrà dire che ci andrò da solo a cercare Jabus» annunciò infine in tono duro.

Il Mercante della Sabbia fece una smorfia contrariata e borbottò: «Eliott, so che per te e la tua famiglia è molto importante che tuo padre esca dal sonno, ma non so se ti rendi conto del pericolo che rappresenta il fatto che Sigurim stia cercando di impossessarsi della tua clessidra. Se raggiungerà il suo scopo, non solo la tua mente verrà separata dal corpo, ma la CRAMO infrangerà una legge immutabile inviando un agente nel mondo terreste, cosa che metterà in pericolo l'intero mondo dei sogni. Per non parlare dell'innocente Terrestre che verrà ucciso...».

«Conosco perfettamente i rischi» ribatté Eliott, risoluto.

«Quindi capisci anche che sarebbe meglio se tu non tornassi più a Oniria per qualche tempo» suggerì il Mercante della Sabbia. «Tra l'altro, proprio l'Assemblea dei Saggi si è raccomandata in tal senso...»

«Me ne infischio di quello che dice l'Assemblea dei Saggi!» sbottò Eliott scattando in piedi con un salto. «Andrò a cercare Jabus, che voi lo vogliate o meno!»

«Vedo che qualcuno ha ereditato la tenacia di sua nonna» borbottò il Mercante della Sabbia. Poi posò i palmi delle mani sullo scrittoio e si sporse verso Eliott. «Mi vedo obbligato a insistere» disse con voce ferma. «L'Assemblea ha deciso di inviare una delegazione per presentare ricorso alla regina... Fino ad allora, sarebbe veramente meglio che tu restassi nel mondo terrestre. Ti prometto che cercheremo Jabus insieme quando verrà revocato lo stato di emergenza.»

«Ma sarà troppo tardi!» gridò Eliott. «Tra tre settimane mio padre sarà morto!»

«Morto?» esclamò il Mercante della Sabbia con aria sbigottita. «Non mi avevi detto che...»

«Sarà morto» ripeté Eliott. «I medici hanno deciso di non mantenerlo più in vita. Lasceranno deperire il suo corpo. Secondo loro, papà sarà morto prima di Natale. Devo trovare subito Jabus! Altrimenti sarà troppo tardi.»

Lacrime di rabbia rotolavano sulle guance del giovane Creatore. Tremava dalla testa ai piedi. Rimase immobile per qualche secondo, poi non sapendo cos'altro dire si lasciò cadere sulla sedia.

Il Mercante della Sabbia non rispose subito. Fissava Eliott con una strana intensità. Il ragazzo distolse lo sguardo, non gli piaceva essere osservato con tanta insistenza.

«Allora suppongo che partire alla ricerca di Jabus sia il tuo destino da Creatore» mormorò il Mercante della Sabbia come parlando tra sé. «Katsia, Farjo» continuò poi con voce decisa, «siete pronti ad accompagnare Eliott e a fare tutto il possibile per proteggere sia lui che la sua clessidra?»

«Certamente!» esclamò Farjo. «Non lascerò il mio amico da solo con tutta la CRAMO alle calcagna!»

«Se quel lurido grifone o qualcun altro si azzarda a torcere un capello a questo piccoletto» intervenne Katsia, «lo infilzerò con il mio pugnale, lo farò a pezzetti e li spargerò per tutta Oniria.»

«E tu, Eliott» continuò il Mercante della Sabbia, «mi puoi

promettere che resterai sempre sotto la protezione di Katsia e Farjo?» Eliott annuì. «Non sarà un'impresa facile» mormorò il Mercante della Sabbia in tono grave. «Tanto per cominciare, tutto lascia presupporre che Jabus si nasconda da qualche parte a Ephialtis, vicino al Mago di Philippe.»

«Cosa ve lo fa pensare?» domandò Katsia.

«Eliott ha detto che suo padre non si sveglia mai. Jabus avrebbe potuto fare i suoi esperimenti lasciando che si svegliasse ogni mattina, ma questo lo avrebbe obbligato a effettuare un'immersione ogni notte per incontrarlo, senza la garanzia di ritrovare poi il suo Mago a Oniria. A quanto pare ha deciso di esercitare il massimo controllo. Credo che abbia effettuato un'immersione solo all'inizio, finché non è riuscito a portare il Mago di Philippe là dove voleva. Poi, deve aver versato di continuo della Sabbia sulla *Replica dormitiva* per testare i suoi analoghi direttamente sul Mago di Philippe, senza passare dal mondo terrestre.»

«Ma questo è possibile?» domandò Farjo.

«Sì, certo. La forza della suggestione funziona molto bene con i Maghi, meglio ancora che con i soggetti che stanno per addormentarsi. Ma in tal caso è necessario trovarsi vicino al Mago in questione. Jabus deve trovarsi in costante contatto fisico con il Mago di Philippe per non perderlo mai di vista.»

«E cosa c'entra questo con il fatto che si trovano a Ephialtis?» domandò Eliott.

«Mi hai detto che tuo padre continua a fare incubi, il che è coerente con l'utilizzo di analoghi negativi. Dato che la CRAMO sorveglia tutta Oniria, il solo luogo in cui creare incubi in maniera intensiva senza sollevare sospetti è Ephialtis.»

«Ma Jabus è estremamente vulnerabile a Ephialtis!» obiettò Katsia. «È un suicidio per lui restare laggiù!»

«È vero» ammise il Mercante della Sabbia. «Per questo credo sia probabile che possa contare sulla protezione di uno o più incubi. Gli esperimenti di Jabus hanno l'obiettivo di aumentare il potere del popolo degli incubi… Non gli sarà stato difficile convincere alcuni animi assetati di vendetta a sostenere le sue ricerche!»

Calò un breve silenzio. Eliott aveva la spiacevole sensazione che la sua mente si fosse separata dal corpo di Creatore e che stesse osservando la scena che si stava svolgendo come se non ne facesse parte.

Katsia si abbandonò sullo schienale della sedia mormorando: «Ephialtis è immensa, e un vero e proprio mistero. Non abbiamo alcuna informazione su quello che si trova all'interno. Potremmo girare a vuoto per settimane senza trovare Jabus».

«Credo che la prima cosa da fare sia andare da Jov'» suggerì il Mercante della Sabbia. «A casa sua, Eliott sarà al sicuro. E se c'è qualcuno che può darvi informazioni su Ephialtis, quello è proprio lui.»

«Pensate che ci aiuterà?» domandò Katsia.

«Stai scherzando? Certo che ci aiuterà!» intervenne Farjo. «Non hai visto come era felice di conoscere il nipote della sua amica Lou? Quell'uomo farebbe qualsiasi cosa per Eliott!»

Il Mercante della Sabbia abbozzò un sorriso e disse: «Farjo ha ragione. Sono assolutamente certo che Jov' vi aiuterà». Poi si alzò, frugò tra gli scaffali, tirò fuori un foglio da un album stranamente molto ordinato e lo infilò in una busta. Infine si accovacciò accanto a Eliott. «Tieni, Eliott, ecco una foto di Jabus» gli disse porgendogli la busta. «Mi dispiace davvero molto di non poterti aiutare di più in questo momento. Non c'è bisogno che ti dica che puoi tornare qui quando vuoi per chiedermi aiuto o semplicemente per riposarti. Farò appostare qualcuno notte e giorno al grande cancello per permetterti di entrare in caso di bisogno.»

«Grazie» mormorò Eliott, ma con la mente era altrove. L'impresa che stava per intraprendere era folle e gli ostacoli insormontabili! Anche con Katsia, Farjo e Jov' al suo fianco, come avrebbe potuto rintracciare questo Jabus che non aveva mai visto nell'immensità di Ephialtis? Non sapeva da dove cominciare, non aveva alcun indizio...

Eliott afferrò con gesto meccanico la foto di Jabus, si alzò dalla sedia e seguì i due Oniriani verso l'uscita come un robot.

«Eliott!» lo chiamò il Mercante della Sabbia quando il giovane Creatore stava per lasciare l'ufficio.

«Sì?» borbottò Eliott volgendo il viso accigliato verso quello che avrebbe dovuto essere il suo salvatore.

«Stai attento» mormorò il Mercante della Sabbia. «E non dimenticare mai che non sei solo.»

Eliott non ebbe la forza di rispondere e lasciò l'ufficio del Mercante della Sabbia senza dire una parola.

16

DUE PICCOLI REGALI

Mamilou spalancò gli occhi quando sentì sbattere la porta d'ingresso e maledisse tra sé la mancanza di delicatezza dell'amica Colette.

Afferrò la sveglia con gesto meccanico. Le 7:34. Era già tardi per lei, che di solito era sempre in piedi e operativa dalle 6:30 del mattino. Purtroppo aveva dormito male perché le giravano per la testa mille pensieri: il rapido peggioramento della salute del figlio, l'ultima possibilità rappresentata dall'incontro che doveva tenersi durante la notte tra suo nipote e il Mercante della Sabbia, e tutti quei ricordi sepolti che riaffioravano in superficie...

Mamilou si mise a sedere, si strofinò energicamente gli occhi, allungò la mano per riporre la sveglia e si bloccò di colpo, con il braccio sospeso in aria. Si era appena accorta di due oggetti sul comodino. Due oggetti che non c'erano quando si era messa a letto la sera prima: un libro e una scatola ovale di rafia. Entrambi portavano lo stesso marchio distintivo: una clessidra.

Mamilou capì subito che venivano da Oza-Gora.

Le si accelerò il battito del cuore.

E così qualcuno le aveva fatto visita durante la notte. Era stato Lui? Sì, doveva per forza essere stato Lui. Chi altro? Questo significava che Eliott ci era riuscito. Finalmente aveva incontrato il Mercante della Sabbia, altrimenti perché avrebbe dovuto farle visita proprio quella notte, dopo così tanti anni di silenzio?

Mamilou posò la sveglia e prese tra le mani la scatola. L'aprì con estrema delicatezza. All'interno c'erano bustine di diversi colori. Se ne portò una alle narici chiudendo gli occhi e un'ondata di ricordi le invase la mente… Era da tantissimo tempo che non sentiva il profumo della tisana di Sabbia!

Dopo un po' ripose la bustina nella scatola e per un istante tenne lo sguardo fisso sulla tavolozza variopinta che formavano quelle cartine piegate con cura. Perché le aveva portato la tisana di Sabbia? Non poteva essere utilizzata da sola: senza clessidra, blu o bianca, non serviva a nulla. E Lui sapeva bene che lei non aveva il permesso di usare la sua clessidra. Allora perché l'aveva fatto? Forse doveva servirsene Eliott? Ma per fare cosa?

Mamilou chiuse il coperchio della scatola, la ripose sul comodino e prese il libro nella speranza di trovare qualche spiegazione. La prima pagina era ricoperta di segni arzigogolati che non riusciva a decifrare. Senza scoraggiarsi, esaminò il libro da ogni angolazione. Come sperava, trovò un piccolo scompartimento nascosto all'interno della copertina. Lo aprì e ne tirò fuori una carabietta, che senza esitazione si posò sul viso. Poi tornò alla prima pagina.

Ora la scrittura era perfettamente comprensibile. Quel libro si intitolava *Storia dei Creatori di Oniria*. Lo sfogliò rapidamente. L'opera si apriva con degli accenni generali sulle grandi tendenze e sulle differenti ondate di Creatori, seguiti da una parte più importante che dedicava alcune pagine a ciascun Creatore di qualche rilievo a Oniria nel corso degli ultimi trenta secoli. Per curiosità, Mamilou si soffermò sulle ultime pagine del libro. Ce n'erano quattro dedicate alle sue avventure oniriane, più di quarant'anni prima. Non riuscì a resistere all'impulso di leggerle… L'autore non diceva troppe idiozie, ma in ogni caso taceva l'essenziale, ovviamente.

Mamilou chiuse il libro con un colpo secco. Lui non poteva averle portato quel libro solo per rievocare quei ricordi!

Chiuse gli occhi qualche istante per riflettere. Poi, riaprì il libro e si mise a cercare qualche parola manoscritta, un simbolo particolare, un qualsiasi indizio... L'unico segno che trovò fu una clessidra disegnata con inchiostro rosso nell'angolo superiore destro di una pagina, all'inizio di un capitolo che si intitolava *Li Tang, colui che tornò (1045-1053)*.

Mamilou sospirò. A cosa serviva ricorrere a tutti quei misteri invece di dire le cose chiaramente? Cosa significava quel segno rosso? Doveva leggere quel capitolo? Non aveva nessun altro indizio...

Rassegnandosi a giocare agli indovinelli, Mamilou si sistemò un cuscino dietro la schiena, allungò le gambe, si tirò la coperta fino sotto le braccia e cominciò a leggere.

> Il Creatore cinese Li Tang giunse a Oniria per la prima volta nel corso dell'anno terrestre 1045, all'età di 19 anni, sotto il regno del Re di Oniria Salbus il Beato. Pur non essendo particolarmente dotato – non riuscì mai a creare un essere vivente –, Li Tang si impratichì rapidamente nei poteri dei Creatori e ci prese gusto a tal punto da trascorrere più della metà delle notti a Oniria per circa tre anni...

Di seguito veniva descritta una serie di creazioni e opere più o meno degne di nota realizzate dal Creatore cinese. Mamilou non riusciva davvero a capire che interesse potesse avere per lei quella lettura. Cominciò a leggere in diagonale fino a quando il suo sguardo non fu attratto da una parola che la fece sussultare: "bandito". Tornò subito all'inizio del paragrafo.

> Nell'anno 1048, trascinato dall'entusiasmo, Li Tang commise un errore imperdonabile. Volendo dare dimostrazione dei suoi poteri, uccise un giovane Oza-Goriano. Tal misfatto venne immediatamente punito dal Gran Consiglio di Oniria e Li Tang venne bandito dal nostro mondo. Venne gettato un incantesimo sulla sua clessidra per dissuaderlo dall'utilizzarla

> di nuovo: Li Tang venne autorizzato a conservarla perché la sua mente potesse ritornare nel mondo terrestre, ma se l'avesse utilizzata di nuovo, sarebbe morto al suo arrivo nel mondo dei sogni.

Mamilou trasalì. Quell'incantesimo era lo stesso che avevano gettato sulla sua clessidra quarant'anni prima, quando lei stessa era stata bandita da Oniria! Proseguì la lettura con il cuore che le martellava nel petto.

> Per parecchi anni si pensò che l'incantesimo avesse avuto efficacia e che il provvedimento di esilio fosse rispettato. Ma, un giorno dell'anno terrestre 1053, l'incubo Grognac, membro del Gran Consiglio e della commissione che aveva emanato l'esilio di Li Tang, scoprì quest'ultimo vicino a una Porta di Ephialtis, mentre dava dimostrazione dei suoi poteri davanti a una platea di giovani contadini. Era accompagnato da un altro giovane cinese, un tal Li Xiao, che ugualmente dava sfoggio dei suoi poteri. Entrambi gli individui furono arrestati seduta stante dalla polizia del Regno, e la clessidra indossata dal giovane Li Xiao venne confiscata durante il periodo del processo.
>
> Gli atti del processo confermano che, prima di essere bandito nel 1048, Li Tang aveva consegnato la clessidra al fratello minore Li Xiao. Ma, invece di lasciare che il fratello si recasse da solo a Oniria, aveva preso l'abitudine di addormentarsi accanto a lui tenendolo per mano. Grazie a questo contatto fisico, Li Tang aveva potuto continuare a viaggiare a Oniria con il fratello senza attivare l'incantesimo, poiché lui stesso non indossava la clessidra. In questo modo, i due fratelli avevano viaggiato insieme per Oniria per circa cinque anni.
>
> Alla fine, Li Tang fu condannato a morte per non aver rispettato il provvedimento che gli era stato imposto. Il fratello Li Xiao venne bandito a sua volta, e un incantesimo identico al precedente venne gettato sulla clessidra. Li Xiao ebbe la saggezza di non aggirarlo.

Mamilou ripose il libro sulle ginocchia. Non aveva mai immaginato che fosse possibile aggirare l'incantesimo che era stato gettato sulla sua clessidra. Eppure quel Li Tang l'aveva fatto! All'improvviso le si aprivano davanti prospettive inattese: in teoria anche lei avrebbe potuto accompagnare Eliott a Oniria... Ma a condizione di non farsi riconoscere. In realtà, era sempre stata un'esperta nell'arte della metamorfosi e poteva passare inosservata, se voleva. Ma questo comportava comunque rischi enormi... non ci teneva proprio a essere condannata a morte!

Ormai il messaggio era chiaro. Doveva accompagnare Eliott a Oniria. Ma per fare cosa? Cosa poteva giustificare il fatto di affrontare simili rischi? Il Mercante della Sabbia non era riuscito a trovare una soluzione per la situazione drammatica di Philippe? O si trattava di qualcos'altro? Eliott aveva avuto dei problemi?

Mamilou si alzò con uno scatto veloce. Non serviva a nulla arrovellarsi il cervello invano. Per rispondere a quelle domande doveva aspettare il resoconto di Eliott sul suo incontro con il Mercante della Sabbia. Quindi, per il momento, l'unica cosa che poteva fare era prepararsi a ricevere il nipote.

Afferrò un asciugamano, uscì dalla camera e si diresse a passo svelto verso il bagno.

17

SEGRETO PROFESSIONALE

Eliott guardava con aria triste le luminarie di Natale lungo il viale ancora deserto. "Solo poche settimane, Eliott! Ancora solo poche settimane!" sembravano strillare allegre le lampadine colorate a forma di stella o abete appese al di sopra delle auto.

Scattò il verde al semaforo, e il ragazzo attraversò la strada. I suoi piedi conoscevano a memoria il tragitto per andare a scuola. Si lasciava guidare da loro.

«Eliott!» gridò una voce alle sue spalle.

Si voltò di scatto. Nella penombra dell'alba, intravide la sagoma tarchiata di Théophile Sacco-di-Pulci che correva verso di lui. Non aveva nessuna voglia di subire gli scherni di quel brutto brufoloso, il cagnolino fedele del suo acerrimo nemico di scuola, ovvero Arthur la Signorina.

Così continuò a camminare. Dietro di lui si avvicinò il respiro affannoso di Sacco-di Pulci.

«Eliott...» lo chiamò di nuovo Théophile fermandosi di colpo.

«Cosa vuoi?» gli ringhiò.

«Pare che tuo padre stia veramente male» replicò una voce in piena muta. «È vero... È vero che sta per morire?»

«E allora? A te che importa?»

«Io...»

«Ricorda a tua madre che quelli che lavorano in ospedale sono tenuti a mantenere il segreto professionale in merito a quello che sanno sui pazienti che assistono!»

«Non è stata colpa sua!» protestò Théophile arrossendo. «L'altro giorno mi sono dimenticato le chiavi di casa e sono passato dall'ospedale per prendere il mazzo di mia madre. Lei stava parlando con una collega nella stanza del personale e io ho sentito quello che si stavano dicendo. Ero sulla porta e loro non mi hanno visto...»

«Bene, allora faresti meglio a smettere di origliare dietro le porte!» ruggì Eliott.

«Aspetta, non innervosirti! Volevo solo dirti che mi dispiace tanto per te. È proprio una brutta cosa.»

Con tutta la forza che aveva in corpo, Eliott spinse contro il muro dell'edificio più vicino quell'ammasso di muscoli più alto di lui di due spanne.

«Se vai a raccontarlo ad Arthur e Clara, io denuncio tua madre» lo minacciò. «Non ho bisogno né della tua compassione, né dei tuoi amichetti. Preferisco che continuino a prendermi in giro. Quindi bocca chiusa, intesi?»

«Intesi» farfugliò Sacco-di-Pulci.

Eliott lasciò Théophile sconcertato contro il muro e accelerò il passo verso l'ingresso della scuola. Era furioso. Suo padre non era ancora morto. Nessuno aveva il diritto di seppellirlo prima del tempo. Né i medici. Né Christine. E tanto meno i tre più grandi imbecilli della scuola.

Eliott non aveva ancora detto la sua ultima parola.

18

FUORILEGGE

La bella notizia del giorno arrivò alla fine della lezione di geografia. Quando suonò la campanella una bidella entrò nell'aula annunciando che Blanc, il prof di ginnastica, era malato. Un sospiro di sollievo attraversò la classe. La giornata di scuola era finita.

Eliott si precipitò verso Rue de Lisbonne, salì di corsa le scale del palazzo fino al quarto piano e suonò alla porta della signora Binoche.

Fu Mamilou ad aprirgli. «Eliott, non dovresti essere a scuola?» gli domandò.

«Prof assente» mormorò entrando nell'appartamento. «La signora Binoche non c'è?»

«Rientrerà questa sera.»

«Meglio così. Dobbiamo parlare» annunciò Eliott.

Mamilou scrutò il nipote, poi senza dire una parola lo condusse in salotto.

«Ti ascolto» gli disse sedendosi sul divano senza riuscire a nascondere l'impazienza.

«Ho incontrato il Mercante della Sabbia» esordì Eliott. «So perché papà continua a dormire. Ma il Mercante della Sabbia non può fare niente per lui. O almeno, non ancora. Devo partire alla ricerca di un tizio che si è volatilizzato, e lui non mi può aiutare. Ancora una volta dovrò arrangiarmi da solo. Be', non proprio del tutto: mi aiuteranno Katsia e Farjo. E anche Jov', se tutto va bene. Ma ho ancora la CRAMO alle calcagna e non so da che parte cominciare. So solo che sarà pericoloso: il tizio che dobbiamo trovare si nasconde da qualche parte a Ephialtis. Non provare a dissuadermi dal proseguire nell'impresa, ormai ho preso una decisione e andrò a cercarlo. È l'unico modo per curare papà in tempo. L'unica cosa che voglio sapere è se tu sei dalla mia parte o no.»

Eliott aveva parlato tutto d'un fiato. Finalmente riprese a respirare.

Mamilou aveva un'espressione grave. «Non capisco» borbottò. «Perché il Mercante della Sabbia non può aiutarti?»

«Ti spiegherò tutto, ma prima rispondi alla mia domanda» replicò Eliott. «Tu mi aiuterai o no?»

«Ma certo, tesoro» mormorò Mamilou prendendo le mani del nipote tra le sue. «Farò tutto quello che posso per aiutarti.»

Eliott scrutò lo sguardo azzurro della nonna.

«Bene» mormorò infine. «Allora ti racconterò tutto quello che so.»

Quando Eliott ebbe terminato il suo racconto, Mamilou non disse nulla. Consultò l'orologio, si alzò in piedi, scomparve dalla porta nel corridoio e tornò qualche minuto dopo con una scatola di rafia e una sveglia tra le mani. Eliott non capiva.

«È arrivato il momento che ti insegni due o tre cosette per permetterti di utilizzare al meglio le tue capacità di Creatore» annunciò Mamilou. «Sai già effettuare una dislocazione istantanea e far comparire alcuni oggetti, compresi anche esseri viventi semplici. E va già bene, molto meglio rispetto alla gran parte dei Creatori. Ma questo non basterà a Ephialtis. Per difenderti dagli incubi dovrai perfezionare le tue capacità. Ora ti mostrerò come fare.»

«Me lo mostrerai?» esclamò Eliott stupito. «Ma come?»

«Tu mi porterai nel mondo dei sogni, dove faremo una

piccola sessione di allenamento. Ero una Creatrice molto dotata al mio tempo, sai!»

«Ma, Mamilou, tu sei stata bandita da Oniria!» gridò Eliott. «Non hai il permesso di tornare laggiù!»

«È vero, però ora so che c'è un modo per aggirare questo divieto. Se sei tu a indossare la clessidra e io mi limito ad accompagnarti, andrà tutto bene.»

Eliott osservò la nonna con inquietudine. Sapeva quale terribile incantesimo era stato gettato sulla clessidra di Mamilou quando era stata bandita da Oniria.

«Sei sicura che non ci siano rischi?» le domandò.

«Sicura» affermò Mamilou. «Ma dovremo prendere delle precauzioni.»

Mamilou parlò al nipote degli strani oggetti che aveva trovato sul comodino al risveglio. Gli raccontò la storia di Li Tang, e illustrò le possibilità che quella scoperta offriva loro.

«Ma è pericolosissimo!» gridò Eliott. «Non voglio assolutamente che tu venga condannata a morte!»

«Sono completamente d'accordo con te» replicò Mamilou. «Non ci tengo per niente a morire neanch'io! Faremo in modo che non accada.»

«E come?»

«Recandoci in un luogo in cui sarò sicura di non essere riconosciuta da nessuno.»

«Tipo un luogo deserto, per esempio?» domandò Eliott. «Oppure nel faro di Katsia e Farjo, loro non ti denunceranno...»

«Ne sono certa» lo interruppe Mamilou, «ma è ancora troppo rischioso per i miei gusti. Il faro dei tuoi amici ha almeno una Porta che comunica con il resto di Oniria. Potrebbero sorprenderci. Sarebbe meglio se tu ci portassi in un luogo, tipo una palestra, con la caratteristica di non avere nessuna Porta che comunica con il resto di Oniria. In questo modo saremmo sicuri di non fare brutti incontri e potremmo allenarci tranquillamente.»

«Ma tutti i luoghi di Oniria hanno Porte!» obiettò Eliott.

«Sì, perché tutti i nuovi luoghi creati si connettono automaticamente ai luoghi vicini attraverso Porte. Ma niente impedisce di concepire un luogo senza Porte. Basta solo crearlo così sin dall'inizio. È possibile, io l'ho già fatto. Ma questa volta tocca a te, perché sarai tu a indossare la clessidra. Ti senti in grado di farlo?»

«Credo di sì» rispose Eliott. «Ma, secondo te, funziona nello stesso modo anche per le Porte della Rete intergalattica?»

«La Rete intergalattica?» ripeté Mamilou. «E che cosa sarebbe?»

«Non lo sai?» si stupì Eliott. «È uno spazio immenso pieno di pianeti. È collegato automaticamente a tutti i luoghi di Oniria attraverso Porte speciali: per aprirle bisogna leccarle. È là che da quattro anni si nasconde Jov' con Pom', il loro equipaggio e tutti gli incubi che hanno liberato da Ephialtis. Molti sanno dell'esistenza della Rete, ma pochissimi sanno come accedervi.»

«E questa Rete è collegata a tutti i luoghi di Oniria in tempo reale?»

«Sì.»

«Uhm...» mugugnò Mamilou grattandosi il mento. «Senti, credo che funzioni come per le Porte classiche: se concepisci la nostra palestra senza né Porte classiche né Porte della Rete intergalattica non vedo perché non dovrebbe funzionare. Dovrai solo pensare di escludere i due tipi di Porte nel momento della creazione, tutto qua.»

«Sei sicura?» insistette Eliott.

«Più o meno. Ma non preoccuparti, prenderemo precauzioni al nostro arrivo. Tu sei pronto?»

«Pronto!»

«Allora andiamo!» esclamò Mamilou. «Beviamo la tisana da un'ora, credo che basterà. In ogni caso non abbiamo molto tempo, devo andare a prendere le gemelle a scuola alle 16:30. Non vorrei far arrabbiare Christine già il primo giorno dopo il mio ritorno a casa!»

Mamilou si alzò e si allontanò a passo deciso. Eliott la

seguì, un po' scombussolato dagli eventi. Arrivato in cucina, si appoggiò al piano di lavoro con i gomiti mentre osservava la nonna che riempiva il bollitore elettrico per scaldare l'acqua per la tisana di Sabbia.

«Sai? Oggi, quando sono venuto qui, non sapevo come avresti reagito e ancora meno come mi avresti potuto aiutare. Pensavo che avremmo ragionato insieme sulla strategia migliore per trovare Jabus... Ma una sessione di allenamento è ancora meglio! Non lo avrei mai immaginato.»

«Nemmeno io» replicò Mamilou facendogli l'occhiolino. «Dobbiamo tutto ciò al Mercante della Sabbia. Non ti avrebbe mai lasciato partire per Ephialtis così! È per questo che mi ha fatto trovare questi piccoli regali. Questa sessione di allenamento, l'ha voluta lui.»

«Dunque, alla fin fine, non mi ha piantato in asso» osservò Eliott.

«Oh, no!» esclamò Mamilou. «E, credimi, non lo farà mai. È un brav'uomo, sai? Se per il momento non ti aiuta più di così è perché davvero non lo può fare.»

«Tu lo conosci bene, vero?» domandò Eliott.

Un'ombra di nostalgia incupì lo sguardo di Mamilou per un brevissimo istante.

«Lo conoscevo molto bene» rispose infine. «Ma è passato tanto tempo. Tantissimo tempo.»

19

LE RICETTE DELLA NONNA

Eliott e Mamilou si misero comodi sul divano in salotto. Eliott teneva tra le mani una tazza rosa con l'immagine di un gattino e la scritta PENSO A TE! in grandi lettere rosse. A Mamilou, invece, aveva scelto una tazza decorata con grossi cuori di tutti i colori. Della collezione di tazze kitsch della signora Binoche erano quelle che avevano decretato le più accettabili.

Mamilou regolò la sveglia alle 16:20, "in caso l'immersione durasse più del previsto". Poi si avvinghiò al braccio del nipote, e tutti e due si portarono alle labbra nello stesso momento il liquido bollente.

Alcuni minuti dopo si addormentarono.

Non appena arrivati nella palestra immaginata da Eliott, Mamilou fece comparire una ventina di robot a forma di cagnolini. Subito si misero a tastare e leccare ogni minimo centimetro quadrato della sala per verificare che non fossero presenti Porte.

«Non è che non mi fidi di te» si scusò. «Sono sicura che hai costruito molto bene questa palestra, ma preferisco controllare...»

«Capisco, non preoccuparti» replicò Eliott. «Anch'io preferisco essere sicuro.»

Mamilou sembrava particolarmente tesa. Scrutava ogni angolo più recondito della palestra e le tremavano le mani.

«Va tutto bene, nonna?» le chiese Eliott, inquieto.

«Benissimo» rispose lei con un sorriso nervoso. «È solo l'emozione di tornare qui dopo così tanto tempo... Ma è tutto a posto, te l'assicuro!»

Eliott era impressionato nel vedere la nonna così agitata. Per fortuna, le mani smisero di tremarle quando i cani-robot rientrarono dalla loro missione dichiarando che non esisteva alcuna Porta in quella palestra.

«Bene» mormorò Mamilou con un sospiro. «Allora iniziamo subito la nostra sessione di allenamento. Per cominciare faremo qualche esercizio di difesa. Farò comparire dei nemici che ti attaccheranno e tu dovrai affrontarli o almeno gestire la situazione in qualche modo. Sii creativo!»

Mentre parlava, la sua voce assunse un tono sempre più sicuro. Quando chiuse gli occhi, non tremava più.

Un attimo dopo un enorme cobra comparve proprio di fronte a Eliott, sibilando in maniera minacciosa. Il ragazzo trasalì per lo spavento e indietreggiò, ma ritrovò in fretta la calma. Con Mamilou al suo fianco si sentiva al sicuro. La prima idea che gli venne in mente fu quella di far comparire un incantatore di serpenti, ma sapeva che creare un essere umano era ancora troppo difficile per lui. Però, non gli sarebbe stato difficile immaginare un flauto che suonasse da solo. Chiuse gli occhi. Qualche secondo dopo, la melodia nasale e frastornante di un flauto incantatore risuonò per tutta la palestra. Eliott riaprì gli occhi. Il serpente aveva smesso di interessarsi a lui e fissava l'estremità del flauto, in trance. Era diventato completamente inoffensivo.

«Bravo! Un po' lento, ma molto bene!» esclamò Mamilou facendo scomparire il serpente in un battito di ciglia.

Lasciò al nipote il tempo di eliminare il flauto, poi chiuse di nuovo gli occhi. Una ventina di ragni giganti comparvero all'istante. Avanzavano rapidamente verso il ragazzo, chiaramente intenzionati a pungerlo. Eliott aveva sempre detestato i ragni e sua nonna lo sapeva bene. In preda al panico, se la diede a gambe levate, ma Mamilou chiuse gli occhi e i ragni cominciarono ad avvicinarsi ancora più rapidamente. Non sarebbe mai riuscito a sfuggire a quei mostri in quel modo, così fece comparire una lancia antincendio e travolse i suoi inseguitori con un potente getto di ghiaccio secco. Questo li disorientò per qualche istante, ma poi ripresero la caccia con ancora più impeto. A quel punto, Eliott immaginò un albero su cui si arrampicò, ma che ben presto si rivelò un pessimo rifugio: i ragni si arrampicavano molto più in fretta di lui e non tardarono a raggiungerlo. Appollaiato su un ramo, incapace di fare qualsiasi movimento, Eliott fissava quei mostri pelosi che si avvicinano completamente impotente. Il primo ragno si trovava a solo venti centimetri da lui. Dieci centimetri. Cominciò a salirgli sul piede.

In quel preciso istante il ragno si volatilizzò, così come tutti gli altri. Mamilou si avvicinò e tese la mano al nipote per aiutarlo a scendere dall'albero. Non aveva l'aria arrabbiata, era semplicemente seria. Molto seria. E molto sicura di sé.

«Dovrai imparare alcuni trucchi che funzionano in quasi tutti i casi di aggressione» annunciò. «Ti farò una piccola dimostrazione. Resta dietro di me.»

Mamilou fece apparire sul lato opposto della palestra una spaventosa creatura pelosa a quattro zampe, con fauci e artigli, che li individuò in una frazione di secondo e si lanciò verso di loro con la velocità di un cavallo al galoppo. Poi lei chiuse di nuovo gli occhi. Un istante dopo la creatura era rinchiusa in una gabbia con grosse sbarre di acciaio e cercava disperatamente di uscirne lanciando orribili grida.

«La gabbia» annunciò Mamilou con voce da professoressa. «Molto efficace contro le bestie selvagge troppo aggressive!»

Eliott era meravigliato. Mamilou aveva fatto apparire quella gabbia con una rapidità sconcertante e sembrava non aver dubitato un istante dell'efficacia dei suoi poteri. Anche se erano più di quarant'anni che non li usava!

Mamilou fece scomparire la gabbia e il suo rumoroso inquilino, poi chiuse di nuovo gli occhi. Questa volta, comparve un nugolo di ratti affamati che si precipitò verso di loro con grida stridule. Mamilou li lasciò avvicinare fino a meno di due metri da lei. In un battito di ciglia fece comparire una larga trincea proprio davanti ai primi ratti del plotone, che vi caddero dentro travolti dagli altri che correvano dietro di loro. Alla fine ne restarono solo pochi e si misero a correre in tutte le direzioni, completamente disorientati. Faceva quasi pena guardarli.

«La voragine» annunciò Mamilou. «Contro gli aggressori che agiscono in gruppo. Avresti potuto usarla contro i ragni. Si può utilizzare anche la versione circolare, se i nemici arrivano da tutte le parti.»

Così dicendo, Mamilou fece comparire una voragine circolare tutt'intorno a loro e i due si ritrovarono su un isolotto di parquet lucidato, separato dal resto della palestra.

All'improvviso sibilarono dei fischi. Per riflesso, Eliott si gettò a terra. Dall'altra parte della palestra, militari in uniforme stavano avanzando verso di loro con i fucili puntati e sparavano senza sosta. Eliott si alzò quando si rese conto che in realtà non gli arrivava addosso nessun proiettile. Mamilou non si era mossa di un millimetro. In compenso, aveva creato una parete trasparente a forma di cupola che li proteggeva da tutti i proiettili.

«Se i tuoi aggressori sono armati puoi associare alla voragine uno schermo antiproiettile» spiegò.

Mamilou continuò la sua dimostrazione a ritmo sfrenato. Mostrò a Eliott come utilizzare a proprio vantaggio il fuoco e l'acqua, come fabbricarsi uno scafandro completamente ermetico e come ripararsi in un rifugio atomico. Eliott non sapeva più da che parte girarsi. La palestra era gremita di nemici sgominati. Mamilou aveva perfettamente sotto controllo tutto quello che faceva. In nessun momento né lei né Eliott si ritrovarono davvero in pericolo. Quando ebbero terminato, Mamilou tenne gli occhi chiusi un po' più a lungo e la palestra riprese l'aspetto iniziale. Eliott aveva l'impressione di aver guardato venti film d'azione uno dopo l'altro a velocità raddoppiata.

«La cosa più importante» concluse Mamilou, «è mantenere la calma e la convinzione di essere più forti del proprio nemico, chiunque sia. Se vai nel panico, cominciano i problemi. È per questo che vorrei che tu memorizzassi alcuni metodi che potrai applicare automaticamente, senza pensarci. Ti farò subito una lista. Devi recitarla venti, trenta, cinquanta volte al giorno, se necessario, finché tutti questi trucchetti non diventeranno mosse ovvie e scontate. Intesi?»

«Intesi» convenne Eliott. «Ma non ti sei stancata a creare tutte queste cose?»

«Sì, un po'» rispose Mamilou. «Devo ammettere di essermi un po' arrugginita dopo tutto questo tempo senza esercizio.»

«Arrugginita!» esclamò Eliott. «Io non riesco a fare un decimo di quello che hai appena fatto tu senza crollare di fatica! Per non parlare della velocità con cui l'hai fatto!»

«È normale» replicò Mamilou. «Non padroneggi ancora bene il processo di creazione, quindi ti richiede molto sforzo e concentrazione. Ma vedrai, con l'esercizio, le creazioni più frequenti non ti costeranno più fatica.»

Eliott si massaggiò le tempie, scettico. Non era stato lui a immaginare tutte quelle creazioni e aveva comunque mal di testa. Sarebbe stato contento se l'allenamento si fosse concluso lì, ma era chiaro che Mamilou aveva altre intenzioni.

«Bene, ora lavoreremo sulla dislocazione istantanea di precisione.»

«E che cosa sarebbe?»

Mamilou non rispose. Sorrise e d'un colpo scomparve. Eliott girò la testa in tutte le direzioni e se la ritrovò alle spalle, appollaiata sul davanzale di una finestra a qualche metro di altezza.

«Come hai fatto?!» esclamò.

«Ho effettuato una dislocazione istantanea di precisione: ho chiuso gli occhi e mi sono immaginata di essere seduta su questa finestra.»

«Ma si può fare davvero?» si meravigliò Eliott.

«Certamente» rispose una voce alle sue spalle.

La nonna era tornata accanto a lui, aveva sbattuto appena le palpebre.

«È molto spettacolare, ma per niente difficile» lo rassicurò Mamilou. «Basta sapere di poterlo fare. Forza, svelto, prova a spostarti dietro di me.»

Eliott chiuse gli occhi e provò a immaginare di trovarsi alle sue spalle. Quando li aprì di nuovo, lui non si era mosso di un millimetro, ma in compenso c'era un altro ragazzo dietro Mamilou. Un ragazzo che gli assomigliava in tutto e per tutto e che lo stava guardando con un sorriso.

Era lui!

O meglio... il suo doppio! Eliott trasalì e Mamilou girò la testa.

«Non preoccuparti, scomparirà non appena smetterai di pensare a lui. Pensa alla faccia della signora Binoche se torna a casa e ci trova tutti e due che ronfiamo come ghiri sul suo divano.»

Eliott visualizzò quell'immagine nella mente, e subito il ragazzo scomparve. Mamilou si affrettò a far comparire una sedia perché il nipote si potesse sedere. Gli girava la testa per lo shock.

«Cos'è successo?» domandò con voce flebile.

«Hai immaginato di trovarti dietro di me. Non hai cambiato punto di vista. Così hai fatto apparire un doppio invece di spostarsi.»

«Un doppio!» gemette Eliott.

«Un doppio non ha niente di inquietante» lo rassicurò Mamilou. «Spesso facciamo dei sogni in cui vediamo agire noi stessi dalla prospettiva di uno spettatore. Anche in quel caso si tratta di un doppio che si muove davanti ai nostri occhi.»

«Ma quindi a Oniria esiste un mio doppio? O magari anche più di uno?» mormorò Eliott, profondamente inquietato da quella possibilità.

«No» rispose Mamilou. «I Terrestri che esistono o sono esistiti non possono essere ricreati nel mondo dei sogni. Appartengono al mondo terrestre e soltanto a quello. Se pensi a Leonardo da Vinci o al tuo professore di matematica, potrai visualizzare il loro doppio e anche parlarci. Ma compaiono solo momentaneamente. Non appena smetti di pensare a loro, scompaiono. Non ne resta alcuna traccia a Oniria.»

«Questo mi rassicura» mormorò Eliott. «Non mi piacerebbe incontrare un secondo Eliott Lafontaine, proprio per niente.»

«Ti capisco bene» replicò Mamilou con un sorriso malizioso. «Un solo Eliott Lafontaine basta e avanza!»

Eliott le fece una boccaccia e si alzò. Non gli girava più la testa. «Bene, vogliamo riprovare?» suggerì.

«D'accordo. Fai la stessa cosa che hai fatto prima, ma in più devi cambiare punto di vista. Se ti trovi dietro di me, vedrai l'altro lato della palestra. Vedrai la finestra dove mi sono seduta prima e quelle tracce di proiettili lasciate nella parete dai nostri amici militari. Devi avere quella prospettiva nella mente.»

«Va bene» disse Eliott, più deciso che mai. «Allora, vado.»

Si voltò e osservò a lungo la parte della palestra che si trovava dietro di lui. Poi chiuse gli occhi immaginando di essere dietro Mamilou. Quando li riaprì, vedeva chiaramente la finestra e le tracce di proiettili, ma gli sembrava che mancasse qualcosa...

Qualcuno gli batté un colpetto sulla spalla.

«Non avrai dimenticato qualcosa?» gli chiese Mamilou.

«Te!» esclamò Eliott. «Ho dimenticato di visualizzarti di schiena nella scena.»

«Dai, ricomincia» gli sussurrò la nonna con un sorriso.

Eliott provò una terza volta. E questa volta ci riuscì. Si ritrovò proprio dietro Mamilou semplicemente chiudendo e riaprendo gli occhi.

«Bravo! Vedrai, con un po' di pratica diventerai sempre più svelto. E adesso, l'ultimo esercizio prima che suoni la sveglia. Imparerai a essere qualcun altro modificando il tuo aspetto e le tue capacità.»

«Intendi dire travestirmi?» domandò Eliott. «Lo so già fare.»

«Ottimo, i travestimenti sono utili. Ma anche insufficienti, la gran parte delle volte. Puoi modificare il tuo aspetto e le tue capacità in maniera molto più radicale.»

«Davvero?»

«Ricordati che il tuo corpo rimane sempre nel mondo terrestre e che solo la tua mente si trova qui nel mondo dei sogni» disse Mamilou. «La tua mente prende naturalmente le caratteristiche del tuo corpo terrestre. È normale, è quello a cui è abituata. Ma, con un po' di esercizio, potrai convincerla di essere una persona completamente diversa.»

«Tipo una ragazza, per esempio?»

«Sì, o un vecchio, un campione di tiro con l'arco o un cantante famoso. Il tuo corpo di Creatore può diventare tutto quello che vuoi che sia. Puoi diventare anche uno scimpanzé o una begonia, se ti va.»

«Assurdo!» esclamò Eliott. «Ma posso fare tutto, allora! Non ci sono limiti!»

«In teoria, no» confermò Mamilou. «Ma, in pratica, ogni metamorfosi richiede esercizio. La mente è riluttante ai cambiamenti, bisogna convincerla. Accetterà facilmente quelli minori, come la lunghezza dei capelli o il colore degli occhi, ma si opporrà quando le chiederai di diventare una pianta.»

«Oh...» sospirò Eliott, un po' deluso.

«In compenso» continuò Mamilou, «la tua mente accetterà facilmente i cambiamenti ai quali l'hai già abituata nei tuoi sogni.»

«Sarebbe a dire?»

«Be', per esempio io, sin da quando sono piccola, sogno di saper volare. Quindi non ho nessuna difficoltà a volare come un uccello quando sono a Oniria.»

Dicendo così, Mamilou si sollevò in aria. Fece parecchie volte il giro della sala in volo planato e si esibì in alcune graziose piroette prima di atterrare come una piuma nel punto che aveva appena lasciato. Sembrava non esserle costato alcuno sforzo. Eliott non ci poteva credere.

«E, tu, di solito cosa sai fare nei tuoi sogni?»

«Non lo so...» borbottò Eliott, colto alla sprovvista. «Sogno spesso di essere un cavaliere che sconfigge tutti i draghi.»

«La questione dei draghi l'affronteremo più tardi» replicò Mamilou. «Ma, se sei un cavaliere, saprai cavalcare un cavallo e maneggiare una spada. Possiamo provare questo.»

Mamilou non aveva ancora terminato la frase che uno scalpitante stallone nero, sellato e bardato, comparve proprio accanto a Eliott. Il ragazzo trasalì, invece il cavallo rimase immobile e paziente, come se attendesse qualcosa.

«Cosa? Devo montarti?» gridò Eliott. «Ma non ho mai fatto equitazione!»

«Nei tuoi sogni, sì!» replicò Mamilou. «Prova a pensare a uno dei sogni che hai fatto recentemente, in cui tu eri un cavaliere. Ma non chiudere gli occhi, per favore, altrimenti rischi di effettuare una dislocazione istantanea senza volerlo e ti ritroverai chissà dove, di fronte a un drago pericoloso.»

Eliott rabbrividì al pensiero di potersi trovare di nuovo di fronte alla Bestia.

«Se hai fiducia in te stesso» aggiunse Mamilou, «se riesci a far accettare alla tua mente come un dato di fatto che sai cavalcare un cavallo da sempre, ce la farai.»

«Lo credi davvero?» domandò Eliott con una smorfia scettica.

«Ne sono sicura. Dai, prova.»

Eliott ricordò la sua ultima cavalcata come Mago. Galoppava a tutta velocità attraverso una pianura carbonizzata dalle fiamme di un drago. Portava il cavallo con una mano sola e l'animale obbediva a ogni suo minimo movimento. Eliott era un eccellente cavaliere. Lo era sempre stato. Passava le giornate a cavallo con l'odore di crine e cuoio nel naso...

Sollevò la testa verso lo stallone, ancora immobile al proprio posto, in attesa. Senza esitare, gli montò in groppa, come nei film, e lanciò l'animale a tutta velocità verso il fondo della palestra. Dopo qualche giro, si fece coraggio e provò ad eseguire delle figure acrobatiche. Era così facile! E così inebriante! A più riprese, Mamilou fece comparire degli ostacoli lungo la sua corsa: un fiume, un precipizio e anche una barriera di fiamme. Niente poteva fermarlo quando era a cavallo. Eliott si arrestò vicino alla nonna. Era al settimo cielo! Si sentiva leggero, incredibilmente leggero!

«Esordio eccellente!» esclamò Mamilou, entusiasta. «Ora prendi questa e fammi vedere cosa ne sai fare!»

Mamilou lanciò a Eliott una grande spada a doppio taglio. Eliott l'afferrò al volo con una destrezza che lo meravigliò, ma nello stesso momento in cui la strinse in mano si sentì scivolare su un lato e per poco non cadde da cavallo. Quella spada pesava una tonnellata! Fece appena in tempo, e con molta fatica, a rimettersi dritto e ad appoggiare l'ingombrante arma sulla groppa del cavallo.

«Ma come faccio a usarla?» borbottò. «A malapena riesco a tenerla in mano! Forse è meglio se ne faccio comparire una io, va bene?»

«No!» obiettò Mamilou. «È un ottimo esercizio. Ricordati che se non puoi trasformare l'ambiente che ti circonda, puoi sempre trasformare te stesso.»

«In altre parole» rifletté Eliott tra sé, «se non posso rendere più leggera la spada, sono io che devo diventare più forte...»

«Esattamente. Devi convincere la tua mente del fatto che tu sei forte come un orso e che quella spada, per quanto sia pesante, per te è facile da maneggiare come un bastoncino di liquirizia.»

Era un'impresa ardua. Eliott era piuttosto goffo e sempre l'ultimo della sua classe a terminare gli esercizi di educazione fisica che richiedevano forza. Ma, se il suo corpo di Creatore sapeva montare a cavallo, doveva anche essere in grado di maneggiare una spada pesante come un'incudine. "Eliott, tu sei forte come un taglialegna: per te, questa spada è leggera come una paperella di plastica" si ripeteva fissando l'oggetto che giaceva di fronte a lui. "Eliott, tu sei forte come un toro e per te questa spada è leggera come una bolla di sapone. Eliott..."

Quando provò di nuovo a sollevare la spada, riuscì a tenerla con una mano sola. Cominciò subito a farla roteare in aria, quando un allarme assordante riecheggiò per tutta la sala. Di colpo la spada tornò a essere di nuovo pesantissima ed Eliott la lasciò cadere a terra con un gran fracasso. Guardò Mamilou, spaventato. La nonna stava cercando di dirgli qualcosa, ma lui non riusciva a sentirla: l'allarme era diventato troppo forte. Così tanto da trivellargli i timpani. Per riflesso, si tappò le orecchie con le mani. Avvertendo l'agitazione del suo cavaliere, il cavallo partì al trotto. Mamilou afferrò Eliott per un piede e si mise a correre accanto al cavallo. L'allarme non smetteva di rintronare. Il cavallo avanzava e Mamilou correva...

L'allarme ammutolì di colpo.

Eliott si ritrovò seduto sul divano nel salotto della signora Binoche. La nonna accanto a lui. Era stata la sveglia a suonare. Erano le 16:20.

«Per un pelo!» esclamò Mamilou, col fiato corto. «Per fortuna sono riuscita ad afferrarti per un piede. Altrimenti saresti ripartito senza di me e la mia mente sarebbe rimasta intrappolata a Oniria fino a quando tu non fossi tornato a prendermi!»

20

METAMORFOSI

Appollaiato su uno sgabello della cucina, con in mano una grossa fetta di pane e cioccolato, Eliott era concentrato sulla lista delle difese automatiche che gli aveva stilato Mamilou.

- *bestia selvaggia da sola: gabbia*
- *animali terrestri in gran numero: voragine o voragine circolare*
- *attacco armato o aereo: cupola di protezione antiproiettile*
- *impossibilità di movimento (incatenato/legato): dislocazione istantanea di precisione*

Eliott chiuse gli occhi e cominciò a ripetere mentalmente la lista. "Bestia selvaggia da sola: gabbia, animali terrestri in gran numero: voragine o voragine circolare, attacco armato..."

«Ah, sei già qui!» gridò una voce.

Eliott aprì gli occhi di scatto. Mamilou era comparsa sulla soglia della cucina accompagnata dalle gemelle. Era così concentrato che non le aveva sentite entrare. Juliette teneva lo sguardo fisso sul foglio di carta posato sul tavolo, proprio di fronte al fratello. Eliott l'afferrò con un gesto rapido e se lo infilò in tasca.

«Allora, non saluti neanche tua nonna?» domandò Mamilou.

Eliott la guardò con aria ebete prima di capire. Certo, l'aveva lasciata meno di mezz'ora prima, ma alle gemelle non era concesso saperlo. Dovevano assolutamente continuare a ignorare il fatto che lui e Mamilou stavano architettando qualcosa insieme. Altrimenti, alla fine anche Christine sarebbe venuta a saperlo e gli avrebbe confiscato la clessidra liquidando il tutto come stupidaggini, e quella sarebbe stata la fine delle sue fughe notturne a Oniria.

«Ciao, nonna!» esclamò con entusiasmo forzato. «Sono uscito prima da scuola perché il prof di educazione fisica era assente.»

«Ne hai approfittato per studiare, spero.»

«Ehm... sì» farfugliò Eliott. «Stavo giusto ripassando la lezione di inglese...»

«Bene, allora dopo te la farò ripetere» ribatté Mamilou. «Gemelle, preparo anche per voi una fetta di pane e cioccolato?»

Le bambine non risposero subito. Juliette guardava con aria sospettosa la tasca in cui Eliott aveva nascosto il foglio, e Chloé lo squadrava dall'alto in basso facendo smorfie.

«Sì, grazie Mamilou» rispose infine Juliette sedendosi su uno sgabello senza mai distogliere lo sguardo dal fratello.

Eliott si affrettò a finire di mangiare e saltò giù dallo sgabello annunciando che aveva dei compiti da fare. Si sentì tranquillo solo dopo essersi chiuso la porta della camera alle spalle. Ormai era abituato da anni a recitare quella commedia davanti a Christine, ma faceva sempre più fatica a ingannare le gemelle... E ultimamente sembravano tenerlo d'occhio in ogni momento! D'ora in avanti avrebbe dovuto prendere più precauzioni con loro.

Nel frattempo, però, doveva imparare delle difese automatiche a memoria prima di tornare a Oniria quella notte. Si era messo d'accordo con Farjo e Katsia di trovarsi al loro faro, così poi sarebbero andati tutti e tre insieme a chiedere aiuto a Jov'. Ciò che sarebbe accaduto in seguito era un'incognita: con Jov' tutto poteva precipitare all'improvviso! E chissà... Forse avrebbe avuto bisogno delle difese quella stessa notte. Doveva essere pronto!

Eliott si mise a sedere alla scrivania e aprì davanti a sé la lista di Mamilou.

La lezione di inglese poteva aspettare.

Eliott sollevò una mano e stava per bussare alla porta del faro quando questa si aprì bruscamente e si ritrovò faccia a faccia con Katsia. Aveva una cerata gialla, un paio di occhiali da astronauta e in mano un'enorme motosega.

«Eliott!» gridò. «Arrivi giusto in tempo. Seguimi! E copriti!»

Senza altre spiegazioni, Katsia scomparve dietro il faro. Eliott chiuse gli occhi per indossare una cerata da marinaio e un paio di stivali, poi seguì l'avventuriera. Una volta superata la linea di separazione meteorologica che attraversava il faro, si ritrovò nel bel mezzo della più terribile tempesta che avesse mai visto: il mare era impetuoso, il cielo più nero che grigio riversava fiumi d'acqua sulle rocce rendendole scivolose, lampi impressionanti solcavano l'orizzonte e il vento soffiava talmente forte che Eliott dovette aggrapparsi a provvidenziali sbarre fissate al muro del faro per non essere trascinato via.

Katsia era riuscita ad avanzare di qualche metro più lontano. Si reggeva a un albero accanto a una macchia di cespugli. Provò più volte ad avviare la motosega, ma per farlo le servivano entrambe le mani. E, ogni volta che lasciava l'albero per fare un tentativo, il vento la faceva cadere. A terra per la quarta volta, posò la motosega, serrò il tronco dell'albero tra le cosce e mise le mani a megafono per gridare qualcosa a Eliott.

«Non sento niente!» urlò il giovane Creatore.

Non sentiva nemmeno la propria voce. Allora chiuse gli occhi e fece comparire una cupola di vetro così grande da contenere entrambi, come anche una buona parte della vegetazione circostante. All'esterno della cupola, la tempesta infuriava, ma all'interno si poteva finalmente parlare e muoversi normalmente.

«Ecco fatto, lo sapevo che tu potevi renderti utile!» esclamò Katsia alzandosi in piedi. «Finalmente riuscirò a maneggiare questa maledetta motosega.»

«Ma cosa hai intenzione di fare con quell'arnese?» domandò Eliott.

«Farmi uscire di qui!» gemette una voce che proveniva dal cespuglio davanti a Katsia.

Eliott si avvicinò al cespuglio e lo scrutò più attentamente. Scovò subito una palla di pelo marrone e umido impigliata tra due rametti spinosi. La pelliccia di Farjo.

«Cosa ci fai lì?» domandò Eliott.

«Sono caduto dall'albero» mugolò la scimmia.

Eliott sollevò la testa. A parecchi metri sopra il cespuglio si protendeva uno dei rami principali di un albero immenso. Ed era ricoperto di muschio. Visto il vento che soffiava all'esterno della cupola, non c'era da meravigliarsi che quel poveretto fosse scivolato.

«Ma cosa ci sei andato a fare su quel ramo?» gli domandò Eliott.

«Cercavo la Rete» mormorò Farjo con una concisione insolita per lui.

«Dopo che ci hai lasciati qui ieri sera tornando da Oza-Gora» spiegò Katsia, «Farjo si è messo in testa di individuare la Porta che collega quest'isola alla Rete intergalattica, con la scusa di ritrovare Jov' più facilmente. Ha passato la notte a leccare tutto il faro e la parte soleggiata dell'isola, ma non ha trovato niente. Quindi ha deciso di esplorare il lato tempestoso... Ed ecco il risultato!»

«Ma non puoi trasformarti per uscire di lì?» chiese Eliott, stupito.

«Spina nella schiena» piagnucolò Farjo. Eliott interrogò Katsia con lo sguardo.

«Certo, lui si potrebbe trasformare in un animale più piccolo per uscire di lì» disse l'avventuriera. «Ma la spina che ha piantata nella pelle manterrà la stessa misura. Una spina di due centimetri nella groppa di una scimmia fa male. Una spina di due centimetri nella groppa di una lucertola, è una lancia mortale.»

Eliott rabbrividì immaginando il suo amico infilzato in una lancia.

«Ma non è grave se Farjo muore» osservò un attimo dopo. «È un Oniriano, resusciterà qualche minuto dopo.»

«Non per forza qualche minuto» obiettò Katsia. «Ci può volere molto tempo: delle ore o anche dei giorni. Non si sa mai in anticipo. Preferisco farlo uscire da lì vivo, sarà più veloce.»

Detto questo, avviò la motosega.

Qualche minuto dopo, Eliott tirò fuori dai rovi un Farjo arruffato, ammaccato e tremante di freddo. Poi fece comparire una pinza e gli estrasse la spina.

Un'abbondante colazione nella cucina del faro fece tornare a Farjo la sua solita parlantina.

«Non ci resta che passare dalla tavola della cucina nella vecchia casa di Jov' a Hedonis» sospirò posando il bicchiere di succo di banana che aveva appena trangugiato.

«Perché?» domandò Eliott. «Basta che vi porti io sulla nave di Jov' tramite dislocazione istantanea e sarà tutto risolto!»

«Impossibile» obiettò Katsia. «Il Creatore che ha inventato la Rete intergalattica lo ha fatto in modo tale che soltanto lui la possa raggiungere tramite dislocazione istantanea. Ci toccherà passare da una Porta, come tutti gli altri.»

«Perché credi che mi sia distrutto la lingua a leccare ogni minimo centimetro quadrato di quest'isola?» borbottò Farjo. «Se avessi trovato la Porta che collega il nostro faro alla Rete ci saremmo evitati tante complicazioni.»

«Che genere di complicazioni?» domandò Eliott.

«La vecchia casa di Jov' a Hedonis è sorvegliata ventiquattro ore su ventiquattro dai vicini pagati dalla CRAMO» borbottò Katsia. «Tutti lo sanno a Oniria...»

Eliott rabbrividì ricordando il suo incontro con Neptane, la donna-pesce, una delle vicine di Jov'. Era quasi morto annegato mentre cercava di sfuggirle, e solo il pensiero di incrociarla di nuovo lungo il suo cammino gli faceva venire la pelle d'oca.

«E la Porta da cui siete usciti dalla Rete per raggiungere la carovana l'altro giorno?» suggerì. «Non possiamo usare quella?»

«Si vede che non è toccato a te passare da quella Porta!» protestò Farjo. «Accanto alla Rete c'è un pianeta abitato da ragni giganti stravelenosi che ci hanno lasciati in pace solo perché avevano appena cominciato a tessere la loro tela e perché Jov' è uno dei loro migliori clienti. Ma, se non ci fosse stato Jov', ci avrebbero fatti a pezzi!»

Eliott deglutì, terrorizzato. Il suo coraggio di Creatore invincibile in grado di affrontare qualsiasi nemico grazie ai consigli di Mamilou si era volatizzato all'improvviso. Avrebbe preferito affrontare di nuovo Neptane piuttosto che un'orda di ragni giganti.

«Allora vada per la tavola della cucina!» esclamò. «Qual è il piano per passare inosservati?»

«Per me, nessun problema» replicò Farjo. «Mi trasformerò in mosca o in qualche altro animaletto.»

«Sherpak mi ha lasciato una mantella in pelle di cameleonte» disse Katsia. «Con quella non sarò completamente invisibile, certo, però almeno abbastanza discreta per riuscire a passare inosservata se i vicini allenteranno la sorveglianza per qualche secondo. Il problema è che non possiamo coprirci tutti e due con questa mantella. Dovremo trovare un altro modo per camuffare te, piccoletto.»

«Be', in teoria posso trasformarmi in qualsiasi cosa» commentò Eliott.

«Non basterà un travestimento» replicò Katsia. «I vicini

non dovranno rendersi conto che qualcuno, chiunque esso sia, è entrato nella casa di Jov.»

«Non mi riferivo a un travestimento» la corresse Eliott. «Intendo dire che posso trasformarmi. Veramente. Come Farjo.»

«Cosa? Sai fare le metamorfosi?» esclamò la scimmia.

«In teoria, sì» rispose Eliott. «Ma non ci ho mai provato. Non so se ci riesco. Probabilmente alcune forme saranno più facili di altre. In cosa devo trasformarmi per passare inosservato?»

«Magari in un ratto» suggerì Katsia. «Tutti i ratti organizzati o dotati di parola sono stati inviati a Ephialtis. Quelli che girano ancora nella capitale sono completamente inoffensivi e sono molto numerosi nel centro di Hedonis. I vicini non sospetteranno nulla.»

Eliott fece una smorfia scettica. Non era per niente sicuro del fatto che sarebbe riuscito a convincere la propria mente di essere un ratto!

«Bene, ci provo» disse senza troppa convinzione.

«Fa' come me, è facile!» esclamò Farjo trasformandosi in un simpatico topolino marrone piuttosto grassottello.

«Lo sarà per te» mormorò Eliott, poi provò a svuotare la mente per concentrarsi. Dopo aver osservato a lungo l'aspetto di Farjo, chiuse gli occhi. Immaginò di avere una lunga coda rosa, una pelliccia grigio scuro, due piccole orecchie rotonde, dei baffetti, un musetto appuntito...

Eliott venne interrotto da risate fragorose e spalancò gli occhi. Farjo si rotolava per terra e Katsia rideva talmente tanto da avere le lacrime agli occhi.

«Cosa c'è ?» borbottò il giovane Creatore.

Di tutta risposta, Katsia, scossa dalle risate e incapace di parlare, scomparve lungo la scala del faro. Quando ricomparve, posò un grande specchio proprio di fronte a Eliott che gettò un grido di orrore. Aveva una lunga coda rosa, la pelliccia grigia, piccole orecchie rotonde, dei baffetti e un musetto appuntito. Ma se ne stava ancora su due piedi, con la sua statura da ragazzo di dodici anni e i vestiti sopra la pelliccia!

«E a voi sembra divertente?» gracchiò, innervosito. «È un disastro! Non ci riuscirò mai.»

«Posso aiutarti?» domandò Farjo.

«No» borbottò Eliott. «A meno che tu non sappia come convincere la mia mente che sono un ratto.»

«Convincere una mente ribelle!» gridò Katsia rimboccandosi le maniche della tunica. «Proprio quello che fa per me. Forza, smettila di frignare, piccoletto, e chiudi gli occhi.»

«Ma io...»

«Ti ho detto di chiudere gli occhi!»

Eliott obbedì, ma ogni singola cellula del suo corpo rimase in allerta. Da parte dell'avventuriera si aspettava un metodo di persuasione come minimo energico.

«Sei un lurido ratto puzzolente!» gridò Katsia punzecchiandogli il braccio con una forchetta. «Adori le fogne e i mucchi di spazzatura. La gente ti detesta perché mangi di tutto, trasmetti malattie e soprattutto perché fai paura. Ti scacciano a colpi di scopa, ti adescano con il veleno... e fanno bene! Perché sei subdolo, crudele, disgustoso. Ti intrufoli dappertutto squittendo come la bestia lurida che sei...»

La ragazza sciorinava senza sosta la sfilza di insulti e, a un certo punto, il giovane Creatore cominciò a sentirsi interessato a quello che diceva. A poco a poco, si sentì sempre più vicino a terra. Così vicino che riusciva a sentire l'odore di quello che si trovava appena sotto la superficie. Eliott incollò il naso alla terra battuta e annusò. Là sotto c'era qualcosa di appetitoso. Di terribilmente attraente. Katsia lo stava ancora insultando, ma lui se ne infischiava. La sola cosa che contava per lui in quel momento era dissotterrare ciò che gli faceva una voglia terribile. Si mise a raschiare il suolo. Scavò e scavò, fino a quando trovò quello che cercava. Era dolce come una buccia di patata, molle come una fragola marcia, squisito come un pezzo di carne putrida...

Eliott aprì gli occhi per ammirare il suo bottino. Lo specchio era sempre là, a qualche centimetro da lui. Il ragazzo di dodici anni che vi si rifletteva prima era scomparso e al suo posto c'era un ripugnante ratto di fogna. Teneva tra le zampe una vecchia crosta di formaggio e portava intorno al collo una clessidra in miniatura che gli dava l'aria di essere quasi un animaletto addomesticato.

«Veramente impressionante, amico mio!» esclamò Farjo, entusiasta.

«Hai visto!» esultò Katsia. «Sapevo che saresti riuscito a risvegliare l'essere meschino e ripugnante che c'è in te!»

Eliott la ignorò. Era troppo impegnato a ispezionare nello specchio quell'essere che era lui, ma che non gli assomigliava per niente. Si tastò il muso con la zampa. Era così strano! E allo stesso tempo si sentiva così orgoglioso!

La trasformazione era perfetta.

Qualche minuto dopo, due ratti e una sagoma quasi invisibile comparvero in mezzo a un mucchio di spazzatura addossata a un muro laterale della casa di Neptane.

Dall'altra parte della strada, la vecchia casa di Jov', appollaiata sul suo melo in fiore, era sorvegliata proprio come avevano preannunciato Farjo e Katsia: parecchi vicini erano appostati alle finestre e una tigre con gli occhiali si dondolava su una sedia sotto il portico della sua casa. Faceva finta di dormire, ma era evidente che non le sfuggiva nulla di quello che accadeva in prossimità del melo.

«Dimmi una cosa, amico mio... non è che potresti portarci subito dentro?» brontolò Farjo.

«No» bisbigliò Eliott. «Per farlo dovrei sapere esattamente com'è l'interno della casa. Ma non ci sono mai entrato. Il massimo che posso fare è portarvi fino alla scala di ingresso...»

«Che è costantemente sorvegliata fino all'ultimo millimetro quadrato» intervenne Katsia. «È fuori discussione. Possiamo passare inosservati, ma non siamo invisibili. Se i vicini vedono due ratti e una specie di fantasma apparire come per magia sulla scala, si precipiteranno su di noi, la tigre per prima. Probabilmente faremmo in tempo a raggiungere la Rete, ma rischiamo di farci sorprendere mentre passiamo dalla Porta...»

«E non possiamo permettere che la CRAMO scopra per colpa nostra il modo per accedere alla Rete» concluse Eliott. «Allora, cosa facciamo?»

«Dobbiamo creare un diversivo» disse Katsia.

«Che spiritosa che sei!» esclamò Farjo. «Cosa potrebbe interessargli di più di sorvegliare la vecchia casa del nemico numero uno del Regno?»

«Io lo so» intervenne Eliott in tono serio. Si sentì lo sguardo dei due amici posarsi sul suo musetto appuntito. «L'unica persona che gli interessa più di Jov' sono io. Per una volta, essere il nemico numero uno del Regno mi tornerà utile. Sarò io a creare il diversivo.»

«Tu sei matto!» sbuffò Katsia. «E come credi di fare esattamente? Di seminarli e poi tornare qui? Non ce la farai mai.»

«Non sarò io a fare da esca» ribatté Eliott.

«Allora devi spiegarmi, perché io non ci capisco niente!» squittì Farjo.

Eliott fece un respiro profondo. Quello che stava per fare sarebbe stato difficile. Molto difficile. E pericoloso. Se falliva, sarebbe potuto finire tra le zanne di una tigre. Ma se voleva raggiungere Jov', non aveva altra scelta.

«Creerò un doppio di me stesso» spiegò con voce decisa. «Un doppio che comparirà in mezzo alla strada, si avvicinerà alla casa di Jov' e poi scapperà di corsa. A rigor di logica, i vicini dovranno seguirlo così noi avremo via libera per poter entrare.»

«Sei capace di creare un doppio di te stesso?» sussurrò Katsia con ammirazione.

«Sì» confermò Eliott. « Ma non so se sono in grado di mantenere questa forma di ratto mentre creo un doppio umano.» Aveva la bocca secca e il cuore gli batteva a ritmo di discoteca.

«Sono sicuro che ce la puoi fare» squittì Farjo.

«E, se qualcosa va male, ti copro io» lo rassicurò Katsia.

L'avventuriera scostò leggermente un lato della mantella mostrando la pistola che teneva a portata di mano. Una piccola ondata di calore pervase il corpicino teso del ratto Eliott. Era bello poter contare su degli amici.

Chiuse gli occhi e si concentrò. Si prese il tempo necessario. Non poteva sbagliare. Era un ratto e doveva rimanere tale. Ma un ragazzo di dodici anni che gli assomigliava come un gemello comparve subito in mezzo alla strada. Quel doppio fece per avvicinarsi con curiosità alla casa di Jov' e poi scappò di corsa…

Eliott spalancò gli occhi non appena udì le grida di Neptane.

«Prendetelo!» urlava. «Non lo riconoscete? È Eliott! Abbandonate subito le postazioni! Date l'allarme! Non ci deve sfuggire!»

Il doppio scappava di corsa, seguito da Neptane, la tigre e una mezza dozzina di piccole creature verdi comparse dal nulla. Gli altri vicini rimasero alle proprie postazioni dietro le finestre, e mentre erano occupati a osservare i colleghi che riconcorrevano il nemico pubblico numero uno, non si accorsero di un grosso ratto grassottello e di una strana sagoma che stavano attraversando la strada per poi intrufolarsi nella vecchia casa di Jov' dalla porta d'ingresso.

Eliott, invece, non era riuscito a muoversi. Controllare le mosse del suo doppio conservando la forma di ratto gli richiedeva uno sforzo incredibile. Anche solo attraversare la strada gli sembrava un'impresa difficilissima. Per raggiungere Katsia e Farjo doveva prima far scomparire il suo doppio.

Eliott attese che quest'ultimo avesse attratto i suoi inseguitori abbastanza lontano. Poi, si sforzò di dimenticarlo e corse verso il melo. Proprio quando arrivò alla base della scala che conduceva all'ingresso sentì tuonare la voce di Neptane.

«Si è volatilizzato!» urlò. «Banda di incapaci. Ci avete messo troppo tempo a...»

Neptane ammutolì di colpo. Eliott azzardò un'occhiata verso la donna-pesce. L'aveva localizzato e stava avanzando verso di lui a passo deciso. Eliott si lanciò all'assalto della scala. Ma non era abituato a essere un ratto e non sapeva bene come arrampicarsi. Provava a piantare gli artigli nel legno, ma scivolava. Si guardò le zampe: i suoi artigli da ratto non c'erano più. Erano stati rimpiazzati da dita umane. Non era più concentrato abbastanza e stava per trasformarsi di nuovo.

Si gettò un'occhiata alle spalle e trattenne un grido di terrore. Neptane si trovava solo a pochi metri da lui. Tentò di aggrapparsi a un gradino, ma scivolò di nuovo e ruzzolò su quello sottostante. Si sentiva sempre più pesante e meno agile. Anche più grosso. Più grosso? Ma allora poteva saltare da un gradino all'altro! Eliott gettò le zampe in aria come un ginnasta e salì di un gradino. Poi un altro. Ne restava ancora soltanto uno, ma cominciavano a mancargli le forze. Fece una breve pausa per riprendere fiato. Dietro di lui, Neptane tese una mano palmata per afferrarlo. Nello stesso istante Eliott diede un ultimo colpo di reni che lo scaraventò fino all'ingresso e la mano viscosa della donna-pesce si chiuse a un pelo dalle sue spalle.

Eliott si precipitò all'interno della casa. Appena arrivato oltre la porta socchiusa, si trasformò di nuovo in un ragazzo e, al limite dello svenimento, crollò a terra.

«Venite con me!» gridò la voce di Neptane dall'altra parte della porta. «Qui sta succedendo qualcosa di losco!»

Si udirono dei passi sulla strada, seguiti dallo scricchiolio dei gradini di legno. Eliott era rimasto senza forze e non riusciva a muoversi.

Come fluttuando nel vuoto, apparvero due braccia che

lo afferrarono e lo trascinarono fino in cucina, dove bloccarono la porta con una pesante padella in ghisa.

«Sbrigati!» bisbigliò Katsia.

Farjo saltò sulla tavola, leccò il lungo piano in legno e sotto i suoi piedi si aprì uno spazio nero come la notte in cui scomparve.

La porta d'ingresso cigolò e gli inseguitori invasero il corridoio.

«Da questa parte!» gracchiò la voce stridula di Neptane.

Eliott provò ad alzarsi, ma le sue gambe si rifiutavano di rispondergli. Le due braccia lo afferrarono di nuovo nel tentativo di sollevarlo sulla tavola. Invano. Eliott piombò di nuovo a terra come un sacco di patate nel momento in cui la porta della cucina cominciò a tremare.

«Accidenti!» borbottò Katsia.

Con un gesto rapido si tolse la mantella in pelle di cammeleonte e la lanciò nel buco nero. Poi afferrò Eliott senza troppi riguardi e lo scaraventò con tutte le sue forze attraverso la Porta, per poi saltarci dentro a sua volta.

Il varco nella tavola si richiuse nello stesso istante in cui Neptane e le creature verdi sfondarono la porta della cucina.

21

COME UNO ZOMBI

Eliott si svegliò con un mal di testa spaventoso. Allungò una mano per cercare a tastoni l'interruttore della lampada da comodino. Invano. Non c'era nessuna lampada. Sollevò la testa per alzarsi e andò a sbattere in pieno con la fronte contro una trave metallica. Intontito, si mise a sedere sul letto. Cosa ci faceva lì quella trave? C'era un filo di luce sotto l'uscio, quindi il corridoio era illuminato. Provò di nuovo ad alzarsi, questa volta con più delicatezza, e andò ad aprire la porta.

Quello non era il corridoio dell'appartamento in Rue de Lisbonne.

Eliott si voltò. Quella non era la sua camera. Il letto che aveva appena lasciato era un letto a castello di metallo. Non era a casa sua. Era ancora a Oniria.

Una voce risuonò alle sue spalle: «Ehi, finalmente la Bella Addormentata nel Bosco si è svegliata?».

Eliott si voltò di scatto e si ritrovò faccia a faccia con Gisèle, la stravagante strega recentemente liberata da Ephialtis che aveva conosciuto qualche giorno prima sulla nave di Jov'.

«Dai, vieni! Svelto!» continuò con un sorriso sdentato. «I tuoi amici hanno già raccontato tutto a Jov'. Stanno discutendo sulla strategia da adottare.»

Ancora mezzo addormentato, Eliott la seguì per uno stretto corridoio lungo il quale si apriva una fila di porte tutte identiche. In fondo al corridoio, Gisèle aprì una porta più grande delle altre. Entrambi si ritrovarono nell'immensa sala da pranzo della nave spaziale su cui vivevano in tutta clandestinità Jov', la sua sposa Pom', i membri della ribellione che guidavano, come anche tutti gli incubi che avevano liberato da Ephialtis.

«Perbacco, ecco che si è svegliato il nostro Eliott!» esclamò Jov'.

Agghindato con mantella d'ermellino, corona d'oro e scettro a forma di mela, il minuscolo re gli andò incontro e lo strinse tra le braccia per poi invitarlo a unirsi alla riunione che si stava svolgendo nella sala. Tra i partecipanti, Eliott riconobbe ovviamente Katsia e Farjo, come anche la regina Pommerelle e l'orco Chrouf, ma non conosceva le altre creature presenti.

Come consuetudine su quella nave, Pom' si era preoccupata che a nessuno mancasse nulla, e una montagna di dolciumi e bevande troneggiava su un tavolino.

«Ti fa tanto male la testa?» domandò Pom' mentre Eliott prendeva posto accanto a lei su un divano verde fluorescente.

«Sì, tanto... Cos'è successo? Mi hanno dato una mazzata in testa?»

«Per niente» rispose Jov'. «Se hai mal di testa e hai dormito due ore è a causa delle prodezze che hai dovuto realizzare per arrivare fino a qui. I tuoi amici mi hanno raccontato tutto, e devo dire che sono piuttosto impressionato. Ti sei trasformato in ratto e hai creato un diversivo con un doppio... Complimenti!»

«Grazie» mormorò Eliott in tono stanco. «Ma senza Katsia sarei stato spacciato. Sarebbe meglio se potessi realizzare le mie prodezze senza crollare per la stanchezza subito dopo!»

«Vedrai che ci arriverai» lo rassicurò Pom' cingendogli le spalle con un braccio in gesto materno. «Anche tua nonna sveniva spesso, all'inizio. Ma poi... avresti dovuto vedere con che velocità realizzava una creazione dopo l'altra!»

Eliott si sforzò di sorridere. Certo, lo sapeva che tutto sarebbe andato meglio a forza di provarci. Ma non aveva tempo per allenarsi. Doveva andare a Ephialtis subito. Immediatamente! E, se avesse perso conoscenza ogni volta che affrontava un incubo, la sua missione era di certo destinata al fallimento.

«Eliott, ho una bella e una brutta notizia per te» annunciò Jov'.

Il ragazzo sollevò uno sguardo perplesso verso il piccolo re paffuto.

«Comincio dalla brutta. Katsia e Farjo hanno mostrato la foto di Jabus a tutti gli incubi che vivono su questa nave e nessuno ha mai sentito parlare di lui.»

Eliott sbuffò. Certo, sarebbe stato troppo bello.

«Ma la bella notizia» continuò Jov' «è che abbiamo trovato un modo per restringere considerevolmente il campo delle ricerche per localizzare Jabus e il Mago di tuo padre.»

«Ah, bene!» esclamò Eliott, pieno di speranza. «Quale modo?»

«Non cantare vittoria troppo in fretta, piccoletto» intervenne Katsia. «Non sarà una passeggiata!»

«L'idea è di consultare gli archivi della CRAMO» spiegò Jov'.

«Perché?» domandò Eliott.

«Perché è l'unico modo per reperire informazioni sugli incubi che sono stati creati dal Mago di tuo padre negli ultimi sei mesi. La CRAMO conserva nei suoi archivi i campioni di DNA di tutti gli incubi, prelevati nel momento della loro creazione o giù di lì. I dati contenuti in questi campioni comprendono il nome del Mago, come anche il luogo di creazione. Ogni incubo ha un fascicolo. E la cosa più interessante per noi è che ogni Mago ha un fascicolo specifico per tutte le sue creazioni. Consultando il fascicolo di tuo padre, scopriremo quali sono le ultime creature che ha immaginato e sapremo anche con precisione dove e quando sono state create.

«E voi pensate che Jabus rimanga sempre nello stesso posto?» chiese Eliott, sorpreso.

«Credo di sì» rispose Jov'. «Jabus è vulnerabile a Ephialtis. Non ha difese contro gli incubi e per lui ogni spostamento è rischioso. Scommetto che ha trovato un buon nascondiglio e che rimanga sempre lì.»

«Il Mercante della Sabbia pensa che sia riuscito a guadagnarsi la protezione di uno o più incubi» intervenne Katsia.

«Motivo in più perché il numero dei possibili nascondigli sia limitato» commentò Jov'. «Se riusciamo a ottenere il luogo di nascita delle ultime creature del padre di Eliott, avremo abbastanza indizi per sapere dove cercare Jabus.»

Eliott si fermò un istante a riflettere. Le supposizioni di Jov' sembravano coerenti, ma c'era una questione che restava in sospeso. E non era di minore importanza.

«Ammettiamo che abbiate ragione. Come pensate di consultare gli archivi della CRAMO? Avete un amico che ci lavora?»

«Purtroppo no!» sbuffò Jov'. «Ho amici un po' dappertutto, ma non nella CRAMO.»

«E allora come facciamo?» insistette Eliott. «Gli archivi devono essere molto sorvegliati, immagino...»

«Eccome!» intervenne Katsia. «Gli archivi si trovano nel cuore della Grande Cattedrale, la sede della CRAMO. È là che lavora Sigurim, come anche tutto lo stato maggiore della CRAMO e parecchie centinaia di agenti.»

«Amico mio, la Grande Cattedrale è forse il luogo più sorvegliato di tutta Hedonis» aggiunse Farjo. «Corvi sentinella ci volano intorno gracchiando tutto il giorno, e *gargouille* di pietra viventi fanno la guardia a tutte le uscite. Quelle sudice bestie hanno la reputazione di essere più feroci dei peggiori incubi. Impossibile entrare se non sei un agente della CRAMO. Persino io non ci sono mai riuscito. Gli intrusi vengono spediti direttamente a Ephialtis con un microchip di tracciamento nel collo. Senza ordine d'arresto, senza interrogatorio, senza processo.»

Un brivido percorse la schiena di Eliott.

«Quindi uno di noi deve diventare un agente della CRAMO» concluse Jov'.

«Cosa?!» esclamò Eliott. «E chi lo farà?»

«Io» annunciò Katsia.

«Tu?» si stupì Eliott. «Ma tu detesti la CRAMO!»

«Sì, ma loro non lo sanno. Sono anni che i reclutatori della CRAMO mi fanno gli occhi dolci. Mi dicono che hanno bisogno di gente come me per gli squadroni speciali, quelli che si occupano degli incubi più pericolosi. Ho sempre rifiutato, ma posso cambiare idea. Vista la situazione così tesa con gli incubi, non credo che sospetteranno qualcosa.»

«Farai questo per me?» chiese Eliott, emozionato.

«No, piccoletto, lo farò per me» lo corresse Katsia con espressione molto seria. «Sono anni che voglio affrontare quel lurido grifone. Spero di trovare un modo per annientarlo intrufolandomi nella sua torre d'avorio dall'interno. E se al contempo posso farti un piccolo favore, tanto meglio.»

Mentre la ragazza parlava, il dettagliometro di Eliott notò che le vibravano le narici. Secondo Farjo, quello era un segnale infallibile: significava che stava nascondendo qualcosa. Sorrise tra sé. Katsia era una battagliera che ci teneva alla propria immagine di tipa tosta, ma intuiva che sotto sotto l'avventuriera era molto meno egoista di quanto volesse mostrare.

Decise di assecondarla.

«Capito...» borbottò. «Non lo fai per me, ma grazie lo stesso.»

«Bene» disse Jov' con un sorrisetto in un angolo delle labbra. «Mia cara Katsia, mi permetto di suggerire che tu vada a presentarti volontaria subito, così comincerai la formazione già domattina. Il periodo di integrazione delle nuove reclute si svolge presso la sede, ma se le mie informazioni sono esatte, dura solo quattro giorni. In seguito verrai inviata in campo, lontano dagli archivi. Quindi bisognerà agire in fretta. Se sei d'accordo, noi entreremo in azione domani sera, dopo la tua prima giornata di formazione.»

«Per me va bene» replicò Katsia. «Ma, per prima cosa, devo andare ad arruolarmi. Come faccio a uscire dalla Rete?»

«Il capitano Zrrrrk noleggerà una navetta che ti condurrà a una Porta nascosta, vicino alla Grande Cattedrale. Potrai tornare indietro da quella stessa Porta.»

«E noi?» domandarono in coro Eliott e Farjo. «Cosa faremo?»

«Voi andrete a riposarvi» rispose Jov'. «Credo che ne abbiate molto bisogno entrambi.»

«Questo è poco ma sicuro» commentò Farjo sbadigliando. «Io non ho chiuso occhio tutta la notte.»

«Un'altra cosa, Eliott» aggiunse Jov'. «Sarebbe meglio che tu passassi le prime ore della prossima notte senza la clessidra. Il tuo corpo e la tua mente hanno bisogno di riposo. Ci raggiungerai di prima mattina, per la riunione con Katsia.»

«Credo che abbiate ragione» ammise Eliott. «A che ora si terrà la riunione?»

«Non prima delle 16:00, ora di Oza-Gora.»

«Che sarebbero le cinque del mattino a Parigi» commentò Eliott. «Metterò la sveglia alle 4:30 per indossare la clessidra e raggiungervi.»

«Molto bene» approvò Jov'. «Quanto a te, caro Farjo, la tua camera sarà pronta tra qualche minuto.»

«Grazie!» esclamò la scimmia. «Voglio un materasso bello duro, eh! Non sopporto quando il letto si imbarca!»

«Oh, smettila di brontolare!» si indignò Katsia. «Jov' è stato già così gentile da offrirci ospitalità. Mettiti a dormire per terra, se non ti va bene il letto.»

«Un attimo, ma quindi adesso vivrete qui?» chiese Eliott, sorpreso. «Non tornate al faro?»

«Siamo costretti a stare qui, visto lo stato di emergenza» borbottò Farjo. «Meglio rimanere sul posto, altrimenti rischiamo di non riuscire più a raggiungere la Rete.»

Elliott ricostruì mentalmente l'immagine
del maestoso cancello in ferro battuto che costituiva
l'unico ingresso a Oza-Gora.
Si concentrò su ogni minimo dettaglio.
Su ogni più piccolo ghirigoro. E sulla clessidra,
simile alla sua ma molto più grande,
che spiccava al centro.

UNA CENA DA INCUBO

37

LA SERRA NUMERO 37

LA NAVE DI JOV'

Aanor era fiduciosa: sapeva che il giovane Creatore
non l'aveva dimenticata, che era da qualche parte a Oniria,
intento a escogitare un piano per liberarla.
Era solo una questione di tempo.

«Ma come?» obiettò Eliott. «Credevo che lo stato di emergenza non riguardasse gli Oza-Goriani.»

«Perbacco, non gli avete spiegato niente!» esclamò Jov'.

«Non ne abbiamo avuto il tempo» replicò Katsia.

«Cosa dovevano spiegarmi?» si spazientì Eliott.

«In cosa consiste lo stato di emergenza!» rispose Jov'. «Non solo proibisce agli Oza-Goriani qualsiasi spostamento all'esterno del loro territorio, ma riduce anche considerevolmente le libertà degli Oniriani stessi. C'è il coprifuoco: niente spostamenti dopo le 18:00 e durante la giornata devono essere limitati al minimo indispensabile. Qualsiasi cittadino del Regno può essere fermato in qualsiasi momento da uno squadrone della CRAMO, che gli domanderà chi è, da dove viene, dove sta andando e a fare cosa. E, al minimo sospetto di attività illecita, gli agenti hanno il diritto di imprigionare chiunque senza processo.»

«In altre parole» intervenne Katsia in tono cupo, «Oniria è diventata uno Stato di polizia e quel lurido grifone ha quasi pieni poteri.»

«Ma questa è la fine di tutte le libertà!» si allarmò Eliott.

«Proprio così» mormorò Jov' in tono triste. «La Rete intergalattica è l'ultimo luogo di Oniria in cui si può ancora circolare liberamente. La prossima tappa è la guerra.»

Eliott era attonito. Gli faceva venire la pelle d'oca pensare a come era cambiata la situazione a Oniria in pochi giorni.

«Eliott, tutto bene?» gli chiese Jov'. «Sei sbiancato di colpo.»

Il giovane Creatore sollevò la testa. Il re ribelle lo stava osservando con aria preoccupata.

«Io... sì, va tutto bene» rispose. «È solo che non pensavo che il mondo dei sogni potesse arrivare a conoscere gli stessi orrori di quello terrestre.»

«Non durerà molto» lo rassicurò Jov' dandogli qualche colpetto rassicurante sul braccio. «Alla fine tutto si sistemerà.»

«Come potete esserne così sicuro?» chiese Eliott, sorpreso.

«Il mondo dei sogni è fatto così. In un modo o nell'altro, finisce sempre tutto bene. Bisogna avere fiducia» rispose il piccolo re scrollando le spalle e si allontanò con passo allegro sotto lo sguardo sbalordito del ragazzo.

Dall'oblò della porta di uscita, Eliott e Farjo rimasero a guardare la navetta che si allontanava nella notte intergalattica. C'era Katsia a bordo, accompagnata da due piloti extraterrestri.

«Caspita, amico mio, se mi avessero detto che un giorno Katsia si sarebbe arruolata nella CRAMO, non ci avrei mai creduto!» commentò la scimmia.

«Spero che non se ne pentirà» sospirò Eliott.

«Non preoccuparti, amico mio, non è il genere di ragazza da avere rimpianti!» lo rassicurò Farjo. «Dai, andiamo a vedere com'è la mia camera.»

I due amici scesero al piano degli alloggi della nave spaziale tramite una scala in ferro. Imboccarono uno degli stretti corridoi costeggiati da porte tutte identiche, e Farjo si fermò davanti a una porta blu.

«Stanza 28, è questa qui» annunciò prima di battere sulla porta alcuni colpi forti, decisamente poco discreti.

«Avanti!» rispose una voce dall'interno.

Farjo spinse l'uscio. Eliott entrò con passo meccanico dietro di lui, ma non appena posò lo sguardo sulla cuccetta inferiore del letto a castello, non poté trattenere un grido di terrore.

«Farjo...» farfugliò. «Guarda! Un, un...»

Non ebbe tempo di dire altro. La sagoma sinistra si alzò e si avvicinò a loro lentamente. Occhi stralunati, viso tumefatto, piaghe ovunque... Era uno zombi. Eliott ammazzava centinaia di zombi ogni settimana, armato di joystick, ma vedere una di quelle creature in carne e ossa era tutta un'altra cosa. Indietreggiò e andò a sbattere violentemente contro l'uscio ancora aperto. Non si azzardava nemmeno più a respirare. Lo zombi continuava ad avanzare, lentamente. Alla fine gli si piantò davanti e gli porse una mano scheletrica.

«Ciao» disse con voce spettrale. «Mi chiamo Albert. Immagino che tu sia il mio nuovo compagno di stanza.»

Eliott provò ad articolare una risposta, invano. Le sue labbra si aprivano, ma dalla sua bocca non usciva alcun suono.

«No» si intromise Farjo spingendo lo zombi da parte per allontanarlo da Eliott. «Sono io il tuo nuovo compagno di stanza. Mi chiamo Farjo, e lui è Eliott, un Creatore, e a quanto pare lo hai spaventato a morte!»

Lo zombi guardò Eliott con aria contrita e tornò verso la sua cuccetta.

«Sono desolato» mormorò scuotendo la testa con espressione triste. «Non lo sapevo. Non volevo farti paura. Non preoccuparti, Creatore, non ti farò alcun male.»

I muscoli di Eliott si rilassarono un po', ma ancora non riusciva a parlare. Osava a malapena guardare quell'essere mostruoso. Eppure, il suo dettagliometro gli diceva che Albert non era uno zombi come gli altri: abito a tre pezzi, papillon giallo, scarpe di vernice... Tutto nel suo abbigliamento lo faceva sembrare più un dandy che un incubo.

«Eliott, stai bene?» chiese Farjo.

«Tutto a posto» farfugliò il ragazzo rauco.

«Bene, meglio così. Però devi davvero smetterla di andare nel panico ogni volta che vedi un incubo, amico mio. Altrimenti non resisterai più di due minuti a Ephialtis!»

Eliott non ribatté. Si limitò ad abbassare la testa. Certo, Farjo aveva ragione. Era davvero scarso come Creatore! A confronto con Mamilou, poco prima così sicura di sé durante l'allenamento, lui non era che un miserabile codardo. Quando aveva perso così tanta fiducia nelle sue capacità di Creatore? Forse le aveva perse del tutto quando era svenuto sfuggendo per un pelo a Neptane?

«Andare a Ephialtis è una cattiva idea» commentò Albert. «È un luogo spaventoso. Sarò eternamente riconoscente a Jov' per avermi tirato fuori di là.»

«Quando sei stato liberato?» domandò Farjo.

«Questa mattina» rispose lo zombi con un sorriso ripugnante. «So che questa nave non è comunque la libertà, ma per me ci va molto vicino. Sono nato a Ephialtis, non ho mai visto altri posti. Sono davvero felice di essermene andato. Anche se...»

Lo zombi si interruppe bruscamente.

«Anche se, cosa?» chiese Farjo.

«Non so se devo dirvelo» bisbigliò Albert. «Siamo in pochi a saperlo.»

«A noi lo puoi dire, Albert» insistette Farjo dandogli una pacca amichevole sul braccio. «Ti prometto che non lo diremo a nessuno.»

«Be', penserete che sono un incorreggibile romantico» esordì lo zombi in tono eccitato come una ragazzina, «ma ci sarà un matrimonio importante tra qualche giorno. Tutto è stato organizzato in grande segreto, ma fino a questa mattina ero il sagrestano della cattedrale di Ephialtis, quindi per forza ne ero al corrente. Confesso che mi sarebbe piaciuto tanto essere là per assistere alla cerimonia. Sarà grandiosa!»

«Chi si sposa?» domandò Farjo.

«La Bestia in persona» annunciò Albert.

«La Bestia si sposa?» gridarono all'unisono Farjo ed Eliott.

«Sì» confermò lo zombi. «Sarà il matrimonio del secolo! Tutta la crème de la crème degli incubi sarà presente.»

«Ma con chi si sposa?» chiese Farjo.

«Con la più bella di tutte le creature» rispose Albert con uno scintillio negli occhi vitrei. «La Bestia sposerà la principessa Aanor.»

«Cosa?!» sbottò Eliott. «Ma è impossibile! Deve esserci un errore!»

«Nessun errore» replicò lo zombi, visibilmente irritato dal fatto che venissero messe in dubbio le sue informazioni. «Il matrimonio avrà luogo venerdì. Dopodiché, La Bestia e la principessa Aanor saranno marito e moglie per sempre.»

«Per sempre?» ripeté Eliott con voce tremante. «Non esiste il divorzio a Oniria?»

«Sì, ma non per le principesse delle fiabe come Aanor» spiegò Farjo. «Il suo destino è quello di sposarsi con un principe azzurro e di fare tanti bambini. Non importa chi è questo principe azzurro: quando sarà sposata, la sua unione sarà indissolubile.»

Aanor? Fare bambini con quell'ignobile drago? Eliott si sentì travolgere da un'ondata di calore improvvisa.

«Io... io ho bisogno di prendere un po' di aria» farfugliò precipitandosi fuori.

Una volta nel corridoio, Eliott si appoggiò alla porta della camera e si lasciò scivolare fino a terra, sconvolto. Con lo sguardo perso nel vuoto, sentì Albert chiedere a Farjo, dall'altra parte dell'uscio: «Cos'ha il tuo amico? Qualche strana malattia?».

«No» rispose Farjo. «Credo che sia innamorato.»

22

COLTO IN FLAGRANTE

Eliott aveva avuto un nodo allo stomaco per tutta la mattinata. Non aveva neanche toccato i ravioli della mensa. In ogni caso, li conosceva bene i ravioli della scuola: erano disgustosi. Quindi non si era perso molto.

Uscendo dalla mensa, fu felice di vedere che, dopo tutti quei giorni di pioggia, finalmente il sole aveva deciso di mostrare i suoi raggi. Malgrado il freddo, si sedette su una panchina nel cortile della ricreazione e tirò fuori dallo zaino un foglio e una matita. Con le dita intirizzite dalle folate di vento, si mise a disegnare. E disegnò la persona che era nei suoi pensieri da ormai molte ore: Aanor. Disegnò la sua figura gracile ed eterea. Disegnò i suoi lunghi capelli biondi che sembravano sempre mossi da una leggera brezza. Disegnò il suo volto dolce e luminoso, i suoi occhi dallo sfavillio dorato, le labbra delicate... E, mentre disegnava, il nodo allo stomaco fece posto, a poco a poco, a una sensazione diversa. Più calda, e molto più piacevole.

Eliott stava correggendo la curva di una guancia quando una mano piena di macchie d'inchiostro e graffi gli strappò il foglio. Sollevò la testa per identificare l'autore del furto. Sguardo beffardo, smorfia insolente e capelli arruffati, era Clara la Furia, naturalmente... e, naturalmente, non era sola. Con il suo ciuffo finto ribelle e i vestiti all'ultima moda, Arthur la Signorina osservava Eliott con aria crudele. Invece, il suo inseparabile amico Théophile Sacco-di-Pulci teneva gli occhi fissi a terra dondolandosi da una gamba all'altra.

«Ma dai, Lafontaine è innamorato!» esclamò Clara osservando il suo bottino. «Chi è questa bella ragazza?»

«Fatti gli affari tuoi e ridammi il disegno!» protestò Eliott.

«Fa' vedere!» ordinò Arthur strattonando con un colpo secco il foglio che aveva in mano Clara.

Rimase a osservarlo con attenzione per qualche istante e poi scoppiò in una risata fragorosa.

«Oh, che posa seducente! Sembra una sgualdrina...» sghignazzò.

«Non insultarla!» s'innervosì Eliott scattando in piedi.

«Hai proprio ragione, Clara» ridacchiò Arthur. «Lafontaine ci tiene davvero molto a questa ragazza!»

«Basta, ridammi il mio foglio!» gridò Eliott cercando di afferrargli le mani che come sempre sfoggiavano un manicure perfetto.

Mentre si azzuffavano, Arthur fece un cenno di comando con lo sguardo a Théophile. Strascicando i piedi Sacco-di-Pulci andò a frapporsi tra i due con la sua mole massiccia per impedire a Eliott di riprendersi il foglio. Al sicuro dietro al suo docile amico, Arthur si stampò di nuovo sulle labbra un sorriso sarcastico.

«Lascia perdere, Lafontaine!» lo beffò. «Le ragazze come quelle esistono solo nei film. E poi, anche se esistesse davvero, non avresti alcuna possibilità con lei. Una ragazza così bella non proverà mai interesse per un nanerottolo come te.»

«Tanto meno per un cretino arrogante come te!» strillò Eliott.

Mentre Arthur cercava le parole per ribattere, Eliott finse un attacco sul lato sinistro. Poi, con una rapidità sconcertante, girò intorno a Théophile a destra per strappare dalla mano di Arthur il suo prezioso disegno. Arthur provò a recuperarlo, ma Eliott gli sferrò una gomitata nello stomaco che lo fece piegare in due. Le manone enormi di

Théophile afferrarono Eliott dalle spalle per impedirgli di colpire ancora.

«Cosa sta succedendo qui?» gracchiò la voce di un sorvegliante.

Eliott provò una morsa allo stomaco. Visti i suoi precedenti nelle ultime settimane, se il sorvegliante lo avesse portato nell'ufficio del preside, di sicuro lo avrebbero sospeso.

«È stato Lafontaine a...» esordì Arthur.

«Non è successo niente!» lo interruppe Théophile, con grande sorpresa degli altri tre. «Stiamo solo scherzando, tutto qua.»

Il sorvegliante li squadrò a uno a uno in silenzio.

«Bene, per questa volta lasciamo perdere» sibilò in tono minaccioso. «Ma se uno di voi si fa ancora riprendere, saranno due ore di punizione. Intesi?»

«Intesi» risposero in coro tutti e quattro.

«Ma che ti ha preso?» ringhiò Arthur non appena il sorvegliante fu abbastanza lontano.

«Hai sentito anche tu cosa ha detto» borbottò Théophile. «Un altro fatto come questo e ci danno due ore di punizione. A mia madre sono già venuti abbastanza capelli bianchi per colpa mia, non ho bisogno di altre grane.»

Arthur rimase qualche istante a guardare l'amico serrando le labbra sottili. Poi, senza commentare, batté in ritirata con un gesto della mano. Prima di allontanarsi, Théophile gettò un'occhiata verso Eliott.

Eliott non disse nulla, ma gli rivolse un cenno della testa in segno di riconoscenza.

23

PIDOCCHI E FUNGHI

Quando la sveglia suonò alle 4:30 di mercoledì mattina, Eliott stava per lanciarla dall'altra parte della stanza e rimettere la testa sul cuscino per riprendere a dormire, ma un lampo di lucidità gli illuminò la mente annebbiato. Non aveva puntato la sveglia così presto tanto per divertimento, doveva raggiungere la nave di Jov' per partecipare alla riunione fissata dopo la prima giornata di Katsia alla CRAMO.

Sfilò fuori un braccio da sotto il piumone, aprì a tastoni il cassetto del comodino, afferrò la clessidra e se la mise al collo. Poi posò di nuovo la testa sul cuscino sforzandosi di visualizzare l'immagine del luogo in cui doveva recarsi a Oniria. Si trattava di una piramide maya sperduta in mezzo alla giungla: Jov' gli aveva procurato una foto e lui l'aveva memorizzata fino all'ultimo dettaglio. Ricostruì nella mente l'enorme costruzione, le sue scalinate monumentali e, soprattutto, quello strano uccello di pietra che sorvegliava l'ingresso di un minuscolo tempio situato sulla cima, così da distinguerla da tutte le altre esistenti a Oniria.

Jov' gli aveva assicurato che la piramide era sufficientemente lontana dalle zone più popolate del Regno e che quindi non avrebbe fatto brutti incontri. E in effetti si sentì molto sollevato di ritrovarsi in un luogo deserto, se non per qualche inoffensivo macaco. Si incamminò lungo una scalinata della piramide per raggiungere l'ingresso del tempio.

Era davvero alta. Interminabile! Ormai senza fiato, passò davanti all'uccello di pietra, penetrò all'interno della piccola sala e localizzò subito la lastra più scura delle altre di cui gli aveva parlato Jov'. Si inginocchiò e, senza trattenere una smorfia di disgusto, leccò la pietra.

Fece appena in tempo a vedere la Porta aprirsi sotto di lui che il suo corpo precipitò nel baratro, strappandogli un grido di terrore. Era caduto nell'oscurità più totale. E più cadeva, più il suo corpo prendeva velocità. In preda al panico, provò a fabbricarsi un paracadute, ma la velocità era tale che quasi non riusciva a respirare. Era impossibile concentrarsi in quelle condizioni. All'improvviso, la sua traiettoria venne deviata da una specie di lungo filamento vischioso. Poi da un altro ancora, da un terzo, e infine da una vasta rete di cose spesse e molli che rallentavano la sua corsa. Quando finalmente toccò il suolo pensando di essere in salvo, un piano inclinato e scivoloso lo trascinò ancora per un centinaio di metri facendogli sbattere la testa su un tappetto di muschio e licheni. Là c'era luce. Finalmente.

Sollevò la testa. Giaceva ai piedi di un albero gigantesco, nel bel mezzo di un lago sotterraneo. Sopra di lui, il soffitto roccioso di una grotta immensa. A qualche metro di distanza, adagiata sulla superficie nera del lago e illuminata dal bagliore di una lanterna solitaria, lo aspettava una barca. A bordo, una strana sagoma.

Con grande sollievo, riconobbe un membro dell'equipaggio extraterrestre del capitano Zrrrrk.

La riunione era già cominciata quando Eliott arrivò nel salotto della nave spaziale. A capo tavola, Katsia dava spiegazioni in merito a ciò che aveva visto all'interno della Grande Cattedrale, mentre tutti gli altri l'ascoltavano con attenzione. Ovviamente erano presenti Jov' e Farjo, ma anche Pom', Chrouf, la strega Gisèle, la donna blu e i due fantasmi dell'equipaggio che avevano liberato Gisèle, lo zombi Albert e molti altri. In totale, erano circa in quindici intorno al tavolo. Eliott si emozionò nel vedere tutte quelle persone – tra cui ne conosceva solo alcune – riunite per aiutarlo a salvare suo padre. Interrogò Katsia con lo sguardo, e lei sollevò entrambi i pollici. Era andato tutto bene. Salutò i presenti con un gesto della mano, poi si accomodò accanto a Jov'.

«Sei arrivato al momento giusto» commentò il re ribelle, a quel punto. «Katsia ci stava parlando dei dispositivi di sicurezza che proteggono la Grande Cattedrale. Continua pure, ti ascoltiamo.»

«Tutti sanno che i corvi e le *gargouille* di pietra sorvegliano chiunque entra o esca dall'edificio» esordì Katsia. «Ma il vero ostacolo sono i campi magnetici. Tutte le entrate della Grande Cattedrale, che siano terrestri, aeree o sotterranee, e gli stessi muri sono protetti da barriere invisibili che consentono l'accesso soltanto a chi è provvisto di regolare microchip-pass.»

«E cosa sarebbe un microchip-pass?» domandò Eliott.

Katsia si arrotolò la manica destra della tunica fino al gomito. Una cicatrice rossa le solcava l'avambraccio.

«È l'aggeggio che mi hanno iniettato nel polso ieri quando mi sono arruolata e che consente di identificare qualsiasi membro della CRAMO.»

«Ma adesso dovrai tenerlo per sempre?» domandò Eliott con voce strozzata.

«No, non preoccuparti» lo rassicurò Jov'. «Si può rimuovere esattamente come i microchip di tracciamento degli incubi. Il giorno in cui non avrà più bisogno, Pom' glielo toglierà.»

«Ah, bene...» mormorò Eliott, sentendosi a disagio nel vedere i sacrifici che tutta quella gente faceva per lui.

«Dunque, impossibile entrare senza uno di questi microchip» ricapitolò Farjo. «E dove possiamo procurarceli?»

«Bisogna arruolarsi nella CRAMO, è l'unico modo» rispose Katsia.

«E come è protetta la sala degli archivi?» domandò Jov'.

«L'accesso è riservato ai funzionari di alto grado e ai documentalisti. Quindi, le nuove reclute come me non possono entrare. Il mio microchip-pass non me lo permette.»

«Ma tra le persone che vi hanno accesso non si può trovare qualcuno che può fare la ricerca per noi?» suggerì Pom'.

«Ne sarei sorpresa» replicò Katsia. «Ho provato a parlare con una delle bibliotecarie, ma sono impenetrabili come le sbarre di una prigione. Hanno ricevuto istruzioni precise e le rispettano alla lettera.»

«Inoltre non abbiamo tempo per identificare la persona che eventualmente potrebbe sostenere la nostra causa» intervenne Jov'. «Dobbiamo trovare un modo per entrare noi.»

«Però non basta solo entrare» puntualizzò Katsia. «Poi, bisogna anche riuscire a consultare gli archivi senza che se ne accorga la mosca.»

«Quale mosca?» domandò Farjo.

«La sala degli archivi è sorvegliata da una mosca gigante» spiegò Katsia. «Misura almeno ottanta centimetri. Un insetto ripugnante che rileva qualsiasi cosa e persona nel minimo dettaglio a trecentosessanta gradi, non abbandona mai la sua postazione e non dorme mai. Non c'è centimetro quadrato della sala che sfugga al suo controllo, ventiquattro ore su ventiquattro, sette giorni su sette.»

«Come? Non esce mai per mangiare o andare al bagno?» si stupì Eliott.

«Mai» confermò Katsia. «Le vengono portati due secchi di cibo tre volte al giorno e si libera l'intestino nei secchi vuoti senza mai spostarsi dalla sua postazione.»

Eliott trattenne un conato di vomito nell'immaginarsi quello spettacolo.

«Dunque, la mosca non abbandona mai la sua postazione» riepilogò Pom'. «Ma ha davvero una vista così acuta? I fantasmi sanno muoversi con discrezione. Persino Farjo, se si trasforma in pulce o formica...»

«Secondo quanto ci ha spiegato il responsabile della sicurezza, la mosca è in grado di localizzare una bolla di sapone sul lato opposto della sala» rispose Katsia. «A meno che non si sia completamente invisibili, è impossibile sfuggire al suo controllo.»

Il cuore di Eliott si mise a battere a tutta velocità.

«Se mi alleno, forse io potrei diventare invisibile!» esclamò.

Tutte le teste si girarono verso di lui, piene di speranza. Solo Jov' mantenne un'aria preoccupata.

«Sogni spesso di essere invisibile?» gli chiese in tono serio.

«No» ammise Eliott. «Credo che non mi sia mai capitato.»

«Allora mi spiace» continuò Jov' con dolcezza, «ma credo che sarà difficile convincere la tua mente che sei invisibile.»

«Eliott è riuscito a trasformarsi in ratto!» obiettò Farjo.

«Sì, e lo trovo davvero impressionante» confermò Jov'. «Ma convincere in maniera duratura la materia corporea di non avere alcuna consistenza fisica ha un livello di difficoltà molto più elevato. Eliott, dovresti passare parecchi anni ad allenarti con tua nonna prima di riuscire un giorno a diventare invisibile. Chiaro che puoi sempre provarci, non si sa mai, ma credo che sarebbe meglio non contarci troppo.»

Il giovane Creatore fece una smorfia, e un silenzio intenso calò sulla tavola. Tutti si stavano scervellando per farsi venire in mente l'idea migliore che avrebbe permesso di consultare gli archivi. Nessuno la trovò. Così Pom' andò in cucina e poco dopo tornò con un piatto ricolmo di dolcetti al cioccolato con il pretesto che il cacao era un alimento eccellente per far funzionare meglio le meningi. Tutti si gettarono subito su quella succulenta fonte di stimoli. Tutti tranne Gisèle. La strega si alzò dalla sedia e si avvicinò a Eliott.

«Senti, piccoletto» gli bisbigliò all'orecchio, «io non ne posso più di tutti questi dolci. Qui non c'è altro da mangiare. Ti dispiacerebbe farmi comparire di nascosto dagli altri un piccolo assortimento di formaggi belli puzzolenti? Con del pane fresco. Oh, e anche qualche fetta di sanguinaccio! Più puzzano, più li adoro!»

Eliott sorrise. Chiuse gli occhi e fece comparire un paniere traboccante di tutte quelle buone cose che nessuno si sarebbe mai azzardato ad assaggiare sentendone il fetore.

Un concerto di proteste si levò intorno alla tavola. La strega, invece, era al settimo cielo.

«Puah! Ma cos'è?» le strillò la donna blu tappandosi il naso. «Non mangerai mica quella robaccia! Vuoi avvelenarti?»

Con molta dignità, Gisèle si alzò per spostare il suo appetitoso paniere dall'altra parte della sala. Tutti scoppiarono a ridere. Tutti tranne Eliott che aveva appena trovato l'idea che stavano cercando.

«Ma certo! Possiamo fare così!» gridò.

Tutti si voltarono a guardarlo.

«Dobbiamo avvelenare la mosca!» spiegò Eliott. «Non possiamo impedirle di vedere, ma possiamo annebbiarle la vista, farle avere delle allucinazioni. Katsia, hai detto che le portano da mangiare tre volte al giorno?»

«Sì, secchi di escrementi che arrivano direttamente dalla cucina della CRAMO» confermò l'avventuriera.

«Allora dobbiamo metterle nel cibo qualcosa che la renda innocua!» si infervorò Eliott.

«Devo ammettere che si tratta di un'idea interessante» intervenne Jov' con entusiasmo. «Gisèle, tra i tuoi prodotti hai qualcosa che possa tornarci utile a questo scopo?»

«Be', guarda caso ho qui con me dei funghetti allucinogeni che fanno meraviglie» rispose la strega. «Nell'arco di poche ore quella mosca vedrà di tutto e di più.»

«Allora credo che abbiamo trovato il modo di muoverci liberamente nella sala degli archivi» annunciò Jov', soddisfatto. «Rimane solo come entrare.»

«Forse mi è venuta in mente una soluzione» intervenne Pom'. «Un'idea che permetterà di far entrare Farjo.» Sentendo il proprio nome, la scimmia gonfiò il petto e si raddrizzò sullo sgabello, tutto orecchi. «Il problema sono i muri magnetici» puntualizzò la minuscola regina. «Credo che il solo modo per attraversarli sia costringere le sentinelle della Grande Cattedrale ad abbassare il livello di sicurezza.»

«E come?» domandarono più voci.

Pom' si girò verso l'orco Chrouf.

«Chrouf, amico mio, ti dispiacerebbe prestarci i tuoi pidocchi?»

Il gigante guercio acconsentì con un timido cenno del capo.

«Perbacco, Pom'!» si spazientì Jov'. «Cosa ci vuoi fare con i pidocchi di Chrouf?»

«Creare un diversivo» rispose la regina con aria maliziosa. «Provate a immaginarvi cosa succederebbe se parecchi impiegati della CRAMO, preferibilmente gli alti funzionari, si presentassero un bel mattino alla Grande Cattedrale con la testa piena di pidocchi...»

«I pidocchi sono esseri viventi non provvisti di microchip-pass» intervenne Katsia. «Se un agente si presenta con i pidocchi, non lo fanno entrare!»

«È proprio questo che mi interessa!» esclamò Pom'. «Chrouf ha abbastanza pidocchi per scatenare una vera epidemia. Gli alti funzionari pretenderanno di entrare a tutti i costi, grideranno allo scandalo, e le sentinelle saranno obbligate ad abbassare il livello di sicurezza. Disattiveranno manualmente il campo magnetico per far entrare gli agenti portatori di pidocchi. E Katsia potrà entrare con Farjo trasformato in pidocchio sulla sua testa.»

«D'accordo» replicò Katsia, «ma con o senza pidocchi a carico, non posso comunque entrare nella sala degli archivi.»

«Proprio per questo l'idea dei pidocchi è doppiamente interessante» continuò Pom'. «Dovrai solo fare in modo di avvicinarti abbastanza ai capelli di una bibliotecaria così che Farjo possa saltare da una testa all'altra. Quando lasceranno entrare la bibliotecaria nella sala degli archivi a causa dell'epidemia di pidocchi, si porterà dentro anche Farjo.»

«E, una volta all'interno della sala degli archivi, non appena la mosca comincerà ad avere le allucinazioni, Farjo avrà tutta la libertà per consultare gli...» La voce di Katsia ammutolì di colpo. «No, non può funzionare» borbottò, avvilita. «Gli archivi della Grande Cattedrale sono accessibili solo da computer.»

«E quindi?» domandò Eliott.

«Quindi io non so usare un computer» confessò Farjo, imbarazzato.

«Cosa?!» esclamò Eliott. «Ma se tutti sanno usare un computer!»

«Non a Oniria» commentò Jov' con espressione prostrata.

Un silenzio deluso calò sulla tavola.

«Allora ci andrò io» annunciò Eliott.

«Tu?!» esclamò Farjo, stupito. «Mi dispiace dirtelo, amico mio, ma non credo che riuscirai a trasformarti in pidocchio. »

«Non voglio trasformarmi in pidocchio» replicò Eliott. «Faremo come dice Pom'. E, una volta che Farjo sarà nella sala degli archivi, potrò raggiungerlo. Mi basterà addormentarmi pensando a lui. Così sarò io a consultare gli archivi.»

«È fattibile» commentò Jov', «ma tutto ciò richiede un'organizzazione dei tempi molto rigorosa. Dovrai addormentarti esattamente al momento giusto…»

«Posso chiedere al Mercante della Sabbia di farmi addormentare al momento giusto» replicò Eliott. «Ha promesso di aiutarmi, se può.»

«Però mandare te è estremamente pericoloso» intervenne Pom'. «Ti sta cercando tutta la CRAMO!»

«Mi travestirò» disse Eliott con voce sicura. «Non mi riconosceranno.»

«Lo stesso» insistette Jov'. «Facendo così ti getterai con la clessidra nella tana del lupo…»

«Altre proposte?» domandò Eliott. Nessuno rispose.

«Allora studieremo bene questa possibilità» annunciò infine Jov' in tono solenne.

Il re ribelle diede una mansione a ciascuno.

Katsia doveva trovare un modo per avvelenare il cibo della mosca usando il decotto che Gisèle avrebbe preparato.

Pom' aveva l'incarico di recuperare i pidocchi di Chrouf, che Wiz e Yaz, i due fantasmi, avrebbero distribuito tra gli alti funzionari della CRAMO.

Farjo, la donna blu, lo zombi Albert e altri volontari avevano l'incombenza di risolvere alcune questioni logistiche.

«E io cosa faccio?» domandò Eliott.

«Tu avrai bisogno di tutte le tue forze per questa operazione» rispose Jov'. «Quindi farai come oggi: passerai la notte senza clessidra, metterai la sveglia e ci raggiungerai per sistemare gli ultimi dettagli. Poi andrai dal Mercante della Sabbia per comunicargli l'ora esatta in cui ti dovrà far addormentare il grande giorno.»

«Ma io...»

«Niente ma» lo interruppe Jov' in tono imperativo. «Se vuoi avere la minima speranza di portare a termine questa missione indenne, dovrai essere al massimo della forma fisica. Quindi, domani dormirai senza clessidra fino alle 4:30 del mattino. Ti suggerisco di cominciare subito a lavorare ai tuoi travestimenti. Più ti alleni, meno ti costerà fatica.»

Senza aspettare risposta, Jov' si alzò e annunciò che la riunione era terminata. Subito si levò un concerto stridente di sgabelli, e i partecipanti si sparpagliarono per la sala. Katsia e Farjo si avvicinarono a Eliott, ma lui non prestò loro alcuna attenzione. Saltò giù dallo sgabello e si mise a correre per raggiungere il re ribelle.

«Jov', un attimo!» lo chiamò quando ormai stava già per lasciare la sala.

Il re si voltò di scatto. «Hai domande sull'operazione?»

«No» rispose Eliott. «O meglio... sì, ho delle domande, ma non sull'operazione... In realtà non hanno proprio niente a che vedere con mio padre.»

«Mi incuriosisci» disse Jov'. «Cosa vuoi sapere?»

Eliott abbassò la testa, rosso per l'imbarazzo.

«Siete al corrente di Aanor?» domandò dondolandosi da un piede all'altro.

«Ti riferisci al suo imminente matrimonio con La Bestia?» replicò Jov'.

Eliott annuì con lo sguardo fisso sulla punta delle scarpe da ginnastica. Sentiva alle sue spalle lo sguardo di Katsia e di Farjo che l'avevano raggiunto. Avrebbe preferito non contare sulla loro presenza, per una volta. Soprattutto per quanto riguardava Katsia perché poteva immaginarsi bene la sua smorfia beffarda.

«Sì, ne sono al corrente. Albert ce l'ha raccontato ieri. Che domande hai in merito?»

Eliott sollevò gli occhi con una profonda ansia impressa nelle pupille.

«Bisogna fare qualcosa!» esclamò. «Non possiamo permettere che succeda!»

«E cosa vorresti fare?» chiese Jov', sbalordito. «Liberare Aanor da Ephialtis?»

«Proprio così» confermò Eliott. «Se liberate gli incubi, potete di certo farlo anche per Aanor, no?»

«Be', non esattamente» rispose Jov'. «Per tre motivi, almeno. Il primo è che non sono affari nostri. Spetta alla regina liberare sua figlia. E se non l'ha ancora fatto, avrà le sue ragioni.»

Eliott era talmente scioccato da quelle parole che rimase a bocca aperta.

«Il secondo è che noi non sappiamo come fare» continuò Jov'. «I membri del mio equipaggio non sono mai entrati all'interno di Ephialtis per liberare qualcuno. Sarebbe troppo pericoloso, e non sapremmo come uscirne. La nostra modalità operativa è quella di catturare gli incubi quando vengono chiamati fuori Ephialtis dai loro Maghi, cercando di essere più rapidi degli squadroni della CRAMO.»

Eliott abbassò di nuovo la testa. Non aveva nessuna voglia di sentire il terzo motivo.

«Il terzo è lo stato di emergenza» concluse Jov'. «A causa dell'intensificazione dei controlli, le nostre operazioni sono diventate troppo pericolose per il mio equipaggio. Le ho sospese fino a nuovo ordine. Perché credi che si siano presentati tanti volontari per l'operazione alla Grande Cattedrale? I miei uomini si annoiano. Hanno bisogno di azione!»

Eliott sprofondò nell'imbarazzo. Aveva creduto davvero che tutta quella gente avesse deciso di partecipare all'operazione in gesto di amicizia nei suoi confronti. Che ingenuo!

«Forza!» lo esortò Jov' con voce dolce prendendolo sottobraccio. «Non avrei dovuto dirti tutte queste cose. Questa operazione è rischiosa. Io non ho deciso di aiutarti perché mi annoio. E non lo faccio nemmeno per tua nonna, ma solo perché sei un ragazzo coraggioso che merita di essere aiutato. E so che Pom' la pensa come me.»

«E anch'io!» gridò Farjo, che non si era perso niente della conversazione.

«Ma sì!» intervenne Katsia. «Ti vogliamo bene, piccoletto, e siamo contenti di poterti dare una mano. Ma comincio a conoscerti e non mi piace per niente questa storia della principessa. Non sognarti di metterti a giocare al cavaliere solitario per salvarla dalle grinfie della Bestia, eh! Ci hai già provato una volta e non ci sei riuscito. È troppo pericoloso. Per te e per Oniria. Ti ricordo che il Mercante della Sabbia ti ha chiesto di rimanere sotto la nostra protezione, mia e di Farjo. E per il momento, liberare la tua amica non è la priorità.»

«Ma fra tre giorni si sposerà con quel mostro!»

«Katsia ha ragione» aggiunse Jov' in tono severo. «Se vuoi trovare Jabus e il Mago di tuo padre è importante che tu rimanga concentrato sul tuo obiettivo, che ti riposi e che ti alleni. E ci sono due cose che devi evitare a tutti i costi: distrarti e correre rischi inutili. Sono stato chiaro?»

Eliott annuì, contrariato per essere stato ripreso.

«Ci vediamo domani, Eliott. Riposati per bene nel frattempo» concluse Jov' e scomparve nella sala comandi.

«Anch'io vado a riposare» annunciò Katsia sbadigliando. «Questa prima giornata alla CRAMO mi ha stremata. Buonanotte, piccoletti.»

Detto questo, anche lei se ne andò. Eliott restò solo con Farjo e si girò verso di lui.

«Tu cosa ne pensi di tutta questa storia?»

«So che non ti piacerà sentirtelo dire, amico mio» rispose la scimmia, «ma hanno ragione. Sei venuto a Oniria per salvare tuo padre, non per impedire le nozze di Aanor.»

«Immagino che tu abbia ragione» mormorò Eliott con aria affranta.

24

QUA E LÀ

Eliott si trascinò di malumore per tutta la mattinata. Si sentiva inutile e impotente, e lo irritava ancora di più doversi sorbire le lezioni di grammatica inglese della signora Pickles, che lo annoiavano sempre a morte.

Per fortuna era mercoledì e non aveva corsi al pomeriggio. Lasciò la scuola subito dopo aver pranzato in fretta e furia e si precipitò alla fermata dell'autobus numero 84 che arrivò poco dopo. Salì e riuscì a trovare un posto libero. Con la fronte incollata al vetro, guardava sfilare gli edifici con una sola, insistente domanda in testa: "Ma cosa ci faccio qui?".

Negli ultimi giorni aveva trascorso talmente tanto tempo a Oniria che tutto gli sembrava noioso. In realtà, aveva quasi l'impressione di non appartenere più al mondo terrestre. A Oniria si trovava in pericolo quasi costante, certo, e quella mattina aveva anche lasciato la nave di Jov' deluso e offeso, ma almeno là aveva poteri straordinari, amici che veramente ci tenevano a lui e una missione da compiere. Mentre in quel suo "qui" era solo uno studente qualsiasi, orfano di madre e forse presto anche di padre, deriso dai compagni di classe e con la sola responsabilità di seguire lezioni che non gli interessavano.

Perso nei suoi pensieri, per poco non sbagliò fermata. Quando si rese conto dov'era, si alzò di scatto e saltò giù dall'autobus un attimo prima che si chiudessero le porte. Poi si diresse con passo meccanico verso l'entrata dello stadio, sordo ai saluti dei compagni che arrivavano nello stesso momento.

«Lafontaine!» gridò una voce. «Ti ho chiamato tre volte!»

Scosso all'improvviso dalle sue fantasticherie, Eliott si voltò e si trovò faccia a faccia con il suo allenatore, un ragazzotto biondo e slanciato che sognava di scoprire la prossima star dell'atletica mondiale e che ci teneva molto a farsi chiamare "coach".

«Perché non sei venuto la settimana scorsa?» gli chiese, furibondo. «Hai paura della pioggia?»

«No, coach» rispose Eliott. «Ero in punizione a scuola.»

«Allora datti una regolata e fai in modo che non succeda più!» commentò il ragazzotto. «Se non vieni agli allenamenti, non arriverai mai al campionato regionale. Muoviti, vai a cambiarti. Vediamo se non ti sei arrugginito troppo.»

«Sì, coach» farfugliò Eliott entrando negli spogliatoi.

Cominciava male.

A forza di correre, saltare, fare lo slalom e passare il testimone ai suoi compagni di squadra, Eliott cominciò a sentirsi sempre meglio. In realtà, per la prima volta dopo sei giorni, finalmente riuscì davvero a svuotare la mente. Mentre correva non pensava più a suo padre. Non pensava più a Oniria, alla Bestia, alla CRAMO o al Mercante della Sabbia. Pensava solo ai suoi movimenti e al rivestimento rosso che sfilava sotto i suoi piedi.

E questo lo faceva stare benissimo.

Alla fine dell'allenamento, il coach propose un piccolo esercizio di sprint. Prima del segnale di partenza, Eliott si sentiva pronto, comodo nelle scarpe da ginnastica, momentaneamente alleggerito dal peso opprimente che gli aveva gravato sulle spalle negli ultimi giorni. Al fischio scattò di corsa e, non appena raggiunse la linea del traguardo, il coach si precipitò verso di lui. Eliott non capì subito perché quel ragazzotto biondo lo stesse stringendo tra le braccia come per ringraziarlo di averlo salvato da un incendio.

«Incredibile!» urlò il coach, ebbro di gioia. «Non ho mai visto un tempo così in questa categoria. Non sei per niente arrugginito! Anzi, sei in splendida forma!»

«Davvero ho fatto un buon tempo?» si sorprese Eliott, che non aveva l'impressione di aver fatto uno sforzo maggiore del solito.

«Stai scherzando?» esclamò il coach. «Con un tempo così vincerai il campionato nazionale alla grande! Non so come tu abbia fatto a migliorare tanto in solo due settimane. E in più senza venire ad allenamento! Sicuro di non essere il figlio segreto di Usain Bolt?»

Eliott scoppiò a ridere. Con la sua carnagione così bianca come una cavia da laboratorio, non c'era pericolo che nelle vene gli scorresse anche solo una goccia del sangue di quel campione giamaicano. Ma l'entusiasmo del coach era contagioso, e tornò negli spogliatoi con un sorriso sulle labbra e il morale alle stelle.

Quando Eliott entrò nell'appartamento di Rue de Lisbonne, venne accolto da alcuni battiti di mani. Appese il giubbotto all'ingrersso e si avvicinò alla porta a vetri del salotto. Juliette stava eseguendo una serie di ritmi, e Mamilou l'ascoltava curva su un quaderno di musica. Chloé, invece, se ne stava stravaccata sul divano, con il broncio.

«Ma no!» esclamò Mamilou in tono esasperato. «È terzina, terzina, minima. Hai trasformato la seconda terzina in una semicroma. Dai, ricomincia.»

«Sono stufa» borbottò. «E ho fame.»

«Anch'io!» intervenne Chloé.

«Bene, immagino che sia ora di merenda» concesse Mamilou. «Ma dopo riprendiamo, altrimenti voi due non passerete l'esame di solfeggio domani.»

Le gemelle si precipitarono verso la cucina, salutando appena il fratello passandogli davanti.

«È dura, eh?» commentò Eliott avvicinandosi alla nonna, ancora in salotto.

«Le tue sorelle sono bambine molto intelligenti» sospirò Mamilou. «E come capita spesso in questi casi non vogliono fare troppa fatica e gettano la spugna alla prima difficoltà. Ma raccontami piuttosto come è andata la nottata. Katsia vi ha riferito informazioni interessanti dopo la sua prima giornata alla CRAMO?»

Eliott si gettò un'occhiata alle spalle per controllare che le gemelle si fossero allontanate davvero, poi si avvicinò ancora di più alla nonna.

«Abbiamo un piano» bisbigliò. «È un po' complicato e anche rischioso, ma dovrebbe funzionare. Devo tornare da Jov' questa notte per finire di mettere a punto gli ultimi dettagli. Andrò io a consultare gli archivi.»

«Tu?!» esclamò Mamilou. «Nella sede della CRAMO?! Ma voi siete pazzi!»

«È l'unica soluzione che abbiamo trovato. Ma non preoccuparti, ho pensato a tutto. Non ci resterò molto e mi travestirò per non essere riconosciuto. Forse proverò anche a realizzare una metamorfosi... Quindi mi sarebbe piaciuto fare un piccolo allenamento con te, solo per essere un po' più sicuro.»

«Quando? Adesso?»

«Sì.»

«Mi dispiace, tesoro» si scusò Mamilou, «ma sarà difficile. Ho ancora molto da fare con le gemelle. E immagino che anche tu abbia dei compiti, no?»

Eliott annuì.

«Allora vai subito a farli.»

«Ma...»

«Niente ma» lo interruppe Mamilou. «So che studiare ti interessa molto meno rispetto a tutto quello che sta succedendo a Oniria, e ti capisco. Comunque sia, non devi dimenticare che la tua vita è qui, nel mondo terrestre. E che non ti puoi permettere di combinare altri guai a scuola.»

«Uffa» borbottò Eliott.

Deluso, si diresse verso la sua camera strascicando i piedi. Si mise a sedere alla scrivania e tirò fuori il diario dallo zaino per controllare i compiti da fare. Per il giorno seguente aveva quattro esercizi di matematica, una verifica di latino da ripassare e alcuni verbi irregolari in inglese da studiare. Senza contare la relazione su un libro che doveva consegnare venerdì alla lezione di lettere e che non aveva ancora incominciato.

Eliott sospirò stravaccandosi sulla sedia. Aveva una montagna di compiti! Qualche attimo dopo raddrizzò la schiena, armato di tutto il coraggio che gli restava, e tirò fuori l'astuccio, il libro di matematica e il quaderno degli esercizi.

Mentre stava cercando di svolgere il terzo esercizio di matematica, la mente di Eliott, incapace di rimanere concentrata a lungo sul quadrato dell'ipotenusa, si mise a vagare. E con il pensiero andò ad Aanor, abbandonata al suo triste destino. Ai ribelli di Jov', che non potevano più esercitare le loro attività clandestine da quando era stato dichiarato lo stato di emergenza. Alla strega Gisèle e allo zombi Albert, tra gli ultimi ad aver beneficiato del loro intervento... e a tutti gli altri incubi che non venivano mai chiamati fuori Ephialtis dai loro Maghi e che non avevano alcuna speranza di poterne uscire. Pensò alla Bestia e alla rivoluzione degli incubi che infuriava. Pensò a tutti quei Maghi che andavano ogni notte a Oniria, inconsapevoli del dramma che si stava svolgendo sotto i loro occhi bianchi. Pensò agli Oza-Goriani, intrappolati nella loro arida terra senza rifornimenti fino a nuovo ordine. Pensò a Jabus e agli analoghi negativi che somministrava a suo padre da così tanto tempo per il semplice gusto di avere successo con il suo esperimento. Pensò anche alla regina e al grifone Sigurim che ormai aveva il Regno in pugno. Un Regno che non aveva più niente a che vedere con quell'Oniria meravigliosa delle storie che Mamilou gli raccontava quando era piccolo. Un Regno in cui gli abitanti erano ormai privi di libertà.

Eppure era là che Eliott desiderava stare. Là, non alla sua scrivania a risolvere stupidi esercizi di geometria.

Eliott posò lo sguardo sul quaderno e rimase sbalordito.

Come gli capitava spesso, senza rendersene conto aveva scarabocchiato sul quaderno mentre vagava con la mente. E l'immagine che aveva sotto gli occhi aveva l'aspetto di un oracolo. In mezzo alla pagina troneggiava il triangolo rettangolo dell' esercizio, tracciato con estrema accuratezza e, tutto intorno al triangolo, si vedevano dei disegni abbozzati a matita. Vicino al primo angolo, Eliott aveva tracciato le linee di un viso così dolce che poteva essere solo quello di Aanor. Vicino al secondo angolo, aveva disegnato un personaggio dagli occhi bianchi con le braccia sollevate e circondato da creature da incubo. Non c'erano dubbi che quello fosse un Mago. Infine, vicino al terzo e ultimo angolo del triangolo, Eliott aveva scritto una sola parola: LIBERTÀ.

E un'idea gli balenò in mente, chiara come il sole: era impensabile di poter liberare Aanor direttamente, ma era invece possibile farla uscire da Ephialtis per via indiretta, utilizzando un intermediario. Perché esisteva una persona che, senza correre pericoli, avrebbe potuto strappare via la principessa dalle grinfie del suo ignobile rapitore.

E quella persona era il Mago che l'aveva creata.

25

OPERAZIONE SCORPIONE

La nave del capitano Zrrrrk era in fermento. Erano tutti agitati, impazienti di cominciare la riunione, e nel salotto regnava un trambusto da giorno di mercato. Immerso nei suoi pensieri, Eliott ascoltava distrattamente il racconto delle prodezze di Farjo: la scimmia aveva trascorso parte della giornata trasformata in pidocchio, divertendosi a saltare da una testa all'altra.

E poi, all'improvviso, piombò il silenzio quando comparve Katsia.

«Scusatemi per il ritardo» borbottò. «Mi hanno controllata cinque volte. Comincia a essere un vero inferno là fuori. Questa mattina c'è stato un attacco degli incubi nel cuore di Hedonis: sono state incendiate parecchie case con gli abitanti all'interno. Tra questo e lo stato di emergenza, regna il panico. La gente è tesa, nessuno si rivolge più la parola, i luoghi pubblici sono deserti...»

«Possiamo solo sperare che tutto questo duri il meno possibile» sospirò Jov'. «Nel frattempo abbiamo un'operazione da preparare. Forza, al lavoro!»

Tutti si misero a sedere e un silenzio intenso calò sulla tavola.

«Chi comincia?» domandò Jov' attirando l'attenzione generale.

«Io!» esclamò Gisèle. Con gran fracasso, la strega posò

sulla tavola un flacone pieno di un liquido brunastro. «Mi sono inventata un piccolo miscuglio che dovrebbe far venire le allucinazioni alla nostra mosca gigante per un'ora. Nel pomeriggio l'ho testato su alcuni volontari di stazza simile e il prodotto ha avuto un buon risultato su tutti. Bisogna aspettare circa dieci minuti dopo l'ingestione perché faccia effetto come si deve.» Gisèle fece scivolare il flacone verso Katsia, all'altro capo della tavola. «Dovrebbero bastare poche gocce» precisò infine. «Sa un po' odore di muffa, ma immagino che passerà inosservato in mezzo alla robaccia che mangia quella mosca per colazione.»

«Confermo» borbottò Katsia con una smorfia di disgusto.

«Perfetto» disse Jov'. «Katsia, da parte tua hai fatto le ricerche necessarie per poter versare il contenuto di questo flacone nel cibo della mosca?»

«Per mia fortuna, il cuoco della CRAMO è un idiota desideroso di gloria. Era talmente felice che qualcuno s'interessasse al suo lavoro che ha risposto a tutte le mie domande senza battere ciglio.»

«Sì, sì» intervenne Farjo, «di' piuttosto che gli hai messo così tanta paura che ti ha raccontato tutto quello che volevi pur di non farsi mozzare le dita dei piedi! Io le conosco bene le tue tecniche di interrogatorio!»

«Non è andata come immagini» si difese Katsia. «La tortura è un metodo efficace, ma poco discreto. Ho provato qualcosa di nuovo. Ho usato la seduzione.»

«La seduttrice?! Tu?!» esclamò Farjo con una risata.

«Sì, e ha funzionato alla grande» ribatté Katsia, seccata.

«Comunque sia, è riuscita a ottenere le informazioni necessarie» intervenne Jov'. «Hai avuto problemi a raggiungere la cucina?»

«Nessun problema, ora ho i miei contatti di fiducia» rispose Katsia, fulminando Farjo con lo sguardo per dissuaderlo dal ridere ancora. «I secchi di escrementi destinati alla mosca vengono preparati quarantotto ore prima, vengono etichettati e conservati in un luogo appartato e poco frequentato, a causa della puzza. Basta solo decidere quale avvelenare e io sistemerò la faccenda.»

«Bene, tanto per cominciare il problema della mosca sembrerebbe risolto» riassunse Jov'. «Passiamo alla nostra epidemia di pidocchi, Pom'?»

La regina Pommerelle posò sulla tavola dieci bottigliette rosa tutte identiche, grandi come scatole di fiammiferi. Nel vederle, Chrouf tirò su con il naso rumorosamente e si asciugò una lacrima che si era formata nell'angolo del suo unico occhio.

«Ognuna di queste bottigliette contiene una cinquantina di pidocchi gentilmente forniti da Chrouf» annunciò Pom'. «Faranno venire un bel prurito a qualche alto funzionario della CRAMO.»

«E da questa parte come siamo messi?» chiese Jov' girandosi verso i due fantasmi.

Wiz e Yaz si alzarono in piedi, seri come candidati all'esame di maturità. Mentre Wiz preparava uno schermo bianco sistemato per l'occasione in fondo alla lunga tavola, Yaz regolava un proiettore di ultima generazione. Poi Wiz andò a spegnere la luce e Yaz proiettò una prima immagine. Era la foto di un uomo alto e magro dal viso allungato, con degli occhi così enormi che sembravano uscirgli dalle orbite.

«Ecco a voi Jasper Kolloc» annunciò Wiz, «il nostro bersaglio numero uno. È il direttore del settore "Apparecchiature Tecniche" della CRAMO e l'inventore, tra le altre cose, del microchip-pass e del microchip di tracciamento. Ha sempre vissuto da solo nella stessa casa, in un quartiere residenziale poco sorvegliato. Dorme sempre con la finestra aperta. Non sarà difficile fargli scivolare addosso qualche simpatico compagno pidocchio durante la notte.»

Wiz fece un cenno della testa a Yaz, che passò alla foto successiva. Era un orso di peluche, un adorabile orsetto con un papillon rosso e un gran sorriso.

«Non fatevi ingannare dalle apparenze» ammonì Wiz. «Dietro questo simpatico musetto si nasconde uno dei peggiori farabutti della CRAMO. Si tratta di Boum, un luogotenente di Sigurim. Dirige il settore degli accalappiatori d'élite.»

«Il mio nuovo capo» puntualizzò Katsia.

«Boum è tristemente noto per la sua mancanza di scrupoli» intervenne Jov' scuotendo la testa. «So che non è carino dirlo, ma sono felice di sapere che si gratterà la pelliccia per parecchi giorni! Chi altro abbiamo?»

La foto successiva mostrava una donna bellissima dalla pelle nera, con una palla di capelli crespi intorno alla testa.

«Ecco quella che si fa chiamare Diamante Nero» annunciò Wiz. «Si occupa della formazione dei nuovi arrivati.»

«Una specie di pazza che ha sempre le stesse quattro parole in bocca» intervenne l'avventuriera con una smorfia sprezzante. «Ovvero: "Gli incubi sono malvagi!".»

L'intera sala scoppiò a ridere. Wiz e Yaz passarono in rassegna gli altri bersagli che avevano identificato, poi tutti si concentrarono per definire i tempi dell'operazione. Pom' fu incaricata di annotare ogni minimo dettaglio su una grande lavagna bianca in modo da non dimenticare nulla. Alla fine della riunione, tutti i presenti avevano sotto gli occhi una pianificazione precisa al minuto di quella che Jov' aveva deciso di chiamare Operazione Scorpione.

«Lo scorpione è piccolo e furtivo» aveva spiegato, «ma bisogna prenderlo sul serio, proprio come noi. Inoltre, è uno dei pochissimi animali in grado di destabilizzare la mangusta, simbolo ufficiale della CRAMO. Propongo di eleggerlo ad animale totem di questa operazione.»

Tutti avevano accolto la proposta.

Quella notte, la missione di Eliott consisteva nell'andare dal Mercante della Sabbia per chiedergli di farlo addormentare alle 21:35 esatte di venerdì sera, data fissata per l'Operazione Scorpione. Farjo era stato incaricato di scortare il giovane Creatore fino all'uscita del Regno e di vegliare su di lui finché non avesse effettuato la dislocazione istantanea che gli avrebbe permesso di raggiungere Oza-Gora. I due amici erano soli con un pilota extraterrestre nella navetta che li stava portando sul pianeta boschivo N265B.

Eliott decise di approfittare di quel momento di calma per fare a Farjo tutte le domande che ormai lo tormentavano da parecchie ore.

«Mi stavo chiedendo una cosa... per caso tu sai chi è il Mago che ti ha creato?»

«Vagamente» rispose Farjo. «È un tipo alto, un africano. Non so di preciso da quale paese venga. È giovane e ha un'aria piuttosto simpatica, ma non so come si chiama. Mi ha sognato solo tre volte, quindi...»

«E tu non sei curioso di sapere qualcosa di più su di lui?» domandò Eliott.

«Bah, non mi interessa più di tanto» borbottò Farjo scrollando le spalle. «Ci sono già quei pazzi della CRAMO che vogliono sapere ogni minimo dettaglio sui Maghi e che collezionano il DNA di tutti!»

Eliott trattenne una smorfia. Non era per niente la risposta che sperava.

«Katsia ne sa molto di più» aggiunse la scimmia.

«Davvero?» disse Eliott raddrizzando la schiena, pieno di speranza.

«Sì, lei è stata creata da una donna russa, una certa Natalia Divanova. La conosci?»

«No! Perché dovrei conoscerla?»

«Pare che sia piuttosto famosa nel mondo terrestre» spiegò Farjo. «È una pittrice e, da quanto ho capito, i suoi dipinti vanno a ruba tra i collezionisti. È in sedia a rotelle, però è sempre allegra, molto calma, sorridente...»

«Sembra che tu la conosca bene!» esclamò Eliott, sorpreso.

«Ho visto il suo Mago parecchie volte» ribatté la scimmia. «Si addormenta spesso pensando a Katsia e quando sbarca a Oniria, per forza, mi trovo quasi sempre nei paraggi. La conosco meglio del tizio che ha creato me... In realtà, pensandoci bene, ci sono un sacco di Maghi che conosco meglio di lui. Per esempio Sven, il professore di matematica svedese che ha creato il nostro faro. Ogni tanto viene a fare un giretto e tutte le volte si sorprende di trovarci lì. E poi c'è Maria, con lei sì che mi diverto un mondo! Spesso la vedo in una stazione ferroviaria dove mi piace andare. Ogni volta è là che cerca di spedire cose sulla Luna, tipo galline o barattoli di conserva! Ovviamente, l'addetto della biglietteria le dice che non ci sono treni in partenza per la Luna, ma lei insiste...»

Eliott non lo ascoltava più e il cuore gli batteva a mille. Del discorso logorroico dell'amico aveva recepito una sola informazione importante: se certi Maghi erano più conosciuti di altri, c'era la speranza che il suo piano fosse realizzabile.

«E il Mago che ha creato la regina Dithilde... tu sai chi è?» gli chiese con slancio.

La scimmia rimase a fissare l'amico con gli occhi socchiusi. «Intendi il Mago che ha creato la regina Dithilde e sua figlia Aanor?» ribatté in tono sospettoso. «Perché vuoi saperlo?»

«Semplice curiosità» mentì Eliott. «Stavo pensando a quelle due, così diverse... eppure così complementari. La veste della regina che cambia colore a seconda delle sue emozioni, Aanor che non sa mentire, la loro unione telepatica... Il tizio che le ha immaginate deve avere una fervida immaginazione. Suppongo che le abbia sognate più di una volta.»

«Puoi ben dirlo, amico mio!» confermò Farjo. «Tra l'altro, questo fatto ha creato non pochi problemi all'inizio del regno della regina Dithilde. Il suo Mago la sognava così spesso che la regina scompariva regolarmente nel bel mezzo di una riunione del Gran Consiglio per riapparire all'altro capo di Oniria... Una volta, lei e sua figlia ci hanno messo quattro giorni per rientrare a Hedonis. All'epoca era diventata quasi una barzelletta e, quando la regina era in ritardo da qualche parte, si diceva: "Sarà un altro capriccio di Dwayne Sunbolt"».

«Si chiama così il Mago che le ha create?»

«Sì, uno sceneggiatore americano che vive a New York» confermò Farjo. «Pochi Maghi sono così famosi come lui a

Oniria. Ma è da tanto tempo che la regina e sua figlia non scompaiono all'improvviso. Immagino che ora il buon vecchio Dwayne si dedichi ad altro...» La scimmia ammutolì di colpo. «Ehi, ma sento che mi stai nascondendo qualcosa tu!» strillò puntando un dito sul petto dell'amico. «Non starai mica pensando di fare sciocchezze, per caso? Come per esempio tentare di liberare Aanor da Ephialtis utilizzando il suo Mago?»

Eliott fece una smorfia imbarazzata.

«Ammetto che quest'idea mi ha attraversato la mente» confessò. «Se il Mago in questione vivesse vicino a Parigi, potrei andare da lui e infilargli sotto la porta un ritratto di Aanor per ricordargliela. Con un po' di fortuna, magari la sognerebbe la notte successiva, così...» Eliott lasciò la frase in sospeso. «Ma lasciamo perdere» concluse. «Quel tizio abita a New York, è impossibile.»

Farjo indietreggiò senza staccargli gli occhi di dosso.

«Caspita, amico mio, sei proprio ostinato! Che razza di idee ti fai venire in mente!»

Eliott scrollò le spalle e volse lo sguardo verso l'oblò fingendosi affranto. In realtà, fremeva di eccitazione. Ora conosceva l'identità del Mago che aveva creato Aanor, era un ottimo inizio.

Ma restava ancora da fare la cosa più difficile: convincere il Mercante della Sabbia.

26

COMPROMESSI CON LA VERITÀ

Non c'era nessuno davanti al grande cancello. Nient'altro che ciottoli grigi a perdita d'occhio. Eliott provò una stretta al cuore. Ma il Mercante della Sabbia gli aveva promesso che...

«Eliott!» gridò alle sue spalle una voce che lo fece sussultare.

Si voltò di scatto. A pochi passi di distanza, seduto su una coperta all'ombra di una grossa roccia, lo aspettava Til.

«Scusa se ti ho spaventato!» esclamò il giovane renaiolo.

«Non importa. Sei qui da molto?» domandò Eliott osservando l'ammasso di cianfrusaglie che lo circondava.

«Da tre giorni. Ovvero da quando hai lasciato Oza-Gora.»

Til aveva intorno a sé una tenda, utensili da cucina, due taniche d'acqua, una pila di libri, coperte, una lampada a Pietra di Sabbia... insomma, tutto il necessario per il campeggio.

«Allora, hai bisogno di noi?» domandò Til scattando in piedi con un salto.

«Sì. Vorrei vedere il Mercante della Sabbia. È importante.»

«Non ho dubbi che sia importante se sei venuto fin qui, ma non sarà possibile vederlo. Oza-Gora ha inviato una delegazione al cospetto della regina Dithilde per chiederle di revocare lo stato di emergenza e ne fa parte anche il Mercante della Sabbia. Nessuno sa esattamente quando torneranno.»

«Ma mi aveva detto che...»

«Non preoccuparti. Il grande capo mi ha lasciato qui con l'ordine di attivarmi subito con ogni mezzo a disposizione per aiutarti in caso ne avessi bisogno. Quindi, ti ascolto.»

Eliott gettò un'occhiata alla coperta del giovane renaiolo.

«Ti dispiace se ci sediamo all'ombra?» gli chiese. «Questo sole mi fa venire mal di testa.»

«Benvenuto nel mio palazzo!» esclamò divertito Til indicando con le sue grandi braccia la modesta coperta stesa direttamente sul terreno roccioso.

Entrambi presero posto davanti alla tenda e Til versò un grosso bicchiere di acqua per ciascuno. Eliott ci aggiunse quattro fette di limone e dei cubetti di ghiaccio che fece comparire in un battito di ciglia, sotto lo sguardo attonito del giovane renaiolo.

«È la prima volta che vedo un Creatore all'opera» mormorò come per scusarsi per il fatto che lo stava fissando. Subito dopo si ricompose e assunse un'espressione concentrata che lo faceva sembrare più vecchio di una ventina di anni. «Dimmi, Eliott, cosa può fare il popolo oza-goriano per te?» gli domandò infine.

«Io, Katsia, Farjo e Jov' abbiamo architettato un'operazione top secret» esordì Eliott. «Perché vada a buon fine devo addormentarmi alle 21:35 esatte di venerdì sera. Credi sia possibile?»

«Certo, si può fare in modo che la Sabbia venga distribuita alla tua *Replica dormitiva* venerdì sera alle 21:35 esatte» rispose Til. «Ma perché funzioni, tu dovrai essere già a letto, tranquillo e pronto ad addormentarti. Altrimenti, per quante manciate di Sabbia possiamo somministrarti, tu non ti addormenterai.»

«Sarò pronto.»

«Allora nessun problema, sarà fatto.»

«Non è che vi dimenticate, eh?» insistette Eliott. «È veramente una cosa importantissima. Se non mi addormento esattamente al momento giusto, non solo tutta l'operazione sarà un fiasco totale, ma correrò anche il rischio di mettere in pericolo Katsia e Farjo.»

«Me ne occuperò personalmente» lo rassicurò Til. «Puoi contare su di me.» Prese dall'interno della tenda un taccuino e una matita per registrare le informazioni ricevute da Eliott, poi sollevò la testa verso il giovane Creatore e gli chiese: «C'è altro?»

Prima di rispondere, Eliott si soffermò qualche istante a osservare il giovane renaiolo. Til sembrava entusiasta all'idea di poterlo aiutare. Era l'incarico che il Mercante della Sabbia gli aveva affidato e chiaramente gli stava molto a cuore. Eppure, era completamente ignaro di tutto quello che stava succedendo... Ma forse questo piccolo particolare poteva andare a suo favore. Perché sapeva che quello che stava per chiedere era delicato, e probabilmente sarebbe stato più facile convincere quel giovanotto, invece dello stesso Mercante della Sabbia.

Eliott fece un respiro profondo e infine disse: «Ecco, in effetti avrei bisogno di un'altra cosa, ma non so se è possibile. Si tratta di una richiesta un po' particolare».

«Dimmi tutto.»

«Un attimo solo, prima devo...»

Lasciando la frase in sospeso, il giovane Creatore fece comparire un blocco e una matita. Dopodiché disegnò con cura un luogo che conosceva a memoria: il frutteto immaginario che aveva inventato quando era piccolo e dove aveva incontrato Aanor per la prima volta. Quando il disegno fu terminato, lo porse a Til.

«Molto bello, ma cosa devo farci con questo?»

Eliott inchiodò il suo sguardo più serio in quello del giovane renaiolo.

«Ho bisogno che questo disegno venga usato come analogo domani sera.»

«Come analogo?!» esclamò Til, sorpreso. «Non è una cosa da poco quello che mi stai chiedendo. Mi sorprende anche che tu sappia cosa sono gli analoghi!»

«Me ne ha parlato il Mercante della Sabbia» puntualizzò Eliott, nella speranza di dare più legittimità alla sua richiesta. «Deve essere utilizzato su un certo Dwayne Sunbolt, uno sceneggiatore che abita a New York.»

«Il Mago che ha creato la regina Dithilde?»

Eliott trasalì. Non aveva previsto che Til sapesse chi fosse Dwayne Sunbolt. A quel punto, il giovane renaiolo gli avrebbe inevitabilmente fatto molte domande.

«Proprio così» confermò Eliott sforzandosi di nascondere la sua preoccupazione.

«Ma perché vuoi che Dwayne Sunbolt vada in questo frutteto?» domandò Til aggrottando le sopracciglia.

«Non posso dirtelo.»

«Sinceramente, non mi piace per niente questa storia» borbottò Til. «Non bisogna fare sciocchezze con i Maghi, tantomeno con quello che ha creato la regina di Oniria!»

«Ti assicuro che non è una sciocchezza!» insistette Eliott. «Se questo Mago non si presenta in questo frutteto domani sera, succederà qualcosa di molto grave!»

«Ma noi utilizziamo gli analoghi solo a scopi terapeutici» obiettò Til. «Manipolare i Maghi per proprio interesse personale va contro la legge immutabile numero cinque!»

«Ti giuro che non è per interesse personale né mio, né di Katsia, Farjo, Jov' o di qualcun altro membro dell'equipaggio. La legge non verrà infranta. E ti prometto che non verrà fatto alcun torto né a Dwayne Sunbolt né alle sue creature. Ti prego, Til, si tratta di una cosa veramente molto, molto importante!»

Il giovane renaiolo continuava a spostare lo sguardo da Eliott al disegno, pensieroso.

«Non hai intenzione di manipolare la regina, vero?» gli domandò infine, scrutandolo in fondo alle pupille.

«Ti do la mia parola d'onore che questa storia non ha niente a che vedere con la regina» affermò Eliott con una mano sul cuore.

«E Jov' approva questa idea?»

«Jov' è d'accordo» mentì Eliott.

Til rimase un attimo in silenzio ed Eliott deglutì dolorosamente. Non gli piaceva affatto quello che stava facendo: mentire a Til che stava solo cercando di aiutarlo e, peggio ancora, tradire la fiducia di Jov'! Ma era necessario. Non aveva altra scelta.

«Domani sera?» domandò il giovane renaiolo dopo lunga riflessione.

«Domani sera» confermò Eliott con il cuore martellante.

«Sai che non sono autorizzato a fare questo genere di cose senza il consenso del Mercante della Sabbia...»

«Ti ha dato carta bianca per aiutarmi, no?» commentò timidamente Eliott.

All'improvviso Til sembrò imbarazzato.

«Sai anche che l'analogogia non è una scienza esatta» replicò. «E che è molto probabile che non funzioni.»

«Lo so» lo rassicurò Eliott, con i nervi ormai a fior di pelle.

«E sei consapevole del fatto che quando il Mercante della Sabbia sarà di ritorno, lo informerò di tutto quello che mi hai chiesto» aggiunse Til. «E che se lui riterrà inopportuno somministrare questo analogo, io non farò niente.»

«Nessun problema!» ribatté Eliott con prontezza, pregando tra sé che il Mercante della Sabbia non rientrasse troppo presto.

Til tenne lo sguardo fisso su Eliott ancora per qualche istante.

«Bene, allora siamo d'accordo» annunciò finalmente. «Farò in modo che il tuo disegno venga somministrato a Dwayne Sunbolt domani sera.»

«Grazie, grazie mille, Til!» esclamò Eliott, trattenendo l'impulso di saltargli al collo.

27

IPNOSI

Al termine della lezione di matematica, Eliott si precipitò verso la biblioteca della scuola senza passare per il cortile della ricreazione. Una volta là, si avvicinò al tavolo della bibliotecaria sfoggiando il suo sorriso più angelico.

«Devo fare una ricerca urgente» disse dopo averla salutata. «È per una relazione di inglese. C'è un computer libero?»

«Bisogna prenotarsi in anticipo per avere accesso ai computer» replicò la bibliotecaria senza nemmeno sollevare lo sguardo.

«Lo so, però devo consegnarla oggi pomeriggio» si giustificò Eliott. «Ho preparato tutta la relazione, però mi mancano alcuni dettagli importanti. Per favore! Non ci metterò molto.»

La bibliotecaria alzò la testa e rimase a fissarlo. Aveva una smorfia sprezzante sulle labbra, ma gli occhi che traboccavano di bontà.

«Sei fortunato» disse in tono di dolce rimprovero. «Oggi non c'è tanta gente.» Cliccò sul mouse, gettò un'occhiata allo schermo e annotò una serie di cifre e lettere su un post-it. «Tieni» aggiunse infine porgendogli il bigliettino giallo, «questo è il tuo codice d'accesso temporaneo. Hai venti minuti. La prossima volta cerca di prenotarti per tempo!»

«Grazie, grazie, grazie!» esclamò Eliott, emozionato. «Lei è la migliore!»

Si precipitò al computer più vicino con un sorriso soddisfatto stampato sulle labbra. In quegli ultimi giorni tutti gli anni che aveva passato inventando frottole per evitare l'ira di Christine gli stavano risultando di grande aiuto!

Aprì un motore di ricerca e digitò il nome che gli interessava: "Dwayne Sunbolt". Comparve una lunga lista di link, come anche parecchie foto. Eliott cliccò sul primo.

> Dwayne Sunbolt è uno sceneggiatore e *script doctor* americano che vive a New York, noto principalmente per la sua partecipazione alla serie "Welcome to Pancake City", che ha ottenuto il Golden Globe per...

In linea di massima doveva trattarsi proprio del buon caro vecchio Dwayne Sunbolt. Eliott cliccò sulla foto per ingrandirla. Dwayne Sunbolt sfoggiava un viso squadrato, un paio di occhialetti tondi e uno sguardo tanto solare quanto intelligente, una barba di tre giorni, simpatiche fossette e tempie leggermente brizzolate. Eliott memorizzò ogni singolo dettaglio. Poi cercò altre foto, alcune a figura intera, altre in primo piano, e le osservò tutte con estrema attenzione.

Quando la sua sessione di lavoro terminò dopo venti minuti, Eliott conosceva a memoria la fisionomia di Dwayne Sunbolt.

Lo sceneggiatore americano occupò i pensieri di Eliott per tutto il resto della giornata, e stava ancora pensando a lui quando aprì la porta dell'appartamento di Rue de Lisbonne. Venne riportato alla realtà da Mamilou che lo stava aspettando appoggiata alla parete vicino al telefono, proprio di fronte alla porta.

«Ti ho preparato pane e cioccolato» annunciò con una certa urgenza ancora prima che Eliott avesse chiuso la porta.

«Grazie» farfugliò lui, turbato dall'impazienza della nonna.

Lasciò il giubbotto e lo zaino in ingresso e, con una certa agitazione, seguì Mamilou in cucina. Lei lo lasciò trangugiare un paio di fette di pane, e poi finalmente gli fece una domanda diretta, senza tanti preamboli.

«Allora, dimmi tutto» esordì senza nascondere la sua eccitazione. «Qual è il piano?»

Eliott sussultò. Sua nonna era al corrente della storia di Dwayne Sunbolt? No, era impossibile, non aveva parlato con nessuno del suo piano. Neanche con Farjo. E, per quanto ne sapeva, Mamilou non aveva la facoltà di leggere nel pensiero. Almeno non nel mondo terrestre! Eliott rifletté ancora qualche secondo prima di rendersi conto, con grande sollievo, che la nonna si riferiva chiaramente all'altro piano: l'Operazione Scorpione.

«L'intervento è previsto per domani sera» rispose sforzandosi di riconnettere il cervello ai dettagli di quell'operazione. «Ogni fase è pianificata al minuto. Se tutto va bene, tra quarantotto ore sapremo esattamente dove trovare Jabus e il Mago di papà.»

«E come sei implicato in tutto ciò?» domandò Mamilou, inquieta. «Sarai tu a consultare gli archivi?»

«Sì» confermò Eliott, di nuovo sicuro di sé. «Devo farmi trovare pronto di modo che i renaioli possano addormentarmi alle 21:35 esatte. Raggiungerò Farjo nella sala degli archivi, modificherò il mio aspetto per maggiore sicurezza e avrò una ventina di minuti per consultare il data base prima dell'apertura della sala al pubblico. Una volta reperite informazioni, scapperò con Farjo tramite dislocazione istantanea.»

«Sembra semplice» approvò Mamilou. «Ma in ogni caso sapere che ti getterai nella tana del lupo non mi tranquillizza per niente.»

«Non preoccuparti» la rassicurò Eliott, «non permetterò a nessuno di prendermi la clessidra. Nel peggiore dei casi, se sono in pericolo, posso scappare in qualsiasi momento tramite dislocazione istantanea. È una tecnica che ormai padroneggio bene. Non c'è nulla da temere.»

Mamilou strinse le labbra osservando il nipote. Si vedeva che era agitata.

«Ieri mi hai detto che avevi bisogno di una sessione di allenamento. Possiamo farla adesso, se vuoi.»

«Ma tra poco non arrivano le gemelle?» chiese Eliott.

«Oggi torneranno più tardi da solfeggio, per via dell'esame. Abbiamo una mezz'ora abbondante per lavorare. Volevi perfezionare le metamorfosi, giusto?»

«Sì, anzi no» rispose Eliott. «Credo di cavarmela già abbastanza bene con le metamorfosi. Invece...»

Esitò qualche istante.

«Cosa?» domandò Mamilou, chiaramente desiderosa di aiutarlo.

«Tu sai come si influenzano i Maghi?» replicò Eliott con espressione il più possibile indifferente.

Mamilou aggrottò le sopracciglia. «Perché vuoi saperlo?»

«Così, non si sa mai» tagliò corto Eliott.

«Non si sa mai?» insistette Mamilou.

Il cervello del ragazzo si mise a macinare a tutta velocità per inventare una scusa credibile alle orecchie della nonna.

«È solo che la Grande Cattedrale si trova nel cuore di Hedonis e la capitale è sempre disturbata dall'attività intensa dei Maghi. Non si sa mai, un Mago con la luna storta potrebbe mandare all'aria tutta l'operazione.»

«E quindi?»

«E quindi la settimana scorsa, quando mi trovavo sulla carovana con Farjo e Katsia per raggiungere Oza-Gora, Sherpak ha fatto un trucco incredibile: c'era un Mago che ci stava dando dei problemi, così Sherpak gli ha parlato e il Mago ha cambiato completamente atteggiamento. Il suo incubo si è trasformato in sogno e non ci ha più dato fastidio. Per questo ho pensato che potrebbe tornarmi utile saperlo fare anch'io. Solo in caso di necessità. Per difendermi.»

Mamilou scrutò il viso del nipote socchiudendo gli occhi.

«Suppongo che tu abbia ragione» mormorò infine, dopo qualche istante. «Ma non posso farti vedere come si fa: dovremmo andare in cerca di Maghi a Hedonis e là rischierei di essere riconosciuta. Comunque posso spiegarti come funziona per grandi linee.»

Eliott si sporse verso la nonna, attento a ogni sua singola parola.

«In sostanza, quello che bisogna fare» esordì Mamilou, «è guardare il Mago dritto negli occhi con una profonda sicurezza in se stessi. Il Mago non deve avere il minimo dubbio sulla veridicità di quello che gli racconti e deve essere completamente concentrato su di te per dimenticare tutto quello che ha intorno. A quel punto, potrai fargli credere quasi tutto quello che vuoi.»

«Mi ricorda l'ipnosi» osservò Eliott.

«Si tratta esattamente dello stesso processo» confermò Mamilou. «Ma la cosa più importante è che il Mago non deve accorgersene. Non deve sentirsi manipolato. Se gli viene il minimo dubbio, il trucco non funzionerà e non otterrai nulla. Devi essere sicuro di te stesso, ma mostrarti indifferente. È un equilibrio difficile da raggiungere.»

«Serve tanto allenamento per arrivarci?» chiese Eliott, preoccupato.

«Dipende dalla persona» rispose Mamilou. «Certi sono più dotati di altri. Prova con me, così vedremo almeno se riesci ad assumere l'atteggiamento giusto.»

Eliott raddrizzò la schiena e puntò il suo sguardo più intenso in quello di Mamilou.

«Tu mi devi dieci euro» disse con voce ferma, scandendo bene ogni sillaba. «Te li ho prestati la settimana scorsa e non me li hai ancora restituiti. Devi darmeli subito.»

Allungò una mano senza distogliere lo sguardo dalla nonna.

Mamilou scoppiò a ridere.

«Cerca di essere un po' più naturale» gli consigliò. «Perché così sembri solo un pessimo prestigiatore. Non devi metterti a parlare come se stessi interpretando un ruolo a teatro! Ti ho visto raccontare bugie in maniera molto più convincente.»

Eliott fece una smorfia. Mamilou lo conosceva bene. Forse un po' troppo bene. Ma aveva ragione, lui sapeva mentire. Ed era esattamente questo che doveva fare: raccontare qualcosa di falso con sufficiente naturalezza per convincere il suo interlocutore. Chiuse gli occhi e ripensò a come aveva raggirato la bibliotecaria della scuola. Poi riaprì gli occhi e guardò la nonna con la sua espressione più innocente.

«Tu mi devi dieci euro» disse in un tono misto di dolcezza e sicurezza. «Te li ho prestati la settimana scorsa e non me li hai ancora restituiti. Me li potresti ridare subito, per favore ? Ne avrei bisogno.»

Allungò di nuovo la mano. Questa volta, Mamilou non si mise a ridere.

«Molto meglio!» esultò, invece. «Ci sono quasi cascata. Per l'ipnosi nel mondo terrestre, hai ancora un bel po' di lavoro da fare, certo. Ma così dovrebbe essere sufficiente per i Maghi. Sono molto più sensibili a questo genere di cose.»

Eliott sfoggiò un gran sorriso.

«Ma sei consapevole del fatto che la legge immutabile numero cinque proibisce di influenzare i Maghi per proprio interesse personale?» lo ammonì Mamilou. «Bisogna utilizzare questo talento con moderazione e con estrema prudenza!»

«Lo so» replicò Eliott. «Ti prometto che lo utilizzerò soltanto in caso di pericolo.»

Eliott sostenne lo sguardo severo di Mamilou senza arrossire per le bugie raccontate. Dentro di sé, stava esultando di gioia.

28

PANICO NEL FRUTTETO

Erano quasi sette ore che Eliott aspettava, e cominciava a preoccuparsi. Aveva avuto tempo per rifare il disegno di Aanor una mezza dozzina di volte. L'ultimo era quasi perfetto e aveva deciso di non ritoccarlo più. E, in quel momento, stava girando in tondo. Andava da un pero a un ciliegio, dal fiume di cioccolata al distributore di crema chantilly, si lasciava tentare da un ramo per assaggiare un frutto per poi tornare al punto di partenza. Ogni movimento, ogni rumore lo faceva sussultare. Ma era sempre un bambino goloso o un uccello giocherellone. Mai Dwayne Sunbolt.

Sette ore. Eppure, era ancora tutto nella norma. Sei ore di fuso orario, più l'imprevisto dell'orario in cui si sarebbe addormentato lo sceneggiatore... Era chiaro che se Dwayne Sunbolt fosse andato a dormire alle tre del mattino, Eliott se ne sarebbe andato prima del suo arrivo. Sempre che non fosse a una festa o avesse un lavoro da terminare o magari un'ispirazione improvvisa proprio quella notte!

Il frutteto era più tranquillo rispetto a come l'aveva visto in occasione della sua ultima visita, e l'atmosfera meno allegra. I pochi bambini che passavano squadravano il giovane Creatore con diffidenza per assicurarsi che non avesse una pistola viola, prima di continuare il loro cammino senza rivolgergli la parola. L'ombra della CRAMO incombeva dovunque, e l'angoscia provocata dallo stato di emergenza si faceva sentire fino in quel piccolo angolo di paradiso. Eliott aveva modificato il proprio aspetto. Si era fatto i capelli biondi molto chiari, gli occhi verdi e le lentiggini, e in più si era tolto qualche centimetro e qualche anno, ma si era aggiunto dei chili. Travestito in quel modo, sembrava un bel bambino un po' grassottello, di circa otto o nove anni. E per fortuna l'aveva fatto! Il distributore di crema chantilly era letteralmente tappezzato da una decina di copie dell'avviso di ricerca che mostrava la sua faccia!

«Wow! Adoro questo posto!» esclamò una voce alle sue spalle.

Eliott si voltò di scatto e gli si accelerò il battito. Viso squadrato, aspetto giovanile malgrado le tempie brizzolate, occhi perfettamente bianchi dietro gli occhialetti tondi. Non c'era alcun dubbio: quello era il Mago di Dwayne Sunbolt. Eliott gonfiò i polmoni al massimo, poi li svuotò in un colpo solo. Non c'era tempo da perdere. Doveva cogliere quell'opportunità prima che il Mago scomparisse.

«Vuole assaggiare un frutto?» gli domandò avvicinandosi con un sorriso.

«Hello, bel bambino» lo salutò lo sceneggiatore. «Tu mi sembri un esperto golosone, mi sbaglio?»

«No, signore» rispose Eliott. «Aspetti, le faccio vedere. Le piacciono i fichi?»

«Li adoro!» si entusiasmò il Mago.

Eliott si avvicinò a un albero e tese la mano verso un frutto troppo alto per lui. Subito l'albero abbassò il ramo, ed Eliott raccolse parecchi fichi ben maturi che poi porse al Mago. Dwayne Sunbolt li accettò con entusiasmo mugolando di piacere mentre li mangiava.

«E, se le piace, può anche immergere la frutta nel fiume di cioccolata» aggiunse Eliott. «E c'è anche un distributore di crema chantilly.»

«Ma questo è il paradiso dei bambini!» esclamò il Mago.

«Oh, può ben dirlo!» confermò Eliott.

Il contatto era stabilito, e il Mago non aveva paura di lui. Eliott poteva passare alla seconda fase del piano. Si sfilò dalla tasca il disegno di Aanor e lo porse al Mago con mano leggermente tremante.

«La conosce?» gli domandò con voce innocente.

«Ma certo!» esclamò il Mago. «Questa è Aanor! Era da tanto che non pensavo a lei. Una ragazza raffinata, quella piccola principessa, e bella come il sole. Comunque, ti è venuto proprio bene questo disegno, bravo!»

«Grazie, signore.»

Il cuore di Eliott cominciò a martellare sempre più veloce. Era il momento della verità. Inchiodò gli occhi in quelli del Mago e si sforzò di mantenere la calma. "Non devo sembrare un illusionista da quattro soldi" continuava a ripetersi.

«Sa una cosa? Aanor è qui» disse con un leggero tremito nella voce.

«Non la vedo» replicò il Mago di Dwayne Sunbolt guardandosi intorno.

Eliott si mordicchiò un labbro. Non solo si era quasi tradito con quella voce tremante, ma aveva anche perso il contatto visivo. Doveva trovare un modo per recuperare.

«Perché si nasconde sempre nella sua capanna» gli spiegò con voce più calma. «Venga con me, gliela faccio vedere.»

Eliott si diresse verso la capanna che Aanor aveva sistemato in mezzo a un boschetto di prugni in fiore. In quel momento il cuore gli batteva così forte che sembrava avesse corso i cento metri. Si gettò un'occhiata alle spalle. Il Mago lo seguiva. Stava andando tutto bene.

Quando arrivò di fronte alla capanna, si voltò di scatto e inchiodò lo sguardo in quello del Mago. Questa volta non poteva sbagliare.

«Aanor è qui dentro» affermò con tutta la falsità di cui era capace. «Se guarda all'interno dall'ingresso della capanna, la potrà vedere.»

«Sei sicuro?» domandò il Mago senza mai staccare gli occhi da Eliott. «Non sento rumori in questa capanna.»

«Perché Aanor è molto silenziosa» gli spiegò Eliott. «Sta leggendo. Se entra, lo vedrà con i suoi occhi.»

Il Mago avanzò verso l'ingresso della capanna. Era troppo basso per lui. Nel momento in cui si stava accovacciando, risuonarono grida di bambini, seguite da passi concitati.

«La CRAMO!» urlò una voce più distinta delle altre. «Scappate!»

Eliott trasalì e il Mago di Dwayne Sunbolt si voltò di scatto. «Cosa succede?» chiese, preoccupato.

Eliott si avvicinò al Mago senza smettere di fissarlo negli occhi. D'istinto, gli posò una mano sul braccio per tranquillizzarlo.

«Sono gli altri bambini che giocano a guardie e ladri» gli spiegò facendo uno sforzo sovrumano per mantenere la calma. «Ma Aanor è nella capanna. Deve entrare dentro, sarà contenta di vederla.»

Il Mago si accovacciò e gettò un'occhiata dubbiosa a Eliott, che lo incoraggiò con un cenno della testa, malgrado fosse in preda all'angoscia. Lo squadrone poteva arrivare da un istante all'altro e, mentre il Mago si infilava nell'ingresso della capanna, il giovane Creatore girò la testa in tutte le direzioni. Scrutò con attenzione l'ambiente circostante e aguzzò le orecchie. Niente. Niente più grida, niente più movimenti. Soltanto la brezza leggera tra le foglie e il flusso lento del fiume di cioccolata. Non sapeva se questo fosse un segnale rassicurante o inquietante.

«Dwayne!» gridò una voce all'interno della capanna.

Eliott sentì un balzo al cuore, come se si fosse fermato di colpo. Aanor! Era la voce di Aanor! Era là, proprio dall'altra parte di quella parete di rami intrecciati. Il suo stratagemma aveva funzionato.

«Dwayne, non puoi immaginare quanto sono contenta di vederti!» continuò la voce all'interno della capanna.

«Anch'io sono contento» disse la voce di Dwayne. «È

passato così tanto tempo. Ma non ti andrebbe di uscire da qui? La tua capanna è un po' troppo piccola per un omone come me.»

«Con piacere!» esclamò la voce di Aanor. «Non ne posso più di stare rinchiusa!»

Non appena il viso della ragazza comparve all'ingresso della capanna, Eliott dimenticò tutto. In un battito di ciglia riprese il suo aspetto normale e si precipitò verso di lei.

«Eliott!» gridò la principessa con espressione radiosa. «Allora sei stato tu a organizzare tutto!»

Eliott era a solo un metro di distanza da lei quando un paio di braccia lo afferrarono da dietro. Ancor prima che avesse il tempo di reagire, si ritrovò con due dita infilate negli occhi. Provò a liberarsi, ma le braccia che lo stringevano erano troppo forti. Immobilizzato, quasi accecato e incapace di chiudere gli occhi, era completamente senza difese.

«Ti ho preso, brutta canaglia!» berciò una voce grave sopra la sua testa.

«Ma che state facendo?» si allarmò Aanor raddrizzandosi di colpo. «Siete impazzito? Lasciatelo immediatamente!»

«Impossibile, Vostra Maestà» replicò una seconda voce alla sinistra di Eliott. «Questo individuo è ricercato dalla polizia.»

L'uomo si avvicinò entrando così nel campo visivo di Eliott. A causa delle grosse dita che gli tenevano le palpebre aperte, vedeva tutto sfuocato, ma riuscì comunque a distinguere una tunica verde, un'armatura, un elmetto... I suoi aggressori erano legionari romani armati di pistole viola. Si trattava chiaramente di uno squadrone della CRAMO.

Il legionario porse alla principessa un foglio che doveva essere l'avviso di ricerca di Eliott perché lei sollevò la testa verso il giovane Creatore, incredula.

«Ma cosa sta succedendo qui?» domandò il Mago di Dwayne Sunbolt spuntando fuori dall'ingresso della capanna con la testa.

«Assolutamente nulla» lo rassicurò il legionario. «Proseguite il vostro cammino.»

«Un legionario romano!» esclamò il Mago. «Questo mi ricorda...»

Il Mago di Dwayne Sunbolt scomparve ancor prima di terminare la frase. Eliott non sopportava l'idea di non poter fare altrettanto. Se solo gli avessero tolto quelle dita dagli occhi, gli sarebbe bastato un secondo!

«Me ne infischio del vostro avviso di ricerca!» si innervosì Aanor. «Io sono la principessa di Oniria e vi ordino di lasciar andare il mio amico.»

«Desolato, Vostra Altezza» ribatté il legionario. «Abbiamo ordini chiari. Dobbiamo portarlo alla sede della CRAMO. Quanto a voi, vi scorteremo fino a palazzo.»

«Non ho bisogno di una scorta per tornare a palazzo!» protestò la principessa.

«Aanor, i miei occhi!» esclamò Eliott.

Il giovane Creatore non riuscì a dire altro perché una mano spuntata dal nulla gli tappò subito la bocca. Ma la ragazza aveva già capito tutto. Si gettò sul legionario come una furia e gli affondò i denti nella mano che teneva aperte le palpebre dell'amico. Il proprietario della mano urlò di dolore. Il braccio che teneva stretto Eliott lo strinse così forte quasi da fargli scoppiare il petto, ma l'altra mano gli liberò gli occhi offrendogli un'opportunità di fuga. Si concentrò sul luogo che aveva scelto e scappò.

Quando Eliott riaprì gli occhi, si trovava all'interno della capanna di Aanor. La dislocazione istantanea di precisione era riuscita alla perfezione. Era affannato, confuso, e ci mise alcuni secondi per accorgersi del dolore acuto che gli attraversava il fianco sinistro. Sollevò la maglietta. Aveva un grosso ematoma a livello delle costole.

All'improvviso risuonarono delle grida. Tra i legionari era in corso una conversazione animata.

«Ma cosa hai fatto, cretino?»

«Non è stata colpa mia!» si difese una voce più giovane delle altre. «Quando lei ha aggredito Livius, ho reagito per istinto.»

«Ma hai sparato alla principessa di Oniria!» esclamò una voce nervosa.

«E ben quattro volte!» puntualizzò un'altra.

Prudentemente, senza far rumore, Eliott riabbassò la maglietta e si avvicinò all'ingresso della capanna carponi. Gli facevano male le costole e faticava ad avanzare, ma serrò i denti e si fece forza per infilarsi nell'apertura. Cinque legionari gli davano la schiena, intenti a discutere. Accanto a loro, un gigante dalla muscolatura impressionante sedeva a terra scuotendo la mano ferita tra gemiti di dolore. Un po' più lontano giaceva Aanor, esanime. Gli occhi le giravano a tutta velocità nelle orbite.

Non c'era dubbio: le avevano sparato con la pistola viola.

Vedendo la principessa in quello stato, Eliott si sentì le budella torcersi per il dolore. Non si soffermò a riflettere. Chiuse gli occhi e si concentrò. Mezzo secondo dopo era accovacciato vicino ad Aanor e le afferrò una mano.

«Prendetelo!» gridò il gigante ferito.

Gli altri legionari si voltarono verso il giovane Creatore. Troppo tardi. Eliott chiuse gli occhi e scomparve, portando con sé il corpo inerte della principessa.

29

STRATEGIA

La Bestia entrò nella camera della principessa senza bussare. Le tre donne-ragno giravano in tondo, nervose come cani affamati alla ricerca disperata di cibo. Scandagliò la stanza con lo sguardo. A parte quelle tre sagome in movimento, vide solo la vecchia sarta in preda al terrore e un minuscolo uccellino verde appollaiato su una trave.

«Dov'è?» sibilò la testa blu.

«Lei è... scomparsa» balbettò la sarta.

«Scomparsa...» ripeté la testa nera in tono scettico.

«Ve lo giuro, Vostra Signoria» piagnucolò la sarta. «Era qui, proprio di fronte a me, e poi tutto a un tratto, *puf*... non c'era più!»

«Lo vedo» rispose La Bestia in tono cupo. «È comparso qualcun altro nella stanza? Anche solo per poco? Magari un ragazzo?»

«Nessuno, Vostra Signoria.»

«Siete sicura? È molto importante. Devo esserne assolutamente certo.»

«Sono sicura» sussurrò la vecchia, più tremante che mai.

La testa nera posò lo sguardo sulle donne-ragno ora immobili. Con un cenno del capo confermarono la dichiarazione della sarta. La Bestia inspirò profondamente chiudendo tutte e tre le paia di occhi. Quella scomparsa improvvisa poteva significare solo una cosa: la principessa Aanor era stata chiamata dal Mago che l'aveva creata. Era risaputo che Dwayne Sunbolt non sognava più né la regina né sua figlia ormai da molti anni. L'ipotesi di una coincidenza era pertanto altamente improbabile. Restava solo quella di una liberazione organizzata. Ma la regina non poteva influire da sola sui sogni di un Mago...

«E così gli Oza-Goriani hanno deciso di schierarsi dalla parte della regina Dithilde» borbottò La Bestia.

Aveva sempre tenuto conto di quella possibilità, certo, ma l'aveva anche scartata come assurda. Anzi, dopo l'aggressione dei lupi mannari, si era convinto ancor di più che gli Oza-Goriani volessero mantenere la propria neutralità. Gli sembrava inverosimile che il popolo della Sabbia, che sin dall'inizio si era opposto all'imprigionamento degli incubi, ora si fosse alleato con la regina. Eppure era così! Quella svolta della situazione lo prendeva alla sprovvista. E se c'era una cosa che La Bestia detestava era proprio essere presa alla sprovvista.

Colpì con rabbia la cornice dalla porta. Due lacchè con la testa da rospo accorsero immediatamente.

«Credono di darmi scacco soffiandomi via il mio pezzo più prezioso» ringhiò la testa nera. «Ma hanno dimenticato i miei pedoni, i miei alfieri e i miei cavalli.»

I lacchè lo guardavano con aria sbigottita. La testa blu si voltò verso di loro con sguardo glaciale e ordinò: «Comunicate in tutta Ephialtis che farò un annuncio importante dal mio balcone tra un'ora».

I lacchè scomparvero in un baleno. La Bestia si voltò a guardare le donne-ragno e la vecchia sarta come se si fosse accorta della loro presenza solo in quel momento.

«E voi cacciate quell'uccello prima che sparga escrementi per tutta la stanza» sbuffò, liquidando così il povero uccellino terrorizzato.

30

CHI BEN AMA, BEN CASTIGA

Una volta al sicuro alla base della piramide maya, Eliott crollò a terra, al limite delle forze e con tutto il corpo ammaccato. Girò la testa verso la principessa distesa accanto a lui. Era sempre nello stesso stato. Per quanto tempo sarebbe rimasta così? Lacrime di stanchezza gli scivolarono lungo le guance, e si abbandonò stremato sul tappeto di erba verde.

«Eliott!» gridò una voce.

Il giovane Creatore scattò a sedere con la velocità che gli permettevano le costole doloranti. Afferrò la mano di Aanor, pronto a scappare di nuovo. Subito dopo si rilassò. Erano Wiz e Yaz che rientravano dalla loro missione di distribuzione dei pidocchi. Si alzò in piedi con difficoltà e andò incontro ai due fantasmi con un'espressione grave.

«Arrivate al momento giusto. Ho bisogno del vostro aiuto per portarla da Jov'» annunciò indicando la principessa con un cenno del mento.

Eliott arrivò da Jov' piegato in due per il dolore e con il fiato corto. Dietro di lui, Wiz e Yaz trasportavano il corpo esanime di Aanor. Un silenzio sbigottito calò sulle persone che cenavano nel salone. Poi, alcuni dei commensali si alzarono per soccorrere i nuovi arrivati.

«Eliott, sei ferito?» gli chiese Pom', preoccupata, che era accorsa per prima.

«Sì, ma non è niente di grave. È lei che è messa male.»

Eliott indicò Aanor con un gesto stanco della mano.

«La principessa Aanor!» esclamò Pom' con una mano davanti alla bocca.

«Ha ricevuto parecchi colpi di...»

«Lo vedo» lo interruppe Pom'. «Wiz, Yaz, adagiatela sul divano. Chrouf, la mia valigetta. E voi due, cosa fate lì impalati? Aiutate Eliott a sedersi!»

Due paia di mani afferrarono Eliott da sotto le ascelle proprio nel momento in cui gli stavano per cedere le gambe. Erano lo zombi Albert e la donna blu. Trascinarono Eliott verso una poltrona color rosso vivo sulla quale lui si mise a sedere con grande sollievo. Sentiva un dolore lancinante alle costole, ma non era questo che lo preoccupava di più. Non riusciva a staccare gli occhi dal corpo di Aanor, che i due fantasmi avevano steso sul divano verde.

Chrouf portò la valigetta fucsia di Pom', e la piccola regina intraprese l'operazione a cui Eliott aveva già assistito dopo la liberazione della strega Gisèle. Fu travolto da un senso di nausea quando Pom' affondò la mano nel collo delicato della principessa, e si sentì quasi svenire quando vide ripetere quel gesto altre due, tre volte. Infine Pom' prese ago e filo per ricucire la ferita, o meglio lo squarcio, che si apriva nel collo di Aanor. Eliott chiuse gli occhi. Non riusciva più a guardare. Li riaprì solo quando sentì accendersi l'aspiratore dei robot addetti alle pulizie e a quel punto vide Pom' intenta a inserire parecchi microchip di tracciamento nel bignè al cioccolato che le stava porgendo Chrouf. Poi posò di nuovo lo sguardo su Aanor. Qualcuno le aveva chiuso le palpebre. Sembrava addormentata. O morta. Pom' ordinò ai due fantasmi di andare a preparare una camera, poi si avvicinò a Eliott, si inginocchiò di fronte a lui con il camice da chirurgo tutto macchiato del sangue di Aanor e gli disse: «Adesso veniamo a noi. Mostrami quella ferita».

Eliott sollevò la maglietta. Pom' fece una smorfia alla vista dell'ematoma che si era ulteriormente esteso. Chiese al ragazzo di fare alcuni movimenti e poi lo tastò con delicatezza in diversi punti del torace.

«Niente di grave» decretò infine. «Due costole rotte. Ma dobbiamo fermare subito l'emorragia interna.»

La piccola regina si voltò verso la tavola dove alcuni commensali sedevano ancora.

«Gisèle, un tempo avevi la ricetta di un cataplasma miracoloso per fermare le emorragie e alleviare i dolori. Potresti prepararne uno per Eliott?»

«Dipende» rispose la strega. «Avete della bava di rospo?»

Pom' si voltò verso il giovane Creatore.

«Eliott?»

Non ebbe bisogno di aggiungere altro. Eliott chiuse gli occhi e, raccogliendo le sue ultime forze, fece comparire un rospo sulla tavola proprio davanti a Gisèle. La strega lo afferrò con aria soddisfatta e si ritirò in cucina con il calderone che si portava sempre appresso.

«Andrà tutto bene?» domandò Eliott.

«Pur applicando il cataplasma di Gisèle, ti farà male ancora per parecchi giorni» rispose la minuscola regina. «Sarai completamente guarito solo tra due o tre settimane.»

«Mi riferivo ad Aanor» puntualizzò Eliott.

Pom' lo guardò con aria preoccupata.

«Per quanto riguarda lei, non lo so. Quei pazzi furiosi le hanno iniettato ben quattro microchip di tracciamento! E quegli orribili aggeggi dovrebbero essere usati solo per catturare incubi, non delicate principesse! Probabilmente Aanor ci metterà un po' di tempo a riprendersi e può anche essere che le restino dei danni permanenti. In ogni caso, per il momento ha bisogno di riposo.»

«Ma credevo che il corpo degli Oniriani potesse riprendersi da tutte le ferite!» esclamò Eliott.

«Più o meno a breve termine, sì» replicò Pom' scuotendo la testa. «Ma quei microchip di tracciamento sono una vera e propria diavoleria. Aanor tornerà come prima, ma ci vorrà del tempo. Probabilmente parecchi anni.»

Eliott si sentì serrare la gola. Se la principessa non lo avesse salvato, non sarebbe finita in quelle condizioni!

«Grazie, Pom'» sbuffò.

«Non devi ringraziarmi, tesoro» replicò la regina con dolcezza.

Eliott le rivolse un flebile sorriso.

«Bene, adesso possiamo parlargli?»

Era Jov'. Si teneva a distanza, dietro la sposa, il viso chiuso in un'espressione dura. Accanto a lui, Katsia e Farjo sembravano altrettanto furiosi.

«Potete parlargli» acconsentì Pom' alzandosi in piedi. «Ma proibito farlo ridere!»

«Non c'è pericolo» sibilò Katsia.

Il piccolo re, la scimmia e l'avventuriera si avvicinarono a Eliott con occhi che lanciavano saette.

«Eliott, cos'hai fatto?» tuonò Jov' con una severità che il ragazzo non conosceva.

«E cosa ci fa lei, qui?» aggiunse Katsia in tono aggressivo indicando alle sue spalle la stanza in cui Wiz e Yaz avevano portato Aanor.

Eliott abbassò gli occhi.

«Ecco... io... Ho trovato un modo per liberarla dalle grinfie della Bestia» sussurrò con un filo di voce.

«Mi sembrava che ne avessimo discusso» replicò Jov'.

«E che ti avessimo chiesto espressamente di non occuparti di questa faccenda» aggiunse Katsia.

«È vero» ammise Eliott. «Mi dispiace davvero tanto, ma non potevo lasciarla...»

«Per il momento non mi interessano le tue scuse» lo interruppe Jov'. «Ora voglio che ci racconti per filo e per segno tutto quello che è successo. Voglio sapere se la tua stupidità rischia di provocare altre catastrofi e se ci sono altri disastri da sistemare.»

Prostrato per la vergogna e il dolore, Eliott cominciò a raccontare come gli era venuta quell'idea e tutto quello che era successo nel frutteto. Jov' continuava a chiedergli di alzare la voce per farsi capire meglio. Katsia commentava con un contrappunto di esclamazioni indignate. Quanto a Farjo, era chiaramente fuori di sé.

«Mi hai ingannato!» protestò la scimmia quando Eliott terminò il racconto. «Se penso a come mi hai estorto tutte quelle informazioni su Dwayne Sunbolt!»

«Mi dispiace, Farjo» si scusò Eliott guardando l'amico con aria affranta.

«E come hai fatto a convincere Til a utilizzare quell'analogo sul Mago di Dwayne Sunbolt?» domandò Katsia in tono secco. «Non posso credere che abbia accettato di farlo senza protestare.»

Eliott abbassò di nuovo la testa.

«Io... gli ho fatto credere che quella mossa facesse parte dell'Operazione Scorpione» sussurrò con un filo di voce. «E gli ho detto che Jov' era d'accordo.»

A quel punto si aspettava un'esplosione di collera. Invece, seguì solo un lungo silenzio. Un silenzio freddo, carico di rimprovero. Eliott si vergognava così tanto da non riuscire a guardarli negli occhi.

«Comunque sia» intervenne Farjo dopo un po', «anche se Eliott ha mentito praticamente a tutti, bisogna riconoscere che il piano ha funzionato. E che è riuscito a liberare Aanor. E questo dimostra grande astuzia.»

Eliott sollevò verso l'amico uno sguardo riconoscente.

«Questa non è astuzia, è pura incoscienza!» urlò Jov'.

Il piccolo re era così adirato che tremava dalla testa ai piedi. Eliott non avrebbe mai immaginato che potesse alterarsi in quel modo.

«Potevi farti ammazzare, catturare dalla CRAMO o rubare la clessidra! Te ne rendi conto?»

«Io...»

«Ma non capisci quante persone qui, a cominciare da Katsia, Wiz e Yaz, stanno correndo grossi pericoli per attuare l'Operazione Scorpione mentre tu ti diverti a fare il buffone contro il parere di tutti e con il rischio di mandare tutto all'aria?»

Eliott non provò nemmeno a protestare. Avrebbe voluto sprofondare nel terreno per nascondersi.

«Ci siamo mobilitati tutti per aiutarti, e ci ringrazi così?» continuò Jov'. «Mi hai deluso, Eliott, veramente.»

Quella frase lo colpì come un pugno.

«Mi dispiace» mormorò il giovane Creatore. «Mi dispiace davvero di aver corso dei rischi e di avervi mentito. Non sopportavo l'idea che Aanor si sposasse con La Bestia, e non ho resistito nel momento in cui ho avuto l'opportunità di impedirlo. Sapevo che non mi avreste permesso di farlo se ne foste stati al corrente. Sono stato obbligato ad agire da solo.»

Ancora una volta, Jov' squadrò Eliott dalla testa ai piedi per qualche istante. Stava per ribattere, quando all'improvviso arrivò Gisèle con il cataplasma. Senza dire nulla, Jov' le lasciò il posto e andò a sedersi sulla poltroncina viola che occupava solitamente. La strega si inginocchiò accanto a Eliott e, con l'aiuto di Pom', gli applicò sul torace un abbondante strato di una crema vischiosa. Subito una sensazione di freschezza pervase il giovane Creatore e il dolore diminuì.

«Sarà in grado di partecipare all'Operazione Scorpione domani sera, come stabilito?» domandò Jov'.

«Avrà ancora dolori» rispose Pom', «ma questo non dovrebbe impedirgli di consultare un computer o di effettuare una dislocazione istantanea.»

«Dimentichi la fatica» le fece notare Jov' in tono stanco. «Avrebbe dovuto riposare questa notte per essere in piena forma domani. Ha rovinato tutto.»

«E tutto si è già messo in marcia» intervenne Katsia. «Io ho versato i funghi di Gisèle nel cibo della mosca, Wiz e Yaz hanno distribuito i pidocchi, non possiamo più tornare indietro: domani o mai più.»

Jov' rimase in silenzio per qualche secondo.

«Eliott, ti senti in grado di farlo?» gli domandò.

«Sì» rispose il Creatore. «Ce la farò.»

«Bene, allora non parliamone più» tagliò corto Jov'. «L'ultima cosa di cui abbiamo bisogno in questo momento è perdere la fiducia l'uno nell'altro. L'Operazione Scorpione avrà luogo domani come stabilito. Auguriamoci buona fortuna.»

«Un attimo!» intervenne Katsia. «C'è almeno una questione di cui dobbiamo ancora discutere. Eliott ha portato sulla nave la figlia della regina in persona. Quella stessa regina che dà la caccia a voi e a Eliott, come se foste dei criminali. Quando si riprenderà, andrà a raccontare tutto a tutti e nessuno sarà più al sicuro qui.»

«Non è vero!» esclamò Eliott. «Aanor non dirà niente a sua madre, ne sono...»

«Sei proprio ingenuo» lo interruppe Jov'. «Sai bene anche tu che la principessa non è in grado di mentire. Se sua madre le farà delle domande, e sta' sicuro che gliele farà, lei le dirà tutta la verità.» Eliott si mordicchiò le labbra. Jov' aveva ragione, non c'era dubbio. «Ma a questo ho già pensato» continuò Jov'. «La faremo sbarcare da qualche parte a Oniria prima che riprenda conoscenza...»

«Non se ne parla!» intervenne Pom'. «È troppo fragile. Non può essere trasportata in queste condizioni senza correre il rischio di prolungare ulteriormente il suo stato di incoscienza e di aggravare i danni subiti.»

«Allora resta solo la possibilità di tenerla rinchiusa sulla nave» suggerì Jov'. «Tuttavia, dovremo assicurarci che non venga a sapere dove si trova. Non dimentichiamo che può comunicare con la madre per via telepatica. Ne riparleremo a tempo debito.»

Eliott non protestò. Non era nella posizione per poterlo fare.

31

REAZIONI A CATENA

Il pomeriggio volgeva ormai alla fine quando quattro viandanti incappucciati giunsero nei pressi del palazzo. Eppure, il sole splendeva alto nel cielo, come quasi sempre a Hedonis. Erano tre giorni che marciavano senza sosta. Più volte erano stati rallentati dai controlli incessanti degli squadroni della CRAMO. In tre occasioni erano stati costretti a deviare il loro cammino per evitare una zona di combattimento tra i rappresentanti della Mangusta e gli incubi fuggiti da Ephialtis. Da un capo all'altro di Oniria, la tensione era palpabile. E la gente comune restava chiusa in casa.

I viandanti avanzarono verso l'ingresso principale del palazzo. Là sembrava che tutto andasse a meraviglia nel Regno di Oniria. Cespugli a forma di animali, piantati su ambo i lati del viale, li accolsero con calore, scuotendo le loro chiome frondose in segno di benvenuto. Più lontano, un ponte di pietra chiara valicava con grazia un lago dai riflessi iridati in cui nuotavano dei cigni. Sull'altro lato, giardini di ciliegi in fiore si beavano al sole, cullati dal soave mormorio delle cascatelle di acqua fresca che alimentavano il lago. Lo stesso palazzo, con le sue torrette in marmo bianco che si innalzavano verso il cielo blu, sembrava estraneo alla tragedia incombente.

La realtà li travolse quando arrivarono al portone del palazzo. Una decina di guardie armate fino ai denti sbarrava loro la strada.

«Documenti, prego!» ordinò la prima guardia.

Uno dei visitatori avanzò da solo e si sfilò da una tasca un oggetto che mise sotto il naso della guardia. Quest'ultima osservò con circospezione la sfera di vetro che gli aveva presentato l'uomo. Poi l'uomo agitò la sfera. Una pioggia di Sabbia bianca e fine si mise turbinare all'interno e la sfera si animò. Come per incanto comparve un uccello, poi un orso, una barca, un albero, alcune case... Una sfilza di creazioni colorate prese vita all'interno del globo di vetro, sotto lo sguardo attonito della guardia. Era la prima volta che gli capitava di vederne una, ma aveva riconosciuto senza esitazione il lasciapassare per eccellenza: quella sfera di vetro animata era il simbolo delle relazioni diplomatiche che legavano Oniria e Oza-Gora. Sollevò la testa, si mise sull'attenti e lasciò entrare i visitatori.

Una volta nel cuore del palazzo, il gruppo si separò. Il viandante dall'aspetto più robusto svoltò verso le scuderie con lo strano animale quasi invisibile che li accompagnava. Gli altri tre si diressero verso l'ala principale. Entrarono in un'ampia sala a volta lastricata di bianco e nero, e presentarono il loro lasciapassare a una giovane piovra al banco di accoglienza. Qualche minuto dopo, un gatto dal portamento altero e con un magnifico mantello bianco andò loro incontro.

Era Lazare, gran cerimoniere di palazzo. L'uomo con il lasciapassare abbassò il cappuccio. Il gatto lo riconobbe immediatamente.

«Signor Mashar, wadi di Oza-Gora e mente sublime di questo mondo!» lo salutò in tono solenne. «È un onore riceverv i in questo palazzo.»

«Buongiorno, Lazare» replicò semplicemente Mashar.

Anche gli altri due visitatori mostrarono il viso abbassando a loro volta il cappuccio.

«Senza dubbio riconoscete anche il Mercante della Sabbia» continuò Mashar. «E questa è Lorelys, Saggia tra i Saggi di Oza-Gora ed esperta di strategia politica.»

La donna con lo chignon brizzolato fece un breve cenno di saluto con la testa.

«Certamente, certamente!» esclamò il gatto con un inchino. «Siamo davvero onorati di ricevere la visita di ospiti così illustri. Se mi permettete, vi accompagno all'ufficio di Sua Maestà la regina Dithilde.»

«Vi seguiamo, Lazare» acconsentì il wadi.

Seduti su comode poltrone, i tre Oza-Goriani aspettavano pazientemente da oltre mezz'ora nel salottino riservato agli invitati prestigiosi. Il gatto Lazare si era preoccupato che non mancasse loro nulla e più di una volta li aveva rassicurati sul fatto che la regina era informata della loro presenza e che li avrebbe ricevuti quanto prima. L'assistente della regina, un'incantevole dea indù dotata di cinque paia di braccia, aveva servito loro qualche bibita fresca con estrema efficienza e discrezione. Li trattavano da re. Eppure, non venivano lasciati soli un istante. E, dietro le sue maniere impeccabili, il gatto Lazare non si perdeva una singola parola e occhiata che veniva scambiata tra i visitatori oza-goriani.

Dall'altra parte della parete, le grida della regina si facevano sempre più acute. Era fuori di sé, e si sentiva. La dea aveva tentato di coprire il rumore con della musica d'atmosfera, ma non bastò a impedire all'udito ultrasensibile degli Oza-Goriani di percepire qualche frammento di conversazione.

«Ancora lui! E non siete riusciti a farlo prigioniero?»

«...»

«Cosa? Siete sicuro di quello che dite?»

«...»

«Come, scomparsa? I microchip di tracciamento non possono scomparire nel nulla!»

Seguirono alcune parole incomprensibili. Uno scambio di battute tra due voci maschili. E il rumore di una porta che si apriva. La dea si precipitò a chiudere la porta che collegava il salottino e la segreteria, ma gli Oza-Goriani fecero in tempo a intravedere un legionario romano dall'aria affranta che usciva dall'ufficio della regina. Portava sul petto uno stemma con una mangusta che sgozzava un cobra. Era un membro della CRAMO.

Rimasero in attesa ancora parecchi minuti, quando finalmente la dea arrivò a chiamarli e il gatto Lazare li scortò fino all'ufficio della regina Dithilde. La sovrana li aspettava, nervosa, con la veste viola cosparsa di scintillii rossi.

«Scusatemi per la lunga attesa, accomodatevi» disse in tono freddo.

I tre Oza-Goriani si trattennero dal desiderio di scambiarsi un'occhiata. Non era necessario. Tutti avevano fatto la stessa riflessione: cominciava male. Non solo la regina sembrava di pessimo umore, ma soprattutto non li aveva ricevuti in privato: il suo immancabile consigliere, il grifone Sigurim, si ergeva in tutta la sua altezza alla destra della sovrana. Mashar, Lorelys e il Mercante della Sabbia si misero a sedere sui divanetti viola che circondavano un tavolino basso di un bianco splendente. Il gatto Lazare si nascose in un angolo della stanza. La regina e il grifone, invece, presero posto su due poltrone immacolate. Senza dire una parola. Il messaggio era chiaro: non c'era spazio per gli amichevoli convenevoli che solitamente precedevano le conversazioni diplomatiche. Gli Oza-Goriani dovevano andare subito al sodo.

Mashar si schiarì la gola con discrezione prima di prendere la parola.

«Vostra Maestà, siamo coscienti del fatto che la situazione con gli incubi peggiora di giorno in giorno e che la rivoluzione guidata dalla Bestia minaccia di mettere il Regno a ferro e fuoco» esordì. «Comprendiamo la gravità della situazione e sappiamo che state facendo quanto è nelle vostre possibilità per riportare la calma e la pace a Oniria. Tuttavia, voi conoscete la nostra posizione in merito. Le radici della collera sono profondamente ancorate a Ephialtis. E per quanto gli incubi siano, in realtà, molto meno numerosi rispetto alle creature dei sogni, sono pur sempre dotati di poteri spaventosi. Se l'unica risposta ai loro atti criminosi è un aumento della repressione, porteranno avanti la loro lotta e si spingeranno sempre più oltre nell'uso della crudeltà e della violenza. Prima o poi, inevitabilmente, le truppe ufficiali del Regno verranno sopraffatte.»

«Se vi siete scomodati a venire fin qui per dirmi questo...» sibilò la regina alzandosi dalla poltrona. «Vogliate scusarmi, ma ho una rivoluzione da sedare.»

Mashar la fermò con un gesto della mano.

«Vostra Maestà» disse con fermezza, «avete preso la decisione di dichiarare lo stato di emergenza senza consultarci, e questo è un vostro diritto, seppur vada contro le usanze. Tuttavia, non potete continuare a ignorare la nostra opinione. Siamo venuti a proporvi soluzioni alternative per risolvere il conflitto con gli incubi, e ci dovete ascoltare. Non per fare un piacere a noi, ma per il bene del vostro popolo e del nostro.»

La regina tornò a sedersi in silenzio.

«Vostra Maestà» continuò Mashar, «l'Assemblea dei Saggi di Oza-Gora pensa all'unanimità che la risoluzione del conflitto possa avvenire soltanto tramite negoziazione. Non si potrà aprire alcun dialogo se non sarete voi a mandare per prima un segnale forte ai rivoluzionari. È per questo che siamo venuti a chiedervi di revocare lo stato di emergenza.»

La regina si lasciò sfuggire un sospiro esasperato. Il grifone si schiarì la voce e mormorò: «Se mi è concesso, Vostra Maestà».

«Parlate pure, Sigurim.»

Il grifone si sporse qualche centimetro verso il wadi di Oza-Gora.

«Mio caro Mashar, dovete capire che lo stato di emergenza è l'unico modo per difendere efficacemente il nostro

Regno dagli attacchi dei rivoluzionari. Se lo revochiamo, metteremo in pericolo i cittadini onesti di Oniria, è molto semplice. E, contrariamente a quanto sostenete voi, gli incubi non lo vedranno come un segno di pace, ma come un segno di debolezza.»

«Non se la revoca dello stato di emergenza viene accompagnata da un altro messaggio!» intervenne Lorelys.

Lazare saltò verso l'Oza-Goriana con lo chignon grigio, senza dubbio con l'intenzione di ricordarle che il decoro le vietava di rivolgersi in maniera così altezzosa alla sovrana di Oniria. Ma la regina allontanò il gatto con un gesto.

«Vostra Maestà» continuò Lorelys, «mandate un ambasciatore dagli incubi affinché proponga un incontro tra i rappresentanti del Gran Consiglio e quelli del movimento rivoluzionario. Impegnatevi a discutere e valutare le loro rivendicazioni. In cambio, esigete una tregua. I vostri cittadini saranno al sicuro fintanto che verrà rispettata.»

«Ci tengo a precisare, Vostra Maestà, che i Saggi di Oza-Gora si propongono come garanti della mediazione durante queste discussioni» aggiunse Mashar.

«Ve l'ho già detto, Mashar» replicò la regina di malumore, «non negozierò mai con dei terroristi. E non manderò un ambasciatore a consegnare un messaggio alla Bestia come se si trattasse di un capo di Stato.»

«Ma rifiutando il dialogo fate esattamente il gioco della Bestia!» insistette Lorelys.

Il gatto Lazare stava per esplodere per l'indignazione, ma non si mosse dal cuscino su cui si era rifugiato.

«Più motivi date agli incubi per odiarvi, più saranno inclini ad ascoltare La Bestia» spiegò l'Oza-Goriana. «E più La Bestia e i suoi rivoluzionari si sentiranno sostenuti dal popolo degli incubi, più ambiziose diventeranno le loro rivendicazioni. Presto, a loro non basterà più essere trattati come comuni cittadini. Vorranno prendere il potere.»

«E voi, cosa volete esattamente?» domandò in tono brusco la regina, la cui veste ora era quasi completamente rossa.

Aveva inchiodato lo sguardo in quello del Mercante della Sabbia. Tuttavia, lui non aveva ancora detto nulla. Lasciava a Mashar e Lorelys il compito di gestire le discussioni politiche. Non era per quello che li aveva seguiti. Lui era andato dalla regina per chiederle di annullare l'ordine di ricerca che pesava sulla testa di Eliott.

Era responsabilità della sovrana di Oniria, come anche del Mercante della Sabbia, assicurarsi che venisse rispettata l'integrità fisica e morale dei Creatori, conformemente alla legge immutabile numero quattro.

L'ordine di ricerca che pesava su Eliott non aveva alcuna giustificazione tangibile, quindi sperava di convincere la regina a ritirarlo senza dover affrontare i veri e inconfessabili motivi che l'avevano spinta a emanarlo. Non avrebbe dovuto saperli e preferiva lasciare alla sovrana una scappatoia. Tuttavia, se fosse stato necessario, non avrebbe esitato a mettere la regina di fronte alle proprie responsabilità. In ogni caso, lui e Mashar avevano deciso di non affrontare questo argomento, se non alla fine della discussione, quindi fu il wadi a rispondere alla domanda della regina.

«Vogliamo tutti la stessa cosa che volete voi» la rassicurò, «la pace a Oniria.»

«La domanda non era rivolta a voi» replicò in tono secco la regina senza distogliere lo sguardo dal Mercante.

Lui trasalì, turbato da quell'attacco improvviso.

«Non sono certo di aver compreso bene la vostra domanda, Vostra Maestà» replicò infine. «Ho accompagnato Mashar e Lorelys affinché insieme si potesse trovare una soluzione a...»

«Non trattatemi da imbecille!» lo interruppe la regina. «Ci conosciamo da troppo tempo. Mashar e Lorelys sono venuti a parlarmi dello stato di emergenza, ma voi no. Allora, vi rifaccio la domanda: voi cosa volete?»

Il Mercante della Sabbia consultò Mashar con lo sguardo. Il wadi fece una smorfia imbarazzata.

«In effetti io sono venuto per un'altra questione» ammise il Mercante della Sabbia. «Ma credo che sarebbe meglio discuterne più tardi. Non mescoliamo gli argomenti.»

«Bene» esordì la regina, «visto che fate finta di non saperne nulla, vi pongo la domanda in termini più chiari: dov'è mia figlia?»

I tre Oza-Goriani si guardarono, sbalorditi. Si aspettavano di tutto, tranne quello.

«Vostra figlia?» si stupì il Mercante della Sabbia. «Non capisco. Mi pare sia tenuta prigioniera a Ephialtis...»

«Smettetela di fare l'idiota!» si indignò la regina. «Sapete bene quanto me che è stata liberata.»

«Ci giunge nuova la notizia!» intervenne Mashar. «E siamo lieti di sapere che finalmente vostra figlia è in salvo...»

«Sarà nuova per voi, Mashar» lo interruppe la regina, «ma il vostro amico, il Mercante della Sabbia, sa molto bene di cosa parlo. Mia figlia, la principessa Aanor, è stata liberata da Ephialtis qualche ora fa da un giovane Creatore che risponde al nome di Eliott. I due sono stati avvistati da uno squadrone di accalappiatori, ma sfortunatamente questi se li sono lasciati sfuggire sotto il naso e il Creatore è scomparso portando via con sé mia figlia.»

«E noi sappiamo che voi avete avuto contatti con questo individuo» aggiunse Sigurim in tono carico di rimprovero. «Quindi vi riteniamo responsabile di quanto acca-duto.»

Un silenzio costernato calò sull'ufficio della regina. Gli Oza-Goriani erano messi alle strette dall'attacco della regina e del grifone. Quanto al gran cerimoniere, era ormai da molto che aveva rinunciato a intervenire e si era rifugiato sotto lo scrittoio della regina, inorridito dalla violenza dello scambio di battute a cui stava assistendo.

«Ammetto senza problemi che il Creatore in questione si è presentato a Oza-Gora» spiegò con calma Mashar. «Ma noi non siamo responsabili delle sue azioni.»

«Siete in combutta con lui, e ne abbiamo la prova!» tuonò la regina.

«Il rapporto dello squadrone che li ha avvistati non lascia

dubbi» puntualizzò Sigurim. «Il Mago di Dwayne Sunbolt era presente sul luogo. Questo Creatore lo ha utilizzato per far uscire la principessa Aanor da Ephialtis. Tuttavia non può essere riuscito a farlo senza la complicità del Palazzo di Vetro. È impossibile.»

«Dunque, vi rifaccio ancora una volta la domanda, signor Mercante della Sabbia» sibilò la regina. «Dov'è mia figlia e perché mi avete fatto questo? Nella speranza di riuscire a ricattarmi?»

Mashar e Lorelys rivolsero un'occhiata allibita al Mercante della Sabbia, che mostrò la sua perplessità con un gesto. Poi l'omone si alzò in piedi, fece qualche passo per la stanza sotto lo sguardo accusatorio della regina e del grifone fino a piazzarsi proprio di fronte alla sovrana, ignorando platealmente Sigurim.

«Vostra Maestà» esordì, «comprendo la vostra collera. E riconosco che le apparenze non vanno a mio favore. Tuttavia, prima che arriviate a conclusioni affrettate, mi appello alla vostra saggezza e alla vostra memoria. Voi mi conoscete da molto tempo, conoscete la mia reputazione, sapete che rapimento e ricatto sono parole che non rientrano nel mio vocabolario. Io non sono La Bestia.»

La regina annuì con una smorfia.

«In effetti, ho incontrato il giovane Eliott, perché è venuto a chiedermi aiuto per una questione personale» continuò il Mercante. «E avete ragione: se sono venuto qui da voi oggi, non è per parlarvi degli incubi, ma per chiedervi, in nome della legge immutabile numero quattro, di ritirare l'avviso di ricerca che grava su questo giovane Creatore. Tuttavia, i fatti che ci avete appena riferito sono della massima gravità. Se Eliott ha davvero rapito la principessa Aanor…»

«L'ha fatto!» lo interruppe Sigurim. «Con la complicità dei vostri uomini.»

«Permettetemi di verificare cosa è successo con i miei uomini» ribatté in tono secco il Mercante della Sabbia senza degnare il grifone del minimo sguardo. «Vostra Maestà, vi assicuro che se sono stati commessi degli errori, verranno giustamente puniti. Quanto al ragazzo di cui parliamo, l'ho incontrato personalmente e non posso credere che abbia agito in malafede. L'Assemblea dei Saggi di Oza-Gora gli aveva raccomandato di restare nel mondo terrestre finché non si fosse calmata la situazione con gli incubi. Tuttavia, io l'ho autorizzato a tornare per due motivi. Il primo è che la sua situazione personale non ammette ritardi. Il secondo è che ho la sensazione che questo ragazzo potrà giocare a Oniria un ruolo molto più importante di quello che immaginiamo oggi.»

«Oh, ma per favore!» esclamò la regina, esasperata. «Smettetela con queste superstizioni!»

«Forse dimenticate con chi state parlando» commentò il Mercante della Sabbia con fermezza, ma senza aggressività.

La regina alzò gli occhi al cielo, ma senza replicare.

«Lasciatemi condurre un'indagine» insistette il Mercante della Sabbia. «Farò luce su questa questione del rapimento e vi presenterò un rapporto dettagliato. Ritroverò vostra figlia e...»

«Ma questo Creatore è pericoloso!» intervenne Sigurim. «Non possiamo lasciarlo agire nella più totale impunità. Deve essere consegnato alla CRAMO.»

«Se Eliott è colpevole di un crimine, sarà la commissione di giustizia del Gran Consiglio a giudicarlo, di certo non la CRAMO» ribatté il Mercante della Sabbia in tono duro. «E vi do la mia parola che verrà consegnato alle autorità competenti, in caso fosse necessario.»

Il Mercante della Sabbia girò intorno al divano per andare a sedersi accanto alla regina e le parlò fissandola dritto negli occhi.

«Vostra Maestà, vi prego! Non permettete che questo incidente turbi le relazioni diplomatiche tra i nostri due popoli. La situazione con gli incubi è troppo grave perché voi scartiate per partito preso la proposta di Mashar e Lorelys, senza valutarla con attenzione. Sapete che i vostri predecessori più illustri hanno sempre attribuito grande importanza all'opinione dell'Assemblea dei Saggi di Oza-Gora. Siete una regina intelligente e saggia, è per questo che il popolo oniriano vi ha eletta. Se oggi prenderete le decisioni giuste, la storia ricorderà la regina Dithilde come una grande sovrana.»

La regina Dithilde emise un lungo sospiro, poi si abbandonò sullo schienale della poltrona chiudendo gli occhi. La sua veste si tinse di un blu scuro, il colore della riflessione. Il grifone Sigurim si chinò per sussurrarle qualcosa all'orecchio, ma lei lo fermò con un gesto. Quando si raddrizzò, qualcosa nel suo sguardo era cambiato.

La regina Dithilde aprì la bocca per parlare, ma non ebbe il tempo di cominciare la frase. Una sfilza di colpi precipitosi rimbombò sulla porta dell'ufficio. A un cenno della sovrana, il gatto Lazare si alzò e saltò verso la maniglia per aprire la porta. Un uccellino verde si precipitò come un fulmine verso il tavolino. Là si fermò per riprendere fiato mentre osservava perplesso i tre Oza-Goriani che lo fissavano.

«Tranquillo, puoi parlare, Bogdaran» disse la regina. «Cosa c'è di così urgente?»

«La principessa Aanor è sparita dalla dimora della Bestia!» annunciò l'uccellino, ansimante.

«Ne siamo al corrente. C'è altro?»

«Dal modo in cui è scomparsa, tutto d'un colpo, senza preavviso, non ci sono dubbi. È stata chiamata dal Mago di Dwayne Sunbolt.»

«Sappiamo anche questo» borbottò la regina. «Nient'altro?»

L'uccellino guardò di nuovo i tre Oza-Goriani, poi il grifone, infine la regina.

«La Bestia è arrivata alla conclusione che voi e gli Oza-Goriani avete unito le forze contro di lui. Ha deciso di cambiare strategia. Doveva sposarsi con la principessa Aanor, ma...»

«Scusa?!» esclamò la regina.

«Dovevano sposarsi domani in pompa magna a Ephialtis» precisò l'uccellino.

«Ti mando a sorvegliare la dimora della Bestia per sapere cosa succede» gridò la regina, «e tu non ritieni utile avvisarmi che il capo della rivoluzione degli incubi ha intenzione di sposare mia figlia?»

«Pensavo che la principessa Aanor vi avesse informata» si giustificò Bogdaran.

«Sono giorni che ha interrotto tutte le comunicazioni telepatiche!» strillò la regina, nervosa.

Con delicatezza, il grifone posò un artiglio sul braccio della regina, poi chinò il becco verso l'uccellino.

«Hai detto che La Bestia ha deciso di cambiare strategia. Cos'altro sai in merito?»

«La Bestia ha appena annunciato la creazione di una repubblica degli incubi indipendente dal potere centrale di Oniria» spiegò Bogdaran. «Domani mattina ci sarà una votazione per eleggere il presidente. La Bestia è l'unico candidato.»

«Cosa?!» esclamò Sigurim. «Ma questa è vera e propria insubordinazione!»

«No» intervenne Lorelys in tono sobrio. «Sarebbe insubordinazione se gli incubi fossero cittadini di Oniria a pieno titolo. Tuttavia, dato che non sono più considerati come tali ormai da parecchi anni, il loro desiderio di autogovernarsi non può essere più logico.»

«E come mi consigliate di reagire a questo affronto, voi che sapete tutto?» gracchiò la regina. «Non vorrete mica suggerirmi di riconoscere questa repubblica dissidente con un bel sorriso!»

Mashar consultò i suoi compagni di viaggio con lo sguardo, poi raddrizzò la schiena e con aria grave disse: «Vostra Maestà, mi pare che per il momento l'unica cosa da fare sia aspettare. La Bestia non ha ancora inviato alcun messaggio ufficiale per annunciare la creazione di questa repubblica. Perché, sicuramente, questa mossa non è fine a se stessa. Domani, dopo la votazione, sapremo quali sono le sue vere intenzioni.»

32

UNA MATTINA COME TUTTE LE ALTRE

Eliott si sentì sollevato quando aprì gli occhi venerdì mattina. La sua sveglia aveva posto fine alla sfilza di rimproveri che aveva subito dopo il suo arrivo sulla nave di Jov'. Per una volta, non gli dispiaceva tornare nel mondo terrestre, nella sua camera, con gli schiamazzi delle gemelle che bisticciavano in corridoio e i rumori umidi dell'ennesimo giorno di pioggia che salivano dalla strada. Là era una mattina come tutte le altre.

Con gesto energico, Eliott sollevò il piumone e saltò in piedi. Subito si ravvide. Quel movimento brusco gli aveva ricordato, dolorosamente, quello che il cataplasma di Gisèle era riuscito a fargli dimenticare: aveva due costole rotte.

Doveva trovare un modo per dissimularlo.

Eliott si vestì con mille precauzioni e poi andò in cucina. Non era naturale nei movimenti e faceva fatica a respirare. Mamilou si sarebbe accorta subito che c'era qualcosa che non andava. Ma Christine, fedele alle proprie abitudini, lo salutò con un grugnito senza alzare gli occhi dal giornale.

Eliott si preparò una tazza di cioccolata calda. Poi provò ad aprire un vasetto nuovo di marmellata di pere, ma era uno sforzo troppo pesante, così ripiegò su quella di fragole, già aperta sulla tavola. Non gli piaceva molto, ma non aveva scelta. Gettò un'occhiata alla matrigna. Christine beveva il suo caffè in silenzio senza guardarlo. Eliott fece una smorfia di dolore sedendosi sullo sgabello. Poi, una volta comodo, immerse una grossa fetta di pane e marmellata nella tazza di cioccolata.

Fu allora che avvertì di essere osservato. Sollevò la testa. Chloé e Juliette gli tenevano gli occhi puntati addosso, mute. Non c'era dubbio: avevano notato il comportamento insolito del fratello.

«Tutto a posto, bambine? Avete dormito bene?» chiese in finto tono allegro.

Eliott si rese conto di quanto fossero inopportune quelle domande nello stesso istante in cui le parole gli uscirono di bocca. No, le gemelle non stavano bene, era evidente. Avevano uno sguardo non solo scrutatore, ma anche triste, stanco e preoccupato. Eliott si vergognò della sua stupidità. Negli ultimi giorni aveva concentrato tutta l'attenzione su Oniria e aveva dimenticato che per Chloé e Juliette, che erano all'oscuro di tutto, la situazione era ancora più difficile che per lui.

Christine ripiegò il giornale, si alzò, mise la sua tazza nella lavastoviglie e lasciò la cucina ricordando alle gemelle con aria assente che entro dieci minuti dovevano essere pronte a uscire di casa. Non si era accorta di niente. Non aveva fatto domande. A dire il vero, dopo che Mamilou aveva annunciato l'imminente morte di Philippe, Christine era diventata un fantasma. Più distratta, più inespressiva che mai, si trascinava mattina e sera per l'appartamento senza combinare niente. Sembrava aver perso tutta la sua energia. Non rideva più. Non si arrabbiava più. Era sempre altrove con la testa.

Le gemelle osservarono la madre che si allontanava, poi si consultarono con uno sguardo. Chloé assentì con un cenno della testa e Juliette si sporse verso Eliott con aria inquisitrice.

«E tu, sei sicuro di stare bene?»

«Io... Sì, sto bene» farfugliò, disorientato da quella domanda.

Altro scambio di sguardi. Altro cenno della testa.

«Non c'è qualcosa di cui vorresti parlarci?» continuò Juliette.

«No, niente.»

«Sei sicuro?» insistette Chloé.

«Sì, va tutto bene» rispose Eliott. «O meglio, non sto peggio di voi, suppongo. Come mai questo interrogatorio? Mi lasciate fare colazione in pace, o no?»

Silenzio. Eliott diede un morso alla fetta di pane sforzandosi di assumere l'espressione naturale di chi non ha niente da nascondere.

«Siamo preoccupate per te» confessò infine Chloé. «Pensiamo che ci nascondi qualcosa.»

La fetta di pane di Eliott si immobilizzò a metà strada tra la tazza e la sua bocca. Ovvio che stava nascondendo qualcosa. Qualcosa di enorme, di molto più grande di lui, qualcosa che avrebbe preferito mille volte condividere con loro, se fosse stato possibile. Eliott chiuse gli occhi. Aveva una voglia incredibile di rassicurare le bambine, di dire loro che non era tutto perduto, che c'era ancora una speranza, anche se minima, di salvare il loro padre. Tutte quelle bugie... era troppo pesante per loro. E lo era anche per lui. Allora perché non condividere il suo segreto? Sarebbe stato più facile per tutti!

Eliott posò la fetta di pane.

«Bene, vi dirò la verità» annunciò.

Le gemelle si sporsero verso di lui, in attesa impaziente.

Eliott si irrigidì e, dopo qualche istante, finalmente disse: «La verità è che non ho niente da dirvi. Sono solo scombussolato per quello che sta succedendo a papà. Come voi. Come Mamilou. Come Christine. Non ho niente da nascondere».

Il cuore gli batteva come se fosse appena scampato a un incidente mortale. Era stato davvero sul punto di rivelare a Chloé e a Juliette dell'esistenza di Oniria. Ma, all'ultimo momento, l'eccitazione che aveva visto negli occhi delle bambine gli aveva fatto sorgere un'immagine terribile nella mente. Le aveva viste intrufolarsi in camera sua di notte per verificare che il fratello non avesse mentito. Aveva visto il loro sguardo posarsi sulla clessidra e soccombere all'attrazione irresistibile che esercitava quell'oggetto su chiunque lo vedeva per la prima volta. Le aveva viste impossessarsi del prezioso pendente e infilarselo al collo... E aveva visto se stesso, con la mente intrappolata a Oniria e il corpo ridotto in stato vegetativo, come quello del padre. E loro che sbarcavano nel mondo dei sogni... ignare, spensierate, completamente alla mercé del grifone Sigurim e della sua CRAMO.

Grazie a un incredibile istinto di sopravvivenza, Eliott aveva evitato la catastrofe in extremis.

Ma le gemelle avevano un'espressione delusa e, chiaramente, altrettanto poco convinta. Ancora una volta si consultarono con lo sguardo. Ancora una volta, Chloé assentì con un cenno della testa.

«Chloé pensa che ti droghi» confessò Juliette.

«E la cosa non ci piace per niente» commentò Chloé. «Perderemo papà, e ormai mamma non ci parla più...»

«Abbiamo solo te e Mamilou» aggiunse Juliette.

«Quindi non hai il diritto di fare sciocchezze» concluse Chloé.

Eliott serrò i denti per non vacillare. Doveva essere convincente.

«Non mi drogo» le rassicurò con voce calma.

Quella parte era facile: era la verità.

«E vi giuro che non sto facendo sciocchezze e che per voi io ci sarò sempre» aggiunse infine.

Eliott si sforzò di sostenere lo sguardo delle sorelle. Fu sollevato quando la voce di Christine risuonò dall'ingresso. Le gemelle si alzarono in piedi. Sembravano più o meno soddisfatte. Eliott sentì un nodo alla gola mentre le guardava allontanarsi. Aveva appena raccontato una bugia terribile, perché in realtà non aveva alcuna certezza sul fatto che l'indomani sarebbe stato ancora lì con loro.

Quella sera stessa, si sarebbe gettato nelle fauci del grifone.

Quella sera stessa, forse Chloé e Juliette avrebbero perso il fratello.

33

LA GRANDE CATTEDRALE

Sdraiato sul letto, Eliott tamburellava con le dita sulla clessidra in un gesto febbrile. Si era imbottito di analgesici affinché le costole non lo facessero soffrire troppo e, nel corso della giornata, si era abituato a respirare meno profondamente perché aveva scoperto che così sentiva meno dolore. Doveva solo evitare di fare movimenti troppo acrobatici, e sarebbe andato tutto bene.

Era pronto.

Per la decima volta, controllò l'ora sul quadrante digitale della sveglia.

20:53. Quasi le otto del mattino a Oniria. L'orario di apertura degli uffici della Grande Cattedrale. Presto, una ventina di agenti di grado più o meno alto sarebbero stati fermati all'ingresso a causa dei pidocchi e quindi avrebbero scatenato un putiferio. Secondo le previsioni di Pom', le *gargouille* di pietra avrebbero deciso di abbassare il livello di sicurezza disattivando manualmente il campo magnetico di una delle porte per lasciar passare gli agenti autorizzati, ma portatori di pidocchi.

21:08. Probabilmente Katsia si stava presentando all'ingresso principale, con il microchip-pass inserito nel polso e Farjo sulla testa, accompagnato da una ventina di altri pidocchi. Doveva dirigersi verso la porta a passo deciso. Come sempre. Come se ignorasse il fatto che stava andando a sbattere in pieno contro un muro magnetico. Doveva dimostrare di essere una brava attrice. Soprattutto non tradirsi con un comportamento insolito! In tal caso, se le *gargouille* avessero avuto il minimo sospetto, si sarebbe guadagnata un biglietto di sola andata per Ephialtis. Lei stessa ne era consapevole.

A Elliott si accelerò il respiro. All'improvviso, si sentì soffocare. Si sbottonò la maglia del pigiama, agitò il piumone, cominciò a tossire. Con l'unico effetto di risvegliare le sue costole dolenti.

Chiuse gli occhi nel tentativo di calmarsi. No, Katsia e Farjo non sarebbero finiti a Ephialtis. L'avventuriera sapeva interpretare bene il suo ruolo. Una volta bloccata dal muro magnetico, si sarebbe messa a protestare a gran voce. Le *gargouille* di pietra le avrebbero perquisito ogni minimo centimetro quadrato del corpo con un rivelatore portatile, come negli aeroporti. Le avrebbero infilato le loro dita fredde e dure nella chioma bionda scoprendo così i pidocchi.

E l'avrebbero lasciata passare.

21:15. Qualcuno stava portando alla mosca il secchio di escrementi che le veniva servito per colazione. In base alle stime di Gisèle, bastava una decina di minuti perché la ripugnante guardiana della sala degli archivi cominciasse ad avvertire gli effetti del decotto di funghi.

Mancavano venti minuti esatti, poi Til avrebbe innaffiato di Sabbia la *Replica dormitiva* di Eliott. In quel momento, doveva farsi trovare tranquillo, pronto ad addormentarsi. Ma, visto come era agitato, sarebbe stato davvero difficile calmarsi! Era deciso. Non avrebbe più guardato la sveglia. Basta. Eliott chiuse gli occhi, inspirò e si concentrò su ogni singolo muscolo del corpo per rilassarli, a uno a uno.

Era più forte di lui. Eliott guardò di nuovo la sveglia.

21:23. Come tutte le mattine, Katsia e le altre nuove reclute sarebbero andate a fare il pieno di caffeina prima dell'inizio delle lezioni teoriche. Come tutte le mattine, Charbène, la giovane bibliotecaria, sarebbe passata davanti al distributore di bevande, le braccia cariche di fascicoli. Ma, quella mattina, Katsia l'avrebbe urtata "per sbaglio" facendo cadere a terra i fascicoli. Poi l'avrebbe aiutata a raccoglierli scusandosi umilmente. In questo modo, l'avventuriera avrebbe potuto avvicinare la testa a quella di Charbène per un lasso di tempo sufficientemente lungo per permettere a Farjo e agli altri pidocchi di trasbordare. Poi, Charbène si sarebbe presentata nella sala degli archivi, ma l'avrebbero bloccata. Le *gargouille* le avrebbero perquisito la testa trovando i pidocchi e l'avrebbero lasciata passare.

Eliott era così in ansia che fu colto dall'urgenza improvvisa di andare in bagno. Guardò la sveglia. Le 21:32. Mancavano solo tre minuti. Andò e tornò in meno di un minuto e si infilò di nuovo sotto il piumone, ansimante.

Eliott si sentì calare addosso la stanchezza tutto d'un colpo. La Sabbia! Til non si era dimenticato. Presto sarebbe sprofondato nel sonno e avrebbe raggiunto Farjo nella sala degli archivi…

All'improvviso spalancò gli occhi con un sussulto.

E se Farjo non c'era nella sala degli archivi? Forse Charbène era arrivata in ritardo quella mattina! Forse Farjo era ancora sulla testa di Katsia ed Eliott sarebbe sbarcato in mezzo a un esercito di nuove reclute della CRAMO! In un attimo le avrebbe avute tutte addosso, senza il tempo di reagire…

La stanchezza si fece sentire di nuovo e inchiodò Eliott al cuscino. Cominciò a sprofondare nel torpore. Gli si chiusero gli occhi, il sonno lo avvolse…

Ma Eliott non riusciva a tenere la mente concentrata su Farjo. Una folla di immagini gli invase la testa: il grifone, *gargouille* a centinaia che lo inseguivano, una mangusta che sgozzava un cobra… No, no, era a Farjo che doveva pensare, e solo a lui! Farjo, riconoscibile tra mille con la sua macchia arancione intorno all'occhio, qualsiasi fosse la forma che prendeva. Eliott lottava contro quelle immagini, sudava, si girava e rigirava nel letto.

«Ma cosa stai facendo?»

Eliott trasalì sentendo la voce di Til. Si guardò intorno. La stanza era immersa nell'oscurità, e la sagoma di Til era quasi trasparente. Non riusciva a vederlo.

«Dovevi addormentarti sette minuti fa!» esclamò il giovane renaiolo. «Ti ho mandato due dosi di Sabbia, ma la tua *Replica dormitiva* non dava alcun segnale di sonno, allora ho effettuato un'immersione di urgenza per venire a vedere cosa sta succedendo.»

«Io... credo di aver paura!» confessò Eliott.

«Be', ho una brutta notizia per te» esordì Til con voce severa. «Non è proprio il momento di indugiare. L'altro giorno, quando sei venuto a supplicarmi di farti addormentare a quest'ora esatta, mi hai spiegato che se tu fossi arrivato in ritardo, Katsia e Farjo sarebbero stati in pericolo. Dunque, se non vuoi mettere i tuoi amici nei guai, bisogna agire e anche in fretta! Facciamo così, adesso tu ti distendi e fai dei respiri calmi e profondi. Io conterò fino a cinque. Al cinque, ti manderò una terza dose di Sabbia. Ma questa volta, non opporre resistenza. Siamo intesi?»

«Intesi» confermò Eliott distendendosi.

«Allora, adesso io comincio a contare. Chiudi gli occhi e fai un respiro profondo. Uno... due... tre...»

Eliott si sentì travolgere da un'ondata di stanchezza più forte delle precedenti che lo trascinò in un vortice lontano, molto lontano dalla sua camera. Qualche secondo dopo, si ritrovò tra due scaffali pieni zeppi di provette etichettate, tutte ben allineate come libri. Di fronte a lui, un computer. Appollaiato sullo schermo, un piccione tutto grigio con una sola macchia arancione intorno all'occhio sinistro. Farjo sembrava furioso.

«Sei in ritardo, amico mio!» bisbigliò non appena vide il giovane Creatore.

«Mi dispiace, ma...» cominciò a dire Eliott.

«Più tardi, ora non c'è tempo per le chiacchiere» lo interruppe Farjo. «È tutto sotto controllo. Charbène è dall'altra parte della sala in un ufficio chiuso, e le altre due bibliotecarie non sono ancora arrivate. Siamo fortunati. Saranno in ritardo per via del caos che l'epidemia di pidocchi ha scatenato all'ingresso. Le *gargouille* hanno deciso di perquisire tutti.»

«E la mosca?» domandò Eliott.

«La mosca è in pieno delirio. Sta ballando vicino alla porta d'ingresso dicendo "Buongiorno, signori" a tutti gli scaffali. Il computer da usare è questo, adesso tocca a te. E sbrigati: tra dieci minuti Charbène aprirà le porte e qui arriverà il mondo a consultare gli archivi.»

Per prima cosa, Eliott doveva cambiare aspetto. In teoria, non avrebbe dovuto fare brutti incontri, ma in caso fosse accaduto era necessario che nessuno potesse riconoscerlo. Chiuse gli occhi. Quando li riaprì, aveva messo su dieci anni, trenta centimetri e quaranta chili di massa muscolare, ma soprattutto era ricoperto dalla testa ai piedi di un tessuto elastico rosso e giallo, una specie di tuta da supereroe.

«Bel travestimento» commentò Farjo con una punta di sarcasmo. «Passi proprio inosservato.»

«Grazie» replicò Eliott e subito si mise a sedere al computer sotto lo sguardo pressante dell'amico. Gettò un grido quando mise la mano sul mouse: quello era un topo vero! Vivo e vegeto! La sua coda particolarmente lunga scompariva sotto la scrivania come un filo di collegamento. Eliott fece una smorfia, ma ci posò di nuovo la mano sopra. Quando provò a spostarlo, il topo si lasciò manovrare docilmente e al contempo Eliott vide muoversi il cursore sullo schermo. Fece diversi tentativi prima di capire come si faceva a cliccare: bisognava accarezzare l'orecchio sinistro del topo! Dopo aver familiarizzato un po' con quella stranezza, Eliott si mise a navigare nel menu di ricerca. Digitò il nome "Philippe Lafontaine", selezionò il termine "Mago" in un altro menu a tendina e rimase in attesa dei risultati. Il computer ci stava mettendo così tanto a elaborare i dati che Eliott pensò si fosse inchiodato, ma alla fine comparve una lista di voci. Esistevano almeno venti Philippe Lafontaine, e bisognava cliccare su ogni nome per ottenere alcuni dati biografici che permettevano di differenziarli. Eliott cliccò sul primo nome della lista. Era un cantante belga che aveva avuto un discreto successo negli anni Ottanta. Niente a che vedere con suo padre. Tornò alla pagina precedente e cliccò sul nome successivo. Si imbatté poi in due tizi del Québec e in un gaboniano.

«Oh, che bel pezzo di carne!» gridò una voce alle sue spalle.

Eliott si girò di scatto. La mosca gigante stava volando dritta verso di lui a tutta velocità. Katsia non aveva esagerato: era veramente grande come un uccello predatore!

«Continua, me ne occupo io» disse Farjo, e subito si trasformò in un enorme gabbiano frapponendosi tra l'amico e la guardiana delirante.

«Questo pezzo di carne è mio!» strillò. «L'ho visto io per primo!»

«Mi rincresce» replicò la mosca, «tutto quello che c'è qui appartiene a me. E quindi anche tu!»

«Prova a prendermi, così vediamo se ti appartengo davvero!» la sfidò Farjo.

Detto questo, prese altezza e si diresse verso un corridoio di scaffali, subito seguito dalla mosca, che però non riusciva a volare in linea retta e continuava a sbattere le ali contro i ripiani, scusandosi ossequiosamente con ciascuno di loro.

Eliott tornò alla sua ricerca. L'ansia gli faceva tremare le mani e faticava a maneggiare il topo-mouse, che si mostrava sempre meno docile e continuava a dimenarsi squittendo. Eliott riuscì comunque a passare in rassegna tutti i Maghi, fino a quando non restò un solo Philippe Lafontaine da consultare. Doveva per forza essere suo padre. L'ultimo della lista. Eliott obbligò il topo-mouse a stare fermo con la mano destra e gli accarezzò l'orecchio con la sinistra. In mezzo allo schermo comparve un messaggio: "Fascicolo riservato. Inserire password". Eliott si sentì pervadere da un'ondata di calore e un attimo dopo aveva la gola riarsa. Provò a cliccare più volte, ma non cambiò niente: il cursore verticale continuava a lampeggiare nello spazio disperatamente vuoto in cui doveva inserire una password che ignorava.

Grida improvvise scossero Eliott dall'impasse. Si girò di scatto e, dall'altra parte della stanza, vide Farjo e la mosca che si azzuffavano. Con tutto quel baccano, ben presto la bibliotecaria si sarebbe resa conto che stava succedendo qualcosa di anomalo. Doveva agire in fretta. Molto in fretta. Eliott riportò l'attenzione allo schermo del computer mentre grosse gocce di sudore cominciavano a imperlargli la fronte. Quale poteva essere quella maledetta password? Non ne aveva la minima idea e, più ci pensava, più i suoi neuroni si paralizzavano. Fissava lo schermo, incapace di riflettere.

Si morse un labbro per costringersi a reagire. Doveva fare qualcosa. Qualsiasi cosa, ma di certo non restarsene lì impalato come un idiota. Arrendersi a quel punto, a un passo dalla meta, sarebbe stato troppo stupido! In preda alla disperazione, provò a digitare alcune parole a caso, come per esempio "cattedrale", "*gargouille*", persino "incubi". Invano. Doveva arrendersi all'evidenza: in quel modo non sarebbe mai arrivato da nessuna parte. Fu in quel momento che un'idea gli attraversò la mente: la bibliotecaria! Probabilmente lei conosceva quella password. Ma come poteva convincerla a svelargliela? Supplicandola? O usando le maniere forti in stile Katsia? Non c'era tempo da perdere. Avrebbe seguito l'ispirazione del momento. Si alzò e si precipitò verso l'altra parte della sala.

La ragazza mora e un po' paffutella uscì dall'ufficio proprio nel momento in cui Eliott emerse dal corridoio di scaffali e, vedendo quell'uomo vestito con una tuta attillata rossa e gialla che le bloccava il passaggio, gridò di terrore. Eliott si gettò su di lei e le tappò la bocca con una mano. Ma Charbène si dibatteva come un animale in trappola e gli assestò una violenta gomitata nelle costole rotte. Piegato in due per il dolore, Eliott fu costretto a lasciare la presa, e la giovane bibliotecaria si precipitò verso la porta d'ingresso. Questa volta, Eliott seppe subito cosa fare. Gli scattò come un riflesso incondizionato. C'era una creatura che scappava e doveva immobilizzarla: la risposta era semplice e compresa nella lista che Mamilou gli aveva fatto imparare a memoria. Fece comparire una gabbia e Charbène venne immobilizzata all'istante, a qualche metro dalla porta d'ingresso.

Immobilizzata, ma non silenziosa. La ragazza si mise a gridare così forte che le provette sugli scaffali cominciarono a tremare. Subito, la porta si aprì e due *gargouille* infilarono la testa oltre la soglia. Orribili, alti come bambini di otto anni, quei mostri di pietra particolarmente tenaci resistevano ai proiettili, alle spade e persino alle fiamme. Non avevano paura di niente e non si arrendevano mai. L'unico modo per fermarli era romperli o bloccarli.

Eliott non ebbe tempo per provare paura. Chiuse gli occhi e immaginò un muro di mattoni per sigillare l'ingresso. Quando riaprì gli occhi, gli si presentò davanti uno spettacolo stomachevole: le due *gargouille* erano imprigionate nei mattoni, i loro visi da demone irrigiditi in ghigni abominevoli. Solo qualche artiglio uncinato che oltrepassava il muro si muoveva ancora. Distogliendo lo sguardo da quell'orrore, Eliott fece comparire altri due muri, uno di cemento e l'altro di titanio. Presto sarebbero arrivate altre *gargouille* e doveva guadagnare tempo. La bibliotecaria aveva smesso di gridare. Fissava sbigottita il punto in cui i due mostri erano stati murati. Eliott le si avvicinò e provò a parlarle con tutta la dolcezza possibile.

«Non voglio farti del male, voglio solo recuperare un'informazione che si trova in questa sala, ma devi darmi la password.»

«Non so di che password parli!» singhiozzò la bibliotecaria. «E, anche se la sapessi, non te la direi.»

Così non funzionava. Eliott decise di cambiare strategia.

«Allora dovrò farti parlare con la forza» sibilò avvicinandosi con aria minacciosa.

La ragazza indietreggiò fino in fondo alla gabbia tremando dalla testa ai piedi. Eliott detestava quel ruolo da carnefice. Quella poveretta non aveva nessuna colpa!

All'improvviso sentì un ronzio alle sue spalle. Si girò di scatto. La mosca stava avanzando a zig-zag, sbattendo contro gli scaffali e facendo cadere provette che si infrangevano a terra.

«La mosca!» strillò Charbène sollevando uno sguardo pieno di speranza verso lo smisurato insetto.

Tuttavia, quando vide il gabbiano che inseguiva la guardiana, la ragazza emise un minuscolo sospiro. Eliott si voltò verso di lei. Charbène era distesa sul fondo della gabbia, incosciente. Era svenuta. Impossibile farle altre domande in quel momento.

«Cosa stai facendo?» gli domandò Farjo. «Hai i documenti?»

«No, non ancora, io...»

Eliott non ebbe il tempo di terminare la frase. Un boato sordo fece tremare la stanza intera. Le *gargouille* stavano cercando di abbattere il triplo muro che proteggeva la porta d'ingresso.

«Sbrigati!» gridò Farjo. «Ti copro io le spalle.»

Eliott si precipitò lungo il corridoio di scaffali. Il computer era proprio in fondo. Quando fu a metà strada, si voltò. Farjo si era trasformato in orso. Aveva tramortito la mosca e si era piazzato di fronte alla porta d'ingresso, pronto ad attaccare chiunque si fosse presentato davanti.

Eliott tornò a sedersi al computer. Ma non aveva fatto progressi rispetto a prima! Perciò doveva trovare una soluzione. Assolutamente! Chiuse gli occhi e provò a svuotare la mente. Cosa avrebbe fatto Mamilou al suo posto? Gli tornarono in mente le parole della nonna: "se non puoi trasformare l'ambiente che ti circonda, puoi sempre trasformare te stesso". In altre parole, se non riusciva a trovare la password, poteva diventare qualcuno in grado di consultare i dati senza conoscerla. Insomma, doveva diventare un piccolo genio dell'informatica. In pochi secondi.

Un tremore più forte degli altri scosse la biblioteca facendo cadere qualche provetta. Il muro di mattoni era crollato. Subito dopo, il rumore assordante di un macchinario che si metteva in moto. Le *gargouille* stavano cercando di demolire il muro di cemento. Eliott si sforzò di ignorarlo e di concentrare tutta l'attenzione su quei giovani pirati superdotati che riuscivano a penetrare nel sistema informatico di sicurezza delle banche o delle grandi società. Pensò a tutti quei film in cui uno degli eroi riusciva a recuperare dati essenziali per il successo della missione. Era uno di loro. Doveva essere uno di loro. Era un tipo brufoloso, con gli occhiali e una maglietta sformata, negato per lo sport, ma non c'era password che gli sfuggiva.

Quando Eliott riaprì gli occhi, si sentiva come in uno stato di alienazione. Le sue mani effettuavano delle operazioni dettate dal suo cervello, ma di cui non aveva alcuna coscienza. Tuttavia, sapeva che stava facendo esattamente quello che c'era da fare. Sapeva che sarebbe riuscito a far saltare fuori quella password. Era solo una questione di secondi. Teneva gli occhi inchiodati sullo schermo, quasi come se potesse vederci attraverso. In lontananza, percepiva vagamente un frastuono sempre più forte. Macchinari, materiale che crollava, la bibliotecaria che gridava, Farjo che ringhiava, e all'improvviso anche altre voci... Ma i rumori sembravano tutti smorzati, come se Eliott si trovasse in una bolla ovattata. Nulla di ciò che gli succedeva intorno poteva raggiungerlo.

Accarezzò l'orecchio del topo-mouse per inserire la password, e finalmente gli comparve davanti agli occhi una schermata diversa, con una lunga lista. Era una lista di incubi, ognuno identificato da luogo, data e descrizione. Ce n'erano a centinaia. Tutti gli incubi di suo padre, a partire dalla sua nascita. Ci era riuscito! Accarezzò di nuovo l'orecchio del topo-mouse per stampare la lista.

Fu il rumore della stampante a riportare Eliott alla realtà. Si girò e vide Farjo, ancora sotto forma di orso, aggredito da un'orda di *gargouille*, che sferrava poderose zampate per tramortirle. Ma erano in tante. Troppe. E cosa ancora peggiore, sembravano rinascere dai loro resti a una velocità sconcertante. Sotto assedio, Farjo stava perdendo terreno. Cinque pagine su dieci. Una sagoma altissima comparve sopra la mischia, ed Eliott si sentì raggelare il sangue. Era Sigurim, il direttore della CRAMO. Il grifone sollevò la testa verso Eliott, e un bagliore di odio trasfigurò il suo viso da rapace.

«Eliott! Quello è Eliott, il nemico numero uno del Regno!» urlò. «Mobilitazione generale!»

Eliott si sentì attraversare il corpo da una scarica elettrica sentendo il proprio nome. Come aveva fatto a riconoscerlo Sigurim? Si guardò le gambe, le braccia, il torace. Al posto della tuta rossa e gialla, indossava un paio di jeans strappati e una maglietta troppo grande per lui. Si tastò il viso: niente maschera. Fece comparire in fretta uno specchietto e trattenne un grido di stupore. Era pieno di brufoli e portava gli occhiali, ma era pur sempre lui! Eliott, dodici anni, perfettamente riconoscibile sotto quella ridicola caricatura da piccolo genio dell'informatica! Si era concentrato così tanto per trovare quella password che aveva modificato il proprio aspetto.

Sollevò lo sguardo. Oltre a quelli del grifone, decine di altri occhi di pietra lo stavano fissando con un'espressione crudele. Il tempo sembrò fermarsi per un istante, poi scattò un allarme assordante e tutto si accelerò. Le *gargouille* si lanciarono di nuovo all'attacco, Farjo riprese a sferrare colpi e all'improvviso risuonò il passo cadenzato di truppe nel corridoio. Stavano arrivando i rinforzi.

Farjo fece cadere parecchi scaffali attraversando il corridoio con uno spaventoso fracasso di vetri infranti. Mentre una ventina di *gargouille* prendevano d'assalto quella barricata di fortuna, parecchie altre si precipitavano lungo i corridoi paralleli per raggiungere Eliott sul lato opposto.

Eliott gettò un'occhiata alla stampante. Otto pagine su dieci. Doveva guadagnare altro tempo, ma le prime *gargouille* erano già arrivate in fondo al corridoio. Per riflesso, fece comparire una voragine di quattro metri di larghezza tra i mostri di pietra e il computer. Parecchie ci caddero dentro, ma cominciarono a riorganizzarsi molto in fretta, aggrappandosi l'una all'altra. Una volta raggiunta la lunghezza sufficiente, una prima colonna si precipitò sopra la voragine. Sotto lo sguardo attonito di Eliott, quel ponte improvvisato così costruito si frantumò per il troppo slancio e le *gargouille* precipitarono nella voragine. Ma si stavano già formando altre colonne: il triste destino del primo ponte vivente non aveva scoraggiato le altre *gargouille*. Costasse quel che costasse, continuavano a cercare una soluzione, noncuranti delle perdite subite. Nove pagine su dieci. Farjo rovesciò altri scaffali, ma stava perdendo terreno e si stava avvicinando sempre più a Eliott. Dall'altro lato, una *gargouille* scampata a un "ponte" più lungo del precedente si precipitò verso Eliott. Senza pensarci due volte, il giovane Creatore fece comparire una mazza gigantesca e sferrò un colpo con tutte le sue forze. La *gargouille* si disintegrò in mille pezzi, ma Eliott lasciò cadere la mazza con un grido di dolore. Le sue costole non gli avrebbero permesso di difendersi nello stesso modo una seconda volta.

Dieci pagine. La stampante aveva finito. Eliott afferrò i fogli e se li infilò in tasca. Se ne sarebbe potuto andare immediatamente tramite dislocazione istantanea, ma non avrebbe mai abbandonato Farjo da solo in quel posto. E per portare con sé l'amico c'era solo una soluzione: stabilire un contatto fisico con lui. Eliott imboccò di corsa il corridoio per raggiungerlo. Troppo tardi. Due *gargouille* scampate alla voragine si gettarono ai suoi piedi facendolo cadere violentemente. Placcato a terra da quei due mostri aggrappati alle caviglie, Eliott non poteva più muoversi.

«Farjo!» urlò.

L'orso si voltò. Reagendo all'istante, lanciò con tutte le sue forze una *gargouille* nella sua direzione. Il demone di pietra sfiorò la testa del giovane Creatore per poi schiantarsi contro le altre due *gargouille*. L'impatto fu così violento che le tre creature furono ridotte a un cumulo di pietre. Ma già altri due ponti viventi si stavano lanciando all'assalto della voragine. Eliott provò ad alzarsi in piedi, invano. La caduta lo aveva stordito e si accasciò di nuovo a terra. Al limite dello svenimento, chiuse gli occhi. Doveva effettuare una dislocazione istantanea di precisione. Doveva riuscirci! Subito.

Quando riaprì gli occhi, Farjo si trovava a poco più di un metro da lui e sferrava colpi a tutto quello che si avvicinava lanciando grida possenti. Ignorando le vertigini e il dolore acuto che gli martoriava le costole, Eliott si mise a strisciare. Mancavano solo cinquanta centimetri per raggiungere l'orso, quando un'ombra inquietante lo avvolse. Si girò di scatto. Il grifone Sigurim, con le sue grandi ali spiegate e gli artigli pronti ad attaccare, si stava fiondando su di lui a tutta velocità dall'alta volta della sala degli archivi. Paralizzato dal terrore e dal dolore, Eliott guardava il nemico avvicinarsi senza muoversi, con gli occhi spalancati, incapace di difendersi.

All'improvviso, una zampa d'orso sferzò l'aria prendendo in pieno il grifone che precipitò a peso morto sulle gambe di Eliott. Il Creatore gettò un grido di dolore. A quel punto, il grifone era già pronto a colpire con le sue zampe da leone. Eliott era alla sua mercé.

Due zampe pelose dotate di artigli afferrarono Eliott da sotto le ascelle e lo trascinarono indietro. Farjo. Quello era Farjo. Eliott chiuse gli occhi.

Un attimo dopo, Eliott e Farjo si ritrovarono ai piedi della piramide maya, dove era nascosta la Porta che il giovane Creatore aveva preso più volte per raggiungere la Rete. Ma non erano soli. Due *gargouille* avevano effettuato la dislocazione con loro aggrappate alla groppa di Farjo. L'orso, visibilmente stremato, si sforzò di sbarazzarsi di quelle feroci creature di pietra, mentre Eliott non poteva essergli di nessun aiuto. Buttato sull'erba, incapace di qualsiasi movimento, sentiva male anche solo a respirare e aveva un dolore lancinante alle costole. E, soprattutto, non gli rispondevano più le gambe.

Con un ringhio rabbioso, finalmente l'orso riuscì a frantumare le due *gargouille*, i cui resti si sparpagliarono ai suoi piedi. Eliott si concesse di chiudere gli occhi per riposare.

«Ehi, non è finita qui, amico mio» incalzò Farjo scuotendolo. «Tra poco queste bestiacce riprenderanno vita. Dobbiamo impedire che ci seguono fino alla Rete.»

Raccogliendo tutte le sue ultime forze, Eliott fece comparire una cassaforte. L'orso recuperò i pezzi delle due *gargouille* e ce li mise dentro, per poi chiuderla sfasando la combinazione. Infine sfondò i tasti con un pugno per assicurarsi che nessuno potesse liberarle a breve.

«Così dovrebbe funzionare» sbuffò. Rivolse uno sguardo inquieto verso il giovane Creatore e gli chiese: «Hai i documenti?».

«In tasca» mormorò Eliott assicurandosi con una mano di avere ancora i fogli con sé.

Farjo si lasciò cadere sull'erba abbandonandosi a un sospiro di sollievo.

34

RIVELAZIONI

Ancora incapace di muovere anche solo un dito del piede, Eliott arrivò sulla nave del capitano Zrrrrk tra le braccia dell'orso Farjo. La squadra medica, avvisata via radio dalla navetta che li aveva recuperati, era pronta a intervenire. Eliott venne sistemato su una barella e trasportato da Chrouf e Albert fino sul divano. Pom' gli sollevò la maglietta e con estrema delicatezza gli tolse i jeans. In sostanza, Eliott si ritrovò in mutande e calzini in mezzo al salotto, ma sentiva troppo male per preoccuparsene. La piccola regina lo visitò con gesti precisi e gli fece qualche domanda, ma senza commentare. Con un cenno della testa esortò Gisèle a procedere con il suo famoso cataplasma. La strega gli applicò sul corpo un abbondante strato della pasta giallastra, dal petto fino alle dita dei piedi. Il sollievo si fece sentire subito e il dolore diventò sopportabile. Quando finalmente riuscì a respirare meglio, Eliott parlò, anche se con voce flebile.

«Le mie costole?» domandò.

«Dopo gli sforzi a cui le hai sottoposte» disse Pom', «credo che la convalescenza sarà più lunga del previsto, ma si sistemerà tutto.»

«E le mie gambe?»

Pom' si fece seria e gli posò una mano sulla spalla in gesto affettuoso.

«Hai fratture multiple e una serie di contusioni» annunciò. «Poteva andare anche peggio, però dovrai farti ricoverare in ospedale quando tornerai nel mondo terrestre. Sei giovane: con le cure adeguate e una rieducazione ben programmata, tornerai a camminare. Ma non prima di sei mesi.»

«Sei mesi!» sbuffò Eliott con un nodo alla gola.

«Ma se sai usare bene i tuoi poteri, nel mondo dei sogni potrai camminare anche già domani» intervenne Jov'. «Devi solo convincere la tua mente di non essere ferito. Il tuo corpo di Creatore obbedirà.»

Era una magra consolazione. Come avrebbe spiegato quelle ferite a Christine e alle gemelle? Cosa avrebbe detto ai medici? Se avesse raccontato che gli era piombato un grifone di duecento chili sulle gambe, non l'avrebbero tenuto in ospedale… l'avrebbero mandato dritto in manicomio!

Di nuovo trasformato in scimmia, Farjo gli si avvicinò con aria afflitta.

«Mi dispiace, amico mio. È stata tutta colpa mia.»

«Senza il tuo intervento, Sigurim mi avrebbe preso la clessidra e il problema sarebbe stato molto più grave» ribatté Eliott. «Ti sei comportato da eroe, Farjo.»

Quel complimento strappò alla scimmia un ampio sorriso.

«Ma non sono l'unico eroe!» esclamò subito dopo. «Fa' vedere un po' cosa ci hai portato!»

Un mormorio eccitato attraversò l'assemblea riunita intorno ai due. Per la prima volta dopo il suo arrivo sulla nave, il giovane Creatore prese consapevolezza del mondo che lo circondava. Una quindicina di paia di occhi lo stavano osservando, impazienti. A parte Katsia, era presente tutta la squadra che in un modo o nell'altro aveva partecipato all'Operazione Scorpione. Nessuno osava fare il minimo gesto o prendere la parola. Eliott si soffermò sul viso benevolo di Jov' e, dimenticando per un attimo le sue ferite, sorrise. Perché sì, malgrado la crisi di panico che gli aveva impedito di addormentarsi al momento giusto, malgrado il cambio di aspetto che l'aveva reso riconoscibile, malgrado lo stato pietoso in cui era rientrato, anche lui si era comportato da eroe quella notte. E aveva portato quello che era andato a cercare in quella Grande Cattedrale.

Eliott chiese a Pom' di passargli i suoi jeans e infilò una mano nella tasca. Una sensazione mista di eccitazione e orgoglio gli solleticò la pancia quando chiuse le dita intorno ai preziosi fogli di carta. Assaporando quel momento, con un gran sorriso stampato sulle labbra, brandì il bottino in un gesto di trionfo.

«Ecco la lista di tutti gli incubi creati dal Mago di mio padre a partire dalla sua nascita!» annunciò.

Subito, un concerto di acclamazioni scoppiò nel salone. Tutti si coprirono la testa con dei cappellini a punta colorati che avevano tenuto nascosti fino a quel momento. Vennero poi distribuiti dei sacchetti da cui cominciarono a lanciare stelle filanti e coriandoli da tutte le parti, nell'euforia generale. Gisèle sfoggiava un grande sorriso sdentato, lo zombi Albert cavava fuori vocalizzi assordanti da un uccello di plastica soffiandogli con tutte le sue forze nel posteriore, i piloti extraterresti e il capitano Zrrrrk emettevano gorgoglii incomprensibili sollevando le braccia, Wiz e Yaz, i due fantasmi, si erano lanciati in una serie di piroette vorticose, e infine Jov' stava aprendo varie bottiglie di una bevanda frizzante e zuccherosa che prendeva un colore diverso nel bicchiere di ciascuno.

Dopo aver servito da bere a tutti, il capo dei ribelli si avvicinò a Eliott. Gli brillavano gli occhi per l'emozione.

«Allora, non leggi i documenti che hai portato?» gli chiese.

«Sì, sì... certo» farfugliò Eliott.

Spiegò il plico di fogli che teneva tra le mani. C'erano tutte le pagine, numerate da uno a dieci. Consultò direttamente l'ultima. Con il cuore che gli martellava nel petto, scorse la colonna delle date alla ricerca degli ultimi incubi creati dal Mago di suo padre. Ma c'era qualcosa di strano. Si era sbagliato, di sicuro. Rilesse la stessa colonna più volte, poi passò in rassegna freneticamente ogni singolo foglio, nella speranza che i dati fossero stati riportati in maniera errata.

Ma no, erano tutti registrati in perfetto ordine cronologico. Eliott provò una forte fitta al cuore e cominciò ad ansimare.

«Perbacco! Che succede?» si allarmò Jov'. «Sei bianco come un cadavere.»

Silenzio improvviso. Eliott sollevò la testa. Tutti avevano gli occhi puntati su di lui. Deglutì dolorosamente.

«Non c'è niente» annunciò con voce tremante. «Nessun nuovo incubo... Papà non ha creato nessun nuovo incubo negli ultimi mesi.»

«Cosa?!» esclamò Farjo. «Impossibile! Fa' guardare me...»

La scimmia si avventò su Eliott, ma Jov' la fermò afferrandola per un braccio. Nessuno più esultava. Nessuno soffiava negli uccelli di plastica, né lanciava coriandoli. Eliott stava lottando per trattenere le lacrime.

Era stato tutto inutile.

Regnava un'atmosfera cupa quando Katsia arrivò sulla nave spaziale. Il grande salone aveva l'aspetto malinconico dell'indomani di una festa mal riuscita.

«Katsia!» esclamò Jov'. «Non dovevi tornare così presto! La giornata di formazione non è ancora terminata...»

«Al diavolo la formazione» lo interruppe secca l'avventuriera, «quelli della CRAMO sono su tutte le furie. Il grifone ha riconosciuto Eliott ed è fuori di sé per esserselo lasciato sfuggire. Al momento stanno cercando la persona che ha avvelenato la mosca. Hanno deciso di interrogare le nuove reclute per prime. Ho capito che si stava mettendo male, così me la sono svignata finché ero ancora in tempo. Ma adesso mi sono smascherata. Spero che ne sia valsa la pena!»

Eliott trasalì. A quel punto, ormai anche Katsia era entrata nella lista delle persone ricercate dalla CRAMO. E altrettanto Farjo, perché avrebbero fatto il collegamento tra loro due in un attimo. I suoi due amici non avrebbero mai più avuto la vita di prima. Non sarebbero più potuti tornare nel loro faro. Avrebbero dovuto vivere in clandestinità, come Jov'. E tutto questo per niente!

Pom' si precipitò verso Katsia.

«Dobbiamo toglierti subito il microchip-pass. Sono quasi certa che la CRAMO può trovarti se te lo tieni addosso.»

Chrouf si avvicinò all'avventuriera con un panno imbevuto di dodorum, ma lei rifiutò di essere addormentata e insistette perché Pom' la operasse senza anestesia. Non emise il minimo gemito quando la piccola regina le praticò un'incisione sul polso, si limitò a serrare tra i denti il manico del suo pugnale. Pom' estrasse il microchip-pass, che a sua volta Chrouf inserì immediatamente in un boccone di brownie. Dopodiché Pom' diede qualche punto di sutura e fasciò il polso della ragazza con un lungo foglio di gelatina alimentare.

Una volta terminata l'operazione, Katsia si voltò verso Eliott e Farjo. Fu solo in quel momento che si accorse della loro espressione avvilita.

«Cosa sono quelle facce?» domandò.

Nessuna risposta.

«Aspettate, non ditemi che non siete riusciti a combinare niente!» sbottò l'avventuriera alzandosi di scatto. «Ma non ci credo! Mi viene voglia di...»

«Abbiamo portato i documenti» borbottò Farjo, interrompendo lo sfogo dell'amica. «Ma il Mago del padre di Eliott non ha creato nessun nuovo incubo negli ultimi mesi. Quindi non abbiamo fatto tanti progressi.»

«Cosa? Ma non è possibile!» s'innervosì Katsia. «Dove sono i documenti?»

«Là» mormorò Eliott, indicando con il pollice un mucchio di fogli sgualciti sparpagliati sul tavolino.

Katsia si precipitò a guardare con i propri occhi. Passò in rassegna vari fogli, poi di colpo si fermò su uno.

«Non può essere vero!» esclamò.

«Cosa c'è?» domandò Eliott alzandosi a fatica sui gomiti.

Katsia abbassò il plico di fogli e si voltò a fissare il giovane Creatore.

«Piccoletto, è stato il Mago di tuo padre a creare La Bestia.»

«Cosa?!» gridarono quindici voci all'unisono.

Eliott strappò i fogli dalle mani dell'avventuriera. Lui aveva guardato solo la colonna delle date, senza prestare attenzione alle descrizioni. Eppure era scritto nero su bianco. Tredici anni prima, il Mago di suo padre aveva creato un incubo. Un drago a tre teste, una rossa, una nera e una blu. Un drago che si faceva chiamare La Bestia...

«Ecco perché la lista di mio padre era protetta da un ulteriore livello di sicurezza!»

«In che senso?» domandò Pom'.

«Era l'unico nome che chiedeva una password per l'accesso» spiegò Eliott. «Ho dovuto immaginarmi di essere un genio dell'informatica per riuscire ad aggirare l'ostacolo... »

«Ma allora è per questo che hai cambiato travestimento!» esclamò Farjo.

«Già...» borbottò Eliott abbassando la testa, «ed è per questo che Sigurim mi ha riconosciuto. Mi dispiace tanto...»

«Hai fatto quello che hai potuto» lo consolò Pom'.

«Questo spiega anche molte altre cose» intervenne Jov' con espressione preoccupata.

Tutte le teste si girarono verso di lui.

«Gisèle» continuò Jov' dopo un attimo, «potresti ricordarci quello che hai detto l'altro giorno a proposito della Bestia e degli stratagemmi che utilizza per impressionare le folle?»

«Ehm... certo» rispose la strega. «Da qualche mese, La Bestia sostiene di acquisire ogni giorno nuove capacità. A Ephialtis non si parla d'altro. Anche se si sa che questo è impossibile. Nessun Oniriano può acquisire nuove capacità, a meno che...»

Gisèle lasciò la frase in sospeso.

«A meno che non sia il Mago che l'ha creato a decidere di dargli nuove capacità» terminò Eliott. «È per questo che il Mago di papà non ha creato nessun nuovo incubo negli ultimi mesi! Sogna soltanto La Bestia per dargli nuove capacità!»

«Ed è Jabus, con i suoi analoghi, a obbligarlo a sognare La Bestia» aggiunse Farjo.

«Il Mercante aveva ragione» sbuffò Katsia. «Non è stato

un caso! Questo Jabus sapeva molto bene quello che stava facendo quando ha rubato la *Replica dormitiva* di tuo padre!»

«Non so in quali circostanze si siano incontrati quei due» borbottò Jov' scuotendo la testa, «ma La Bestia deve aver promesso mari e monti a Jabus per convincerlo a lavorare per lui.»

«Bah, non ne sarei così sicura» ribatté Katsia. «Da quello che ha detto il Mercante della Sabbia, Jabus sembra abbastanza esaltato da volerlo fare solo per suo piacere personale.»

Tutti si misero a parlare contemporaneamente. Ciascuno aveva la propria opinione in merito. Appropriandosi della Sabbia tramite Jabus come intermediario, La Bestia aveva violato la legge immutabile numero due. E nessuno capiva come un Oza-Goriano avesse potuto rendersi complice di un reato così grave.

Perso nei suoi pensieri, Eliott non li ascoltava. Sapere che il destino di suo padre era così strettamente legato a quello della Bestia gli dava le vertigini. Tutto diventava più complicato, più delicato. E anche più pericoloso...

«In ogni caso, ora sappiamo dove si trovano Jabus e il Mago del padre di Eliott» annunciò Jov' con voce chiara.

Il vocio ammutolì di colpo.

«O perlomeno possiamo fare una supposizione ragionevole» si corresse il re ribelle. «Se Jabus agisce nell'ombra a beneficio della Bestia, è molto probabile che si nasconda all'interno della sua dimora. Ma temo che accedere a quel luogo sia ancora più difficile che intrufolarsi nella Grande Cattedrale. Per organizzare un'operazione laggiù, ci servirà un informatore in loco. Perché è necessario sapere come è strutturato il palazzo, quali persone ci abitano e ci lavorano...»

«Vi posso dare io alcune di queste informazioni.»

Tutti si girarono verso la voce che aveva parlato. Appoggiata alla cornice della porta che conduceva alle camere, con una grossa fasciatura che le cingeva metà collo e più pallida che mai, Aanor osservava l'assemblea con evidente timore. Si era appena risvegliata dallo stato di incoscienza.

Katsia e Chrouf scattarono in azione al contempo, ma l'avventuriera fu più rapida. Si sfilò il foulard dai capelli, lo gettò sul volto della principessa per impedirle di vedere, la immobilizzò con un braccio e con l'altro le puntò il pugnale alla gola.

«Non così!» gridò Eliott alzandosi con un salto. «Non è il modo di trattare una principessa!»

«Eliott!» lo chiamò Jov'.

Ma il ragazzo non lo ascoltava. Camminava dritto verso Katsia a passo marziale.

«Eliott!» tuonò di nuovo Jov'.

«Cosa c'è?» sibilò il giovane Creatore voltandosi.

Il sorriso divertito del piccolo re lo destabilizzò.

«Stai camminando!» gli fece notare Jov'.

Eliott si guardò le gambe con aria incredula, poi gettò un'occhiata al divano verde su cui era stato disteso solo pochi attimi prima.

«Io... Quando ho visto Katsia scagliarsi su Aanor, mi è montato il sangue alla testa e sono scattato subito dimenticando che...»

«Le meraviglie della mente!» commentò Jov' con un sorriso beffardo. Si avvicinò al ragazzo trotterellando. «Però, ora che il tuo corpo di Creatore è guarito» continuò, «ti chiedo di tornare a sederti e di lasciare che sia io a gestire la situazione. La presenza di Aanor non è una cosa da poco e, fino a prova contraria, qui il capo sono io.»

«Io... Sì, certo. Scusatemi» farfugliò Eliott tornando a sedersi.

Jov' avanzò fino a raggiungere le due ragazze e chiese a Katsia di abbassare il pugnale. L'avventuriera fece una smorfia contrariata, ma obbedì senza protestare. Invece, manifestò a gran voce il proprio disappunto quando il capo dei ribelli tolse il foulard che copriva il volto della principessa Aanor.

«Ma cosa fate?» si infervorò. «Racconterà tutto quello che ha visto a sua madre per via telepatica!»

«Impossibile» si difese Aanor. «La Bestia mi ha avvelenata. Sono parecchi giorni che non posso più comunicare per via telepatica con mia madre, né con nessun altro.»

«Balle!» esclamò Katsia stringendo la presa.

«Katsia!» intervenne Jov' senza alzare la voce. «Ti ricordo che la principessa Aanor non è capace di mentire. Questa storia dell'avvelenamento spiega inoltre alcune stranezze che mi hanno riferito i miei informatori...»

Jov' lasciò la frase in sospeso. Nessuno si azzardò a fargli domande.

«E in ogni caso» aggiunse, «questa giovane ha avuto il tempo di vedere tutto quello che voleva mentre ci osservava in silenzio. Troppo tardi per bendarle gli occhi. E lasciala andare, Katsia. Non può scappare da nessuna parte.»

«Ma...»

«Ti ordino di lasciarla andare» insistette il piccolo re.

Katsia mollò la presa, e per poco la principessa non crollò a terra. Chrouf riuscì ad afferrarla all'ultimo momento.

«Mi gira la testa» si scusò Aanor.

«Deve stendersi» intervenne Pom'. «È ancora debole.»

«D'accordo» disse Jov'. «Vostra Maestà, il mio amico Chrouf vi aiuterà a mettervi comoda. Se avete fame o sete, o se avete bisogno di qualsiasi altra cosa, dovete solo chiederlo.»

«Grazie, Jov'» sospirò Aanor. «Perché siete voi, vero?»

«In persona. Tuttavia, mia cara, capirete che per motivi di sicurezza non possiamo rivelarvi il luogo in cui vi trovate e nemmeno lasciarvi andare via.»

Appena si fu accomodata su una poltroncina rosa, proprio accanto a Eliott che non le staccava gli occhi di dosso, Aanor sollevò uno sguardo sorpreso verso Jov'.

«Perché mi avete liberata se volevate tenermi di nuovo prigioniera?» domandò.

«Vi sbagliate, mia cara» replicò il piccolo re. «Dovete la vostra libertà all'iniziativa personale e del tutto inopportuna del vostro amico Eliott. Se fosse stato per noi, oggi voi sareste la legittima sposa della Bestia. Ma Eliott vi ha portata qui, e in condizioni molto gravi. Io e la mia sposa Pom' siamo felici di avervi potuto curare.»

«I legionari... I microchip di tracciamento!» esclamò Aanor portandosi la mano al collo.

«La memoria pre-trauma sta già tornando, è un buon segno» commentò Pom'. «Pensavo che ci avrebbe messo di più. La giovane principessa è più forte di quanto sembra.»

«Correte dei rischi a tenermi qui, signor Jov'» mormorò Aanor. «Con questi microchip nel collo, prima o poi la CRAMO mi troverà. E quindi troverà anche voi.»

«Vi ho già tolto quegli orrendi aggeggi, mia cara» replicò Pom'. «La CRAMO non troverà nessuno.»

«Grazie» sospirò Aanor con un sorriso riconoscente.

«Ma cos'è questo teatrino!» protestò Katsia. «Quei microchip erano l'unica speranza che aveva di essere tirata fuori di qui dagli scagnozzi di sua madre e di tornare nel suo bel palazzo. Quindi cosa significa questo "grazie"?»

«Perbacco, Katsia!» intervenne Jov'. «Te lo ripeto, Aanor non è capace di fare quello che tu chiami "teatrino". Tuttavia, come te, sarei curioso di sapere perché la nostra giovane principessa si dimostra così bendisposta a restare qui. E anche a fornirci le informazioni sulla dimora della Bestia e su quanto accade là, come mi pare di aver capito...»

Comodamente seduto sulla sua poltroncina preferita, quella color malva, Jov' si mise a tamburellare le dita tra loro.

«Siamo in attesa di chiarimenti da parte vostra, mia cara» mormorò.

Aanor chiese un bicchiere d'acqua, poi si mise a sedere. Era pronta.

«Le giornate che ho trascorso a Ephialtis mi hanno aperto gli occhi» esordì. «Avevo sempre pensato che gli incubi fossero creature pericolose. Credevo che bisognasse sbarazzarsene per assicurare il benessere degli abitanti di Oniria, come si fa con i ratti e gli scarafaggi.»

Un brivido attraversò l'assemblea. Tutti gli incubi si erano avvicinati per ascoltare la principessa e il paragone con quegli esseri spregevoli li aveva visibilmente feriti.

«Ma, quando mi trovavo là» continuò Aanor, «ho constatato con i miei occhi che tutto quello che mi hanno raccontato finora è solo una versione alterata della realtà. Anche se, ovviamente, alcuni incubi sono davvero spregevoli.»

Aanor rivolse lo sguardo dorato verso Eliott e posò una mano diafana su quella del suo salvatore. Un incendio divampò nel profondo delle viscere del giovane Creatore e lo divorò fino alle guance.

«La Bestia è il peggiore di tutti» esordì Aanor, «e non ringrazierò mai abbastanza Eliott per aver impedito che diventassi sua moglie. Non dubito che da altre parti esistano incubi pericolosi che meritano di essere imprigionati, ma tutti gli altri...»

Aanor aveva la voce rotta per l'emozione e la frase le morì in gola. Sollevò la testa e li guardò a uno a uno negli occhi: la strega Gisèle, lo zombi Albert, i fantasmi Wiz e Yaz, l'orco Chrouf, la donna blu...

«Ho capito che la gran parte degli incubi è composta solo da povera gente che non merita di vivere nei bassifondi di Ephialtis» dichiarò Aanor. «Quell'oscurità quasi permanente, la puzza, la bruttezza, la miseria che c'è laggiù... È indescrivibile! Ho visto la collera dei rivoluzionari. Mi ha fatto paura. E anche molta. Ma la capisco.»

Aanor deglutì. Aveva le lacrime agli occhi.

«E ho capito anche che mia madre si sbagliava» aggiunse infine con voce tremante.

La principessa abbassò gli occhi e ammutolì. Un silenzio emozionato accompagnò la fine del suo discorso.

«Finalmente parole che fa piacere sentire, Vostra Maestà!» risuonò la voce chiara di Jov'.

La ragazza alzò gli occhi verso di lui.

«Vi prego di chiamarmi Aanor» gli chiese. «Non sono più la principessa dei sogni. E non desidero tornare a palazzo.»

«Dice così solo perché non ha altra scelta!» intervenne

Katsia. «Sono sicura che muore dalla voglia di tornare sotto le sottane di sua madre.»

«Katsia si esprime in maniera un po' diretta, però non ha torto» osservò Jov'. «Se noi vi lasciassimo andare, non vorreste tornare a palazzo per provare a spiegare a vostra madre ciò che avete visto e capito a Ephialtis?»

«Certo che lo vorrei» mormorò Aanor.

«Ah, lo sapevo!» esultò Katsia.

«Mi piacerebbe pensare di avere abbastanza influenza su mia madre da convincerla che sta sbagliando» aggiunse Aanor. «Ma non sono stupida. So che non mi ascolterebbe.»

«In effetti, è molto probabile» commentò Jov'.

Aanor scivolò a fatica giù dalla poltroncina e andò a mettersi ai piedi di Jov', in ginocchio.

«Jov'...» esordì con voce debole ma ferma, «scoprendo Ephialtis sotto la sua vera luce, ho compreso le ragioni che vi hanno spinto alla clandestinità. Se doveste decidere di rimettermi in libertà, non potrei comunque tornare a vivere a palazzo e tanto meno ritrovare la spensieratezza che avevo solo qualche settimana fa.» Fece una pausa per riprendere fiato e poi continuò: «Credo che la mia presenza nella vostra casa oggi sia un segno del destino. E se me lo consentite, io vorrei restare con voi. Non come prigioniera, ma come membro del vostro equipaggio».

«E quale contributo pensate di poterci dare?» chiese Jov'.

«Volete davvero accettarla tra noi?» sbottò Katsia.

«Perché no?» replicò Jov'.

«Ma è strapericoloso! È come far entrare il lupo nell'ovile! Vi ricordo che anche se la signorina al momento è avvelenata, non sappiamo per quanto tempo durerà. Magari tra un paio di giorni sarà in grado di comunicare per via telepatica a sua madre tutte le informazioni necessarie affinché la CRAMO possa venire a prelevarvi come un frutto maturo sulla vostra stessa nave! Per non parlare di Eliott!»

«Aanor non mi venderà mai alla CRAMO, ne sono sicuro!» protestò il ragazzo.

Jov' li fece tacere con un gesto e inchiodò lo sguardo in quello della principessa.

«Cosa avete da dire in merito?» le domandò.

«L'unica cosa che posso fare è darvi la mia parola che non ho intenzione di rivelare niente alla regina o alla CRAMO.»

«Magari oggi è così!» intervenne Katsia. «Ma chi ci può assicurare che non cambierà idea? Voi dite che non è capace di mentire, e sarà anche così. Ma non ci può neanche dare certezze su un futuro che lei ignora!»

«No, non posso» confermò Aanor. «Sta a voi decidere se volete correre questo rischio o no.»

Jov' tamburellò le dita tra loro con aria pensierosa, poi prese di nuovo la parola: «Aanor, poco fa vi siete offerta di raccontarci quello che sapete sulla dimora della Bestia. Da quanto tempo ci stavate ascoltando?».

«Circa due minuti» rispose la principessa. «So che è stato il Mago del padre di Eliott a creare la Bestia. E vi ho sentiti parlare di un certo Jabus, ma non ho capito...»

«Ma avete sentito abbastanza per capire che un intervento del nostro equipaggio nella dimora della Bestia avrebbe come obiettivo quello di liberare il Mago del padre di Eliott. In effetti, questo permetterebbe anche di indebolire l'ascendente della Bestia sul popolo degli incubi, dato che così dovremmo riuscire a impedirle di continuare ad acquisire nuove capacità. Ma siamo ancora molto lontani dal riscatto degli incubi, ed è questo che vi sta a cuore, mi pare di aver capito. Allora, perché volete aiutarci?»

«Aanor conosce la mia storia» intervenne Eliott. «Mi ha aiutato sin dall'inizio.»

«E per quale motivo?» domandò il piccolo re.

Aanor guardò Eliott, poi Jov', infine posò gli occhi sul velluto rosa della poltroncina su cui era tornata a sedersi.

«Io...» farfugliò. «Io credo che Eliott sia il nuovo Inviato di cui ha bisogno Oniria per uscire dalla crisi in cui siamo precipitati.»

«Ma guarda! Adesso la signorina se ne viene fuori con

le vecchie leggende!» s'innervosì Katsia. «Abbiamo sentito abbastanza!»

Un mormorio agitato si levò tra i presenti. Le opinioni sembravano contrastanti. Era evidente che Katsia non era l'unica a trovare ridicole le parole di Aanor. Da parte sua, Eliott non riuscì a trattenere una smorfia imbarazzata. Aanor si era proprio intestardita su quella storia. Alla fine lo avrebbe solo messo in cattiva luce!

«Basta!» tuonò Jov'. Il vocio ammutolì all'istante, e tutti gli occhi si girarono verso la poltroncina color malva. «I più anziani tra di voi possono confermare ciò che sto per dirvi» dichiarò Jov'. «Gli Inviati e gli Eletti non sono affatto una leggenda.»

Pom', Chrouf e Gisèle annuirono in segno di approvazione sotto gli occhi sbalorditi di tutti gli altri, per primo Eliott. Anche Katsia fissava il capo dei ribelli, incredula.

«Una quarantina d'anni fa» continuò Jov', «Oniria ha dovuto affrontare una delle crisi peggiori della sua storia: la Grande Carestia. Io e la mia cara sposa Pom' siamo stati testimoni privilegiati di ciò che accadde allora. E possiamo affermarlo davanti a voi: la crisi si risolse grazie a un'Inviata venuta dal mondo terreste, e da un Eletto del mondo dei sogni che tutti voi conoscete, almeno di nome. Oggi è diventato...»

«... il Mercante della Sabbia!» completò la frase Aanor, con gli occhi luccicanti per l'emozione. «Allora avevo ragione a crederci.»

«Assolutamente, cara mia» confermò Jov' con un sorriso. Poi sollevò lo sguardo verso Eliott. Il giovane Creatore si sentì accelerare il battito. «E l'Inviata di allora non era altri che la nostra amica Lou» concluse il piccolo re. «Louise Marsac, la nonna di Eliott.»

Eliott rimase a bocca aperta. Mamilou, bandita da Oniria, era stata l'Inviata che aveva salvato il Regno dei Sogni quarant'anni prima? Perché non glielo aveva mai detto? Eliott cercò lo sguardo di Pom', che gli confermò con un cenno della testa le affermazioni dello sposo. Sconvolto, Eliott si lasciò cadere sullo schienale del divano. Una miriade di domande gli erano spuntate nella mente già abbastanza confusa, ma le sue corde vocali paralizzate per lo stupore erano incapaci di formularle.

«Dunque, anche voi pensate che Eliott sia il nostro nuovo Inviato?» domandò Aanor.

Eliott osservava il piccolo re con gli occhi sbarrati, impaziente di conoscere la sua risposta.

«Non lo so» disse Jov'. «Per avere la risposta a questa domanda, bisognerebbe consultare l'Albero-Fata. Tuttavia, tutte le Porte che conducono a questo essere magico sono state murate da vostra madre all'inizio del suo regno.»

Aanor, già molto pallida, sbiancò ancora di più. «Quindi...» balbettò. «Quindi, mia madre ha sempre saputo che l'Albero-Fata esiste ed è stata lei a far credere agli Oniriani che si trattava solo di una leggenda?»

«Temo proprio di sì» confermò Jov'.

Aanor scoppiò in singhiozzi. Pom' si precipitò a consolarla.

«La regina Dithilde aveva dei buoni motivi per agire così» le sussurrò con voce materna. «A forza di aspettarsi la salvezza grazie all'intervento dell'Albero-Fata, alla fine gli Oniriani si erano abituati a non prendere più iniziative...»

«E per una volta la regina Dithilde ha avuto ragione!» esclamò Katsia. «Se abbiamo un problema, dobbiamo risolvercelo noi. Starsene a braccia incrociate nella speranza che le preoccupazioni spariscano da sole è l'atteggiamento più stupido del mondo.»

«Sono d'accordo con te, Katsia» convenne Jov'. «In ogni caso, ti assicuro che gli Inviati e gli Eletti sono una realtà. E non è impossibile che Aanor abbia ragione per quanto riguarda Eliott. Soprattutto alla luce di quello che abbiamo scoperto questa sera! Il destino di suo padre è chiaramente legato a quello di Oniria. E probabilmente la presenza di Eliott nel mondo dei sogni non è un caso. Dobbiamo andare a consultare l'Albero-Fata.»

«Ho sentito abbastanza!» sbottò l'avventuriera. «Prima vi lasciate abbagliare dalle moine di questa mocciosa a dispetto della più elementare prudenza, e adesso vi mettete in testa di lanciarvi in imprese esoteriche! Francamente, mi sono rotta. Io me ne chiamo fuori.»

Gesticolando mentre parlava, Katsia si diresse a passo energico verso le camere e scomparve sbattendo la porta. Seguì un silenzio imbarazzato, cadenzato dai singhiozzi della principessa. Da parte sua, Eliott non sapeva più a cosa pensare. Suo padre, La Bestia, Aanor, Mamilou, l'Albero-Fata, tutto si mescolava nella sua mente.

«Eliott!» lo chiamò Jov'.

Il giovane Creatore si girò verso il capo dei ribelli con il volto stralunato.

«Capisco che siano molte informazioni da digerire in un colpo solo» continuò Jov' in tono dolce, «e che tu sia molto stanco. Ma abbiamo ancora qualcosa di importante da fare questa sera.»

«Cosa?» domandò Eliott con voce spenta.

«Vorrei che tu portassi tutta la squadra a Oza-Gora» rispose Jov'. «Il Mercante della Sabbia saprà come condurci fino all'Albero-Fata. Ti senti in grado di effettuare una dislocazione istantanea?»

«Credo di sì.»

«Allora andiamo» incalzò Jov' dirigendosi a passo svelto verso la porta della sala comandi, seguito dal capitano Zrrrrk.

«Posso venire anch'io con voi?» domandò Aanor.

Jov' si girò verso la giovane principessa.

«Non ho chiesto a Eliott di portare tutta la squadra?»

«Oh, grazie!» esclamò Aanor. «Grazie di cuore per la fiducia!»

In uno slancio spontaneo, la principessa si precipitò al collo del piccolo re e lo baciò sulle guance, ma era ancora così debole che subito si accasciò ai suoi piedi. Chrouf dovette aiutarla a rimettersi a sedere, e dalla poltroncina la ragazza rivolse a Eliott un sorriso radioso che a lui scombussolò le budella.

«Ahia!» gridò all'improvviso il giovane Creatore.

Farjo gli aveva appena assestato una violenta gomitata nelle costole.

«Torna tra noi!» ridacchiò la scimmia. «Hai quindici persone da portare a Oza-Gora tramite dislocazione istantanea. E io non voglio rimanere qui. Devi restare concentrato.»

Eliott fece una smorfia imbarazzata.

«Sai? Mi scoccia proprio che Katsia non venga con noi. Ma è così testarda...»

«Non preoccuparti, ci penso io!» esclamò la scimmia saltando giù dal divano per dirigersi verso le camere.

Due minuti dopo Farjo rientrò nel salone con portamento impettito.

Eliott gli corse incontro e chiese: «Sei riuscito a convincerla?».

«Affermativo. Verrà anche lei.»

«Come hai fatto?»

«Elementare, mio caro Eliott!» si vantò la scimmia. «Le ho detto che nemmeno io mi fido di Aanor, che mi preoccupa molto il fatto che una mocciosa di palazzo possa sapere tutto di noi e che ho bisogno del suo aiuto per tenerla d'occhio.»

Eliott scrutò l'amico socchiudendo gli occhi.

«Ma tu ti fidi di Aanor, vero?» gli domandò.

«Certo che sì!» esclamò la scimmia in una risata. «Hai visto che occhi grandi e dorati che ha? Come si fa a non fidarsi di una ragazza così? E non credo proprio che tu mi possa dire il contrario!»

A quel punto fu Eliott ad assestare una gomitata nelle costole dell'amico.

35

L'ALBERO-FATA

Il Mercante della Sabbia sgranò gli occhi pesanti per la stanchezza quando vide comparire all'improvviso nel suo ufficio diciassette persone al seguito di Til. Una volta tornato in sé, strinse a lungo Jov' e Pom' tra le braccia. Il legame di affetto che li univa era evidente. Poi salutò rapidamente Eliott, Katsia e Farjo, e rivolse a ciascuno degli altri visitatori un cenno della testa. Quando posò lo sguardo sulla principessa Aanor, tenuta ferma da Chrouf e sorvegliata da vicino da Katsia, si abbandonò a un lungo sospiro rumoroso.

«Bene, vedo che le risposte vengono a me senza che abbia bisogno di cercarle. Tanto meglio, così potremo chiarire tutta questa storia più in fretta.»

«Quale storia?» domandò Jov'.

«Il secondo rapimento della principessa Aanor!» esclamò il Mercante della Sabbia in un tono come se fosse la cosa più ovvia del mondo. «Non è per questo che sei venuto da me?»

«Be', a dire il vero no» rispose Jov'. «Ma ti prego, amico mio, spiegaci meglio.»

«Avete combinato un gran bel pasticcio nelle relazioni diplomatiche tra Oniria e Oza-Gora utilizzando il Mago di Dwayne Sunbolt per rapire la principessa Aanor!» li rimproverò il Mercante della Sabbia. «Per placare gli animi ho dovuto promettere alla regina di condurre un'indagine. E confesso che non capisco proprio cosa vi abbia spinti ad agire in questo modo. Soprattutto tu, Jov'. Til mi ha riferito che hai dato la tua autorizzazione. Ti credevo più prudente...»

«Non è stata colpa di Jov'» intervenne Eliott. «Lui non sapeva niente.»

«Cosa?!» esclamò Til. «Ma tu mi avevi giurato che...»

«Ho mentito per convincerti ad aiutarmi» confessò Eliott a testa bassa. «Anzi, Jov' mi aveva raccomandato di non cercare di liberare Aanor. Ma non l'ho ascoltato. Non sopportavo l'idea di lasciare che La Bestia la sposasse senza fare niente.»

Il Mercante della Sabbia sospirò chiudendo gli occhi.

«Eliott, ti rendi conto che utilizzando un analogo per liberare Aanor da Ephialtis forse hai rischiato di violare la legge immutabile numero cinque?»

«Ma non l'ho fatto per mio interesse personale!» si difese Eliott. «Bisognava salvare Aanor prima che fosse troppo tardi.»

«A volte le linee che delimitano l'interesse personale sono sottili» ribatté in tono secco il Mercante della Sabbia. «Non si utilizzano gli analoghi per interferire negli affari di Oniria, punto e basta. Dovrai sottometterti a giudizio davanti alla commissione di giustizia del Gran Consiglio di Oniria per quello che hai fatto.»

«Ma io...» farfugliò Eliott con voce tremante.

«Comunque sia» lo interruppe il Mercante della Sabbia, «è chiaramente fuori questione che ti mandi davanti a questa commissione nella situazione attuale.»

«Grazie» mormorò Eliott abbassando la testa.

«Ma devi prendere coscienza delle conseguenze delle tue azioni» continuò il Mercante della Sabbia con severità. «Non potendo portare a termine il piano di sposare la principessa Aanor, La Bestia si è inventato un altro modo per affermare il proprio potere nei confronti della regina Dithilde.»

«Quale?» domandò Jov', inquieto.

«Ieri ha dichiarato la nascita di una repubblica indipendente degli incubi» rivelò il Mercante della Sabbia.

«Cosa?!» gridarono in coro diciassette paia di labbra.

«In questo momento si stanno tenendo delle elezioni a Ephialtis per eleggere il presidente di questa nuova repubblica» aggiunse il Mercante della Sabbia. «La Bestia è l'unico candidato, quindi non ci sono dubbi sul risultato dello scrutinio. Invece, ciò che noi attendiamo con impazienza è la prima mossa del nuovo presidente della repubblica degli incubi. Ciò ci permetterà di capire quali sono le sue reali intenzioni.»

Un concerto di mormorii si levò nell'ufficio. Alcuni erano indignati. Altri facevano pronostici sulle intenzioni della Bestia. Soltanto Jov' rimase silenzioso, concentrato, l'aria preoccupata.

«Non volevo creare problemi» borbottò Eliott. Si sentiva le budella attorcigliate per la vergogna e la confusione.

«Lo so» ribatté il Mercante della Sabbia. «Ma interferendo nella vita politica di Oniria hai inevitabilmente legato il tuo destino alla tragedia che si sta abbattendo sul Regno dei Sogni in questo momento.»

«Il destino di Eliott è legato a quello di Oniria in modo molto più profondo di quanto tu possa immaginare, caro mio» commentò Jov'.

Il Mercante della Sabbia inarcò un sopracciglio interrogativo verso il vecchio amico.

«Questa sera abbiamo scoperto che il Mago che ha creato La Bestia è niente meno che Philippe Lafontaine, il padre di Eliott. L'apprendista renaiolo che è fuggito da Oza-Gora, come si chiama ...»

«Jabus» sbuffò il Mercante della Sabbia.

«Proprio lui» confermò Jov'. «Ebbene, questo tizio non ha portato via la *Replica dormitiva* del padre di Eliott per caso. Se ne serve per permettere alla Bestia di acquisire nuove capacità. Ed è grazie a questo trucchetto che il futuro presidente della repubblica degli incubi si assicura il dominio psicologico sulla povera gente di Ephialtis.»

«Il suo dominio non è soltanto psicologico» intervenne Aanor in tono grave. «La Bestia sta per diventare la creatura più potente del nostro mondo. Tra le altre cose, può già trasformarsi in essere umano, modificare le proprie dimensioni a piacere e persino uscire da Ephialtis quando gli pare. Ben presto sarà così potente che nessuno potrà fermarla.»

Un silenzio grave si abbatté sull'ufficio del Mercante della Sabbia. L'inquietudine era palpabile. Eliott sapeva per istinto che tutti loro avevano in mente la stessa idea: la frode messa in atto dalla Bestia con l'aiuto di Jabus doveva cessare quanto prima. Non soltanto per la salvezza di suo padre, ma anche per quella di Oniria.

«Bene, in tal caso, credo che ci rimanga una sola cosa da fare» commentò il Mercante della Sabbia.

«Siamo d'accordo, mio caro amico» convenne Jov'.

Quando varcarono il cancello di Oza-Gora, ogni traccia di nervosismo era scomparsa dal viso affaticato del Mercante della Sabbia. Su sua indicazione, il piccolo gruppo formò un cerchio, ognuno tenendo per mano i due compagni vicini.

«Per raggiungere l'Albero-Fata non useremo una Porta» annunciò. «Chiameremo l'essere magico e poi ci lasceremo trascinare dalla sua energia. Detto così può sembrare complicato, ma vedrete che in realtà è molto semplice. Ora pronuncerò la formula. Chiudete gli occhi e lasciate che ogni singola parola vi penetri nella mente.»

Eliott obbedì. La mano del Mercante della Sabbia era ferma e rassicurante. Quella di Jov', morbida e calda. Il giovane Creatore era molto scosso a causa degli ultimi eventi, ma con loro si sentiva al sicuro.

La voce del Mercante della Sabbia risuonò, forte e serena:

Tu sei colei che sa, che vede e che rammenta,
Io colui che cerca, che dubita e che battaglia.
La tua saggezza è leggenda, il tuo giudizio senza falla,
Son qui a chiedere il tuo aiuto, fa' che non attenda!

Non appena il Mercante della Sabbia ebbe pronunciato l'ultima parola, Eliott si sentì travolgere da una forza straordinaria. Era come se una ventosa gigantesca attirasse ogni singola particella del suo corpo verso un luogo che lui ignorava. Ma era una ventosa piacevole, la cui forza irresistibile aveva in sé anche una dolcezza senza pari.

Quando riaprì gli occhi, Eliott si ritrovò in cima a una collina, con il Mercante della Sabbia e tutti gli altri. Il cerchio si sciolse lentamente in una fila. Tutti ammiravano il paesaggio. E tutti erano sbalorditi. Persino il Mercante della Sabbia, che conosceva quel luogo, non sembrava affatto insensibile alla sua bellezza. In basso, un ammasso di casette diroccate ricordava le rovine di quei paesi antichi di alta montagna del mondo terrestre, abbarbicati nei luoghi più improbabili. In lontananza, quattro picchi rocciosi si innalzavano al cielo, impressionanti. Un quinto, più vicino, sembrava quasi inclinato su un fianco. E, intorno, nient'altro. Un cielo blu e nuvole a perdita d'occhio. Il tutto aveva l'antica maestosità dei grandi siti archeologici.

Ma c'era anche qualcos'altro.

Eliott socchiuse gli occhi. Quei picchi avevano una forma familiare. Quelle sommità arrotondate, quei solchi orizzontali che segnavano il cambio di pendenza, quelle proporzioni... Eliott soffocò un grido di stupore. Dita! Quelle forme rocciose non erano picchi montagnosi, ma straordinarie dita di pietra che si ergevano al cielo, attaccate a una mano monumentale di cui le rovine occupavano il palmo. In quanto alla collina su cui erano atterrati, quella non era altro che la zona carnosa situata alla base del pollice.

Eliott si voltò di scatto e per poco non perse l'equilibrio. Dall'altro lato, dove doveva esserci un polso smisurato, c'era invece uno smottamento scosceso di terra e pietre. E, a parecchie centinaia di metri più in basso, la superficie liscia di una calma distesa d'acqua. Quella gigantesca mano di pietra fluttuava alla deriva tra il cielo e il mare, in mezzo alle nuvole.

«Andiamo» incalzò il Mercante della Sabbia, strappando Eliott dalla sua contemplazione. «È proprio quaggiù.»

L'uomo cominciò a scendere lungo la collina e tutti gli altri lo seguirono, Eliott in testa. Nessuno parlava. Probabilmente non avevano le parole adatte per descrivere ciò che provavano. Una volta giunti alla base della collina, attraversarono quello che un tempo doveva essere stato un camminamento molto frequentato, ma che ormai non era altro che un mucchio di vecchie pietre infestato dai rovi. Poi scesero ancora lungo i gradoni larghi e piatti di un anfiteatro di pietra per arrivare infine in una radura verdeggiante, nel palmo della mano di pietra. Al centro della radura, un unico albero maestoso che dava l'impressione di essere sempre stato lì. Eliott non riusciva a capire a quale specie appartenesse, ma una cosa era certa: mai ne aveva visto uno così bello.

Il Mercante della Sabbia si avvicinò all'albero in silenzio, portando con sé il giovane Creatore. Poi si fermò a una quindicina di metri dal tronco, senza dire nulla. Il ragazzo si sentiva martellare il cuore nel petto e non sapeva cosa aspettarsi.

All'improvviso le foglie dell'albero presero a muoversi, anche se non soffiava un filo di vento. A poco a poco, la parte del tronco alla base dei rami cambiò forma. La corteccia si levigò e si schiarì, e due rami più bassi si accorciarono per diventare braccia graziose che terminavano con mani umane. Si disegnarono le spalle, poi il viso di una donna con i capelli del colore del fogliame. Era affascinante, abbagliante, meravigliosa... Eliott cercava invano l'aggettivo più adatto quando l'Albero-Fata posò su di lui uno sguardo indecifrabile. In quel momento lui si sentì così piccolo e nudo come il più insignificante dei vermi. Ma, allo stesso tempo, capì di essere infinitamente prezioso agli occhi di quell'essere magico.

La Fata posò poi lo sguardo sul Mercante della Sabbia e sorrise.

«Buongiorno, Amastan. Sono felice che sia stato tu a svegliarmi.»

Eliott trasalì. Era la prima volta che qualcuno chiamava il Mercante della Sabbia con il suo vero nome davanti a lui. E, quel nome, lo aveva già sentito prima. Una sola volta. Dalla bocca di Mamilou, l'indomani del suo primo viaggio a Oniria con la clessidra. Amastan. Era il nome dell'apprendista renaiolo che aveva consegnato la clessidra a Mamilou, quando era ancora una ragazza. Fino a quel momento, Eliott non aveva mai fatto il collegamento tra quell'Amastan e il Mercante della Sabbia...

«Buongiorno, Albero-Fata» la salutò il Mercante della Sabbia con un inchino riverente.

Eliott sentì un fruscio alle sue spalle e si voltò, incuriosito. Tutti gli Oniriani, come anche Til, si erano inginocchiati. Solo il Mercante della Sabbia era rimasto in piedi. Eliott si affrettò a posare un ginocchio a terra come loro. Non voleva assolutamente rischiare di mancare di rispetto all'Albero-Fata.

«Mi hai portato un Creatore» mormorò quell'essere incantato.

«Proprio così» confermò il Mercante della Sabbia. «Questo ragazzo è venuto nel mondo dei sogni con un obiettivo. Desidera far guarire il padre malato. Ma oggi ci è ormai chiaro che il suo compito va ben oltre a quello che avevamo immaginato...»

Il Mercante indietreggiò di tre passi, lasciando il giovane Creatore in prima fila di fronte all'Albero-Fata. Privato della presenza rassicurante dell'omone, Eliott si sentì paralizzato. Cosa si aspettavano da lui adesso? Cosa doveva fare? Non si azzardava a guardare l'essere magico o a fare né domande, né gesti. Era già tanto se osava appena respirare.

«Non avere paura, giovane Creatore» mormorò l'Albero-Fata. «Il mio ruolo è quello di aiutarti e di guidarti.»

Eliott sollevò la testa. La Fata lo stava guardando con incredibile dolcezza, sorrise e gli ordinò: «Avvicinati!».

Eliott si gettò un'occhiata alle spalle. Sia Jov' che il Mercante della Sabbia lo incoraggiarono ad avanzare con un cenno della testa. Lui fece qualche passo esitante in direzione dell'Albero, si voltò di nuovo, poi riprese ad avanzare. Si sentiva la bocca secca e gli arti intorpiditi. Quando arrivò a pochi centimetri dal tronco, la Fata gli posò le mani sulle spalle e l'intero fogliame dell'Albero si chiuse intorno a lui. All'improvviso, Eliott non aveva più paura. Si sentiva bene. Molto bene, in realtà. Al sicuro in quel bozzolo protettivo, provava la piacevole sensazione di trovarsi esattamente dove doveva essere.

«Chiudi gli occhi» gli sussurrò dolcemente la Fata.

Eliott obbedì. Subito, delle immagini presero a danzargli nella testa. Vide suo padre, sorridente, seduto ai piedi di un immenso albero di Natale nell'appartamento di Rue de Lisbonne. E lui sorrise a sua volta. Sì, era proprio quello che desiderava di più al mondo. Ma quell'immagine si sfuocò per fare posto ad altre, molto più cupe. Eliott vide per primo il viso di Aanor sfigurato per il dolore. Gridava: "Eliott! Eliott!". Poi vide Katsia che avanzava verso Farjo con uno sguardo freddo e un pugnale in mano, pronta a colpire, mentre la scimmia, per lo sgomento, non osava fare il minimo movimento. Vide anche Sigurim che volava via dall'alto di una scogliera sghignazzando. Poi Mamilou che lottava corpo a corpo contro un uomo con un cappello nero. La regina Dithilde che piangeva lacrime di sangue. E un esercito di incubi che invadeva Hedonis, devastando ogni cosa al suo passaggio. Vide infine il proprio corpo disteso su un letto, inerte, e le gemelle che singhiozzavano... Eliott spalancò gli occhi di scatto. Grosse gocce di sudore gli imperlavano la fronte.

«Ma cosa è stato?» si allarmò. «Cosa significano queste immagini? Ho visto il futuro?»

«Qualsiasi futuro è possibile» rispose l'Albero-Fata. «Dipende solo da te.»

«Da me?» si stupì Eliott.

«Da te» confermò l'Albero-Fata. «Tutto quello che hai visto dipende da te. Con le tue azioni puoi favorirlo o impedirlo.»

«Ma ho visto cose...» sbuffò Eliott. «Cose terribili!»

«Tu hai una missione da compiere in questo mondo» annunciò l'Albero-Fata. «Ma si tratta di una missione pericolosa. Tutto quello che ti ho mostrato può accadere. Puoi anche perdere la vita. Perciò devi essere tu a prendere la decisione. Accetti di diventare l'Inviato?»

«Ma cosa vi aspettate che faccia?» implorò il giovane Creatore. «Sono solo un ragazzo!»

«Se accetti questa missione, i tuoi nemici saranno numerosi, ma anche i tuoi alleati» spiegò l'Albero-Fata.

Non era la risposta chiara che si aspettava Eliott.

«Sento che c'è qualcosa che ti trattiene» mormorò l'Albero-Fata. «Che cos'è?»

«Io... io ho paura.»

«Senza paura non c'è coraggio, Eliott» ribatté l'Albero-Fata.

«Voi sapete il mio nome?»

«So molte cose su di te. Cose che tu stesso ignori. Per esempio, so che puoi farcela.»

«Ma a fare cosa?» insistette Eliott. «A salvare mio padre? A convincere la regina Dithilde a sbarazzarsi del grifone? A riportare la pace a Oniria? Ma come? Cosa devo fare? Tutto quello che ho fatto negli ultimi giorni ha solo complicato le cose e deluso le persone che mi hanno aiutato!»

«Ma tutto ciò ti ha portato fino a me, e questa è una buona cosa» replicò l'Albero-Fata. «Devi fidarti del tuo istinto, Eliott, è il tuo migliore alleato. Ascolta quello che ti dice il tuo cuore. Ti dice di proseguire questa missione?»

Eliott chiuse gli occhi, e subito le immagini che gli aveva mostrato l'Albero-Fata gli invasero di nuovo la mente. La loro interpretazione era chiara: se avesse accettato di diventare l'Inviato, avrebbe rischiato la sua vita, quella dei suoi amici Aanor, Farjo e Katsia sarebbe stata sconvolta, e quella di Mamilou e delle gemelle sotto minaccia. Il buonsenso gli diceva di rifiutare: era troppo pericoloso! La posta in gioco era troppo alta! Eppure... Eliott inspirò profondamente e concentrò tutta l'attenzione sul battito del suo cuore. Un richiamo gli saliva dalle viscere, profondo, palese. Gli dava un ordine inequivocabile: proseguire. Non soltanto perché quella era l'unica possibilità per salvare suo padre. No. C'era dell'altro. Rifiutandosi di creare l'esercito che la regina Dithilde gli aveva ordinato al suo arrivo a Oniria, ostinandosi a cercare il Mercante della Sabbia malgrado gli ostacoli, insistendo nella ricerca anche se la sua presenza a Oniria era indesiderata, liberando Aanor contro il parere di tutti, Eliott aveva già preso posizione. Arrendersi ora era semplicemente inconcepibile. Doveva diventare l'Inviato. Non poteva fare altrimenti.

Riaprì gli occhi. Non ebbe bisogno di parlare. Capì dal sorriso dell'Albero-Fata che sapeva già cosa aveva deciso. E, senza alcuno scambio di parole, Eliott sapeva cosa doveva fare. Si voltò, e la Fata aprì le braccia e il fogliame.

«Questo ragazzo è l'Inviato destinato a salvare Oniria dalla minaccia che la opprime» annunciò. «D'ora in poi, il suo destino e quello del nostro mondo saranno legati.»

A Eliott vennero i brividi nel sentire l'Albero-Fata dare l'annuncio in maniera così solenne. Guardò a uno a uno gli amici oniriani e oza-goriani che aveva di fronte. Avevano qualcosa di diverso nello sguardo. Erano cambiati loro o lui? Il Mercante della Sabbia lo fissava con aria fiduciosa. Non sembrava sorpreso da quello che aveva appena sentito. Jov' e Pom' sorridevano stringendosi l'uno all'altra come genitori commossi. Gli parve di scorgere un bagliore di orgoglio nei loro occhi. Aanor sfoggiava un sorriso radioso che contrastava con la smorfia incredula di Katsia, proprio accanto a lei. Farjo, Til, Gisèle e tutti gli altri sembravano impressionati. Eliott sentiva che erano sul punto di inginocchiarsi di fronte a lui per pregarlo di lasciar perdere. La situazione era già abbastanza complicata!

«Eliott» continuò l'Albero-Fata, «per aiutarti nella tua missione, ti affido questo.» I rami si agitarono con un fruscio delicato, e l'essere magico gli mise tra le mani una boccetta di giada. «Questo elisir farà di te un guaritore» spiegò poi. «Se lo bevi, potrai guarire qualsiasi ferita.»

«Grazie» farfugliò il ragazzo contemplando la boccetta verde.

Sembrava tutto così irreale! Eliott aveva la strana impressione di aver assunto il ruolo effimero del personaggio di un romanzo o di un film. Ma la dolce freschezza della giada che stringeva tra le mani gli ricordò che era a lui che l'Albero-Fata aveva appena consegnato quel prezioso regalo. E che tutta quella faccenda era molto seria.

«Con un sorso di questo elisir» precisò l'Albero-Fata «diventerai guaritore per un'ora. Ma fai attenzione, per tutto questo tempo perderai i tuoi poteri di Creatore, compresa la dislocazione. Dovrai scegliere tra le due possibilità.»

«Va bene, ho capito.»

«Allora, sii coraggioso, Eliott l'Inviato» concluse l'Albero-Fata. «Il mondo dei sogni conta su di te.»

Eliott storse la bocca. Era proprio il genere di frase che poteva fargli rimpiangere di aver accettato!

Il Mercante della Sabbia avanzò di qualche passo e si mise di fronte al resto del gruppo.

«Ora dovremo cercare l'Eletto che accompagnerà Eliott in questa missione» annunciò. «Un tempo arrivavano volontari da tutto il Regno per partecipare alla selezione. Ma, date le circostanze, trovo opportuno avviare la ricerca senza fare troppa pubblicità...»

«Non sarà necessario, Amastan» lo interruppe l'Albero-Fata. «Il nuovo Eletto è qui, tra di voi. Avverto la sua presenza.»

Eliott trasalì. Si avvicinò alla fila osservando ciascuno dei presenti. Chi, tra di loro, da quel momento in poi avrebbe inesorabilmente legato il proprio destino al suo?

«Bene» commentò il Mercante della Sabbia scandagliando il gruppo con lo sguardo, «questo ci facilita il compito.

Vi ricordo che la missione dell'Eletto richiede coraggio, tenacia, abnegazione e un grande senso dell'onore. L'Inviato e l'Eletto devono poter contare l'uno sull'altro in qualsiasi circostanza. È questa la loro forza. Allora, chi vuole candidarsi?»

«Io!» esclamò Aanor facendosi avanti con l'aiuto di Chrouf. «Ristabilire la pace a Oniria è il mio più grande desiderio.»

«Anch'io!» annunciò la donna blu.

«Non avete speranze, ragazze!» ridacchiò Farjo superandole con un salto. «L'Eletto sarò io. Vi faccio notare che io ho già salvato la vita a Eliott una volta. Sono in vantaggio! Formiamo un duo formidabile, io e l'amico mio, e tra l'altro...»

«Grazie, Farjo» lo interruppe il Mercante della Sabbia. «Credo che tu abbia reso l'idea.» Poi si voltò verso il resto del gruppo: «Nessun altro?»

Silenzio.

Dopo qualche istante, Til avanzò timidamente.

«Se me lo consentite, maestro» disse rivolgendosi al Mercante della Sabbia, «anch'io vorrei presentare la mia candidatura.»

Il Mercante della Sabbia abbozzò un sorriso.

«Sono fiero di te. Sarà un onore per Oza-Gora se verrai scelto tu.»

La donna blu avanzò per prima verso l'Albero-Fata, che subito chiuse i suoi rami su di lei. Rimase circa un minuto all'interno del bozzolo, poi i rami si aprirono.

«Non sono io» annunciò la donna, una volta uscita.

Detto questo, si voltò verso Eliott.

«Inviato» esordì in tono solenne, «voglio che tu sappia che io ci sarò sempre se avrai bisogno del mio aiuto. Puoi contare su di me.»

«Grazie» farfugliò il ragazzo, imbarazzato per essere oggetto di così tanta attenzione.

Farjo saltellò a sua volta verso l'Albero-Fata, rivolgendo a Eliott un sorrisetto complice, e sparì tra il fogliame.

Quando ne riemerse, qualche minuto dopo, sembrava appena sceso dalle montagne russe. Fece un paio di passi titubanti e poi si precipitò dietro l'albero per vomitare. Quando ricomparve, aveva quell'espressione seria che lo faceva sembrare strabico.

«Amico mio» disse infine, «non sono io l'Eletto. Ma ti avverto, non permetterò che accada quello che ho appena visto. Eletto o no, per me non cambia niente: io sono con te!»

«Grazie, Farjo» abbozzò Eliott con voce strozzata.

Sapere che il possibile futuro che l'Albero-Fata aveva mostrato a Farjo era riuscito a farlo vomitare non era molto rassicurante. Il giovane Creatore rivolse un'occhiata ansiosa verso gli ultimi due candidati. Aanor e Til guardavano l'Albero-Fata con deferenza. L'inclinazione naturale di Eliott lo spingeva a desiderare che la scelta dell'Albero-Fata cadesse sulla giovane e bella principessa. Dopotutto, era stata lei a presagire per prima che lui sarebbe diventato l'Inviato. E poi, formare un duo con lei, condividere tutto... Quell'idea gli scaldava il cuore e gli rimestava le viscere! Ma dovette subito ricredersi. Quella sensazione nel basso ventre gli sembrava più una fonte di distrazione che un aiuto per affrontare la sua missione! Quindi, tutto sommato, forse Til era un candidato migliore. Aveva tutte le qualità per diventare un punto di riferimento, una persona d'indole riflessiva alla quale Eliott si sarebbe potuto affidare senza timore. Il giovane renaiolo, modello di rettitudine e impegno, aveva già dimostrato di essere in grado di incoraggiare Eliott e anche di impedirgli di fare sciocchezze.

Til avanzò a sua volta verso l'Albero-Fata. Scomparve tra i rami e ci rimase molto più a lungo rispetto ai due candidati precedenti. A poco a poco, si levarono dei brusii tra i presenti. Cosa significava tutto ciò? Era lui l'Eletto? Ardente d'impazienza, Eliott lanciava occhiate interrogative al Mercante della Sabbia, che fingeva di non accorgersene. Accanto a lui, Farjo trepidava mordendosi la coda.

Finalmente il bozzolo si aprì e ricomparve Til. Si avvicinò all'Inviato con aria decisa.

«Eliott, se lo desideri, mi piacerebbe molto darti il mio sostegno in questa missione.»

«Certo» rispose il ragazzo con il cuore a mille, «sarei felice se tu mi accompagnassi.»

Til sorrise, poi si voltò verso il Mercante della Sabbia.

«Maestro, il mio apprendistato al Palazzo di Vetro è terminato. E, se non fosse stato dichiarato lo stato di emergenza, in questo momento starei viaggiando in solitaria per Oniria prima di assumere il compito di trapassatore, come hanno fatto tutti gli altri renaioli prima di me. Questa settimana mi avete chiesto più volte di mettermi a disposizione di Eliott. Permettetemi di continuare lungo questo cammino e di accompagnarlo nella sua missione, ovunque lo porterà.»

Il Mercante della Sabbia posò una mano sulla spalla del giovane.

«D'accordo» replicò, emozionato. «Avrai l'autorizzazione. Potrai andare e venire a tuo piacimento, secondo le necessità della missione.»

«Grazie» mormorò Til.

«Allora, ci siamo?» domandò Eliott in finto tono scherzoso. «L'Inviato e l'Eletto sono riuniti, e nessuno di noi sa da che parte cominciare?»

Til si voltò a guardarlo.

«No, non sono io l'Eletto.»

Eliott spalancò la bocca, sbalordito. Non si aspettava davvero quella risposta. Si sentì un dolce fruscio tra le foglie dell'Albero.

«Ho esitato a lungo sul caso di questo giovane» spiegò l'Albero-Fata. «E probabilmente avrei scelto lui, se non avessi avvertito tra voi la presenza di un vero Eletto.»

Tutti gli sguardi si posarono sulla fragile Aanor. Chrouf l'aiutò ad avanzare fino all'essere magico. Poi fu lo stesso Albero-Fata a sorreggerla tra i suoi rami con infinita delicatezza, e il bozzolo si chiuse. Eliott fissava il fogliame con il cuore che gli martellava nel petto. Allora, era lei alla fine? Era lei che lo avrebbe accompagnato! Un sorriso gli tese le labbra senza che lui potesse controllarlo, e tutto il suo essere fu pervaso da un dolce calore. Quando Aanor ricomparve qualche minuto dopo, si precipitò subito verso di lei.

«Sono così felice che sia tu!» esclamò.

«No, non sono io.»

Eliott si fermò di colpo, allibito. Come non era lei? Un mormorio soffocato si levò alle spalle dell'Inviato. Era chiaro che tutti si stavano facendo la stessa domanda.

«L'Albero-Fata mi ha mostrato la via che devo seguire, e ne sono molto felice» disse la principessa posando su Jov' il suo sguardo dorato. «Credevo che il mio desiderio più grande fosse diventare l'Eletta, ma mi sbagliavo. Ora so per certo che il mio posto è accanto a voi. Sarà così che servirò al meglio il Regno dei Sogni.»

«E io sono felice di potervi avere tra noi» dichiarò Jov'.

«Ma, se non sei tu, chi è l'Eletto?» domandò Eliott.

Aanor scrollò le spalle. Non lo sapeva. Eliott si voltò e scrutò a uno a uno i visi che lo stavano osservando con aria sbigottita. Spostava lo sguardo da uno all'altro senza capire. Chi tra loro era destinato ad accompagnarlo in quella missione?

«E va bene» borbottò una voce.

Eliott girò la testa. Era Katsia. L'avventuriera stava marciando dritta verso l'Albero-Fata con incedere furioso.

«Fatemi vedere questo vostro strano giochetto con i rami, ma smettetela di fissarmi così!»

L'Albero-Fata l'avvolse tra il fogliame. Non ci rimase a lungo. L'avventuriera ricomparve meno di un minuto dopo e avanzò verso Eliott a passo svelto e un'espressione determinata in viso.

«Tu hai il dono di scombussolarmi la vita, piccoletto!» esclamò. «Prima di conoscerti non avrei mai immaginato di mettere piede a Oza-Gora o di arruolarmi nella CRA-

MO. Per colpa tua, mi sono appena fatta frastornare la testa da una fata di cui ignoravo l'esistenza fino a un'ora fa...»

Eliott si dondolava da un piede all'altro, senza capire se l'avventuriera fosse felice o furibonda per tutti quegli sconvolgimenti.

«E ho l'impressione che non sia finita qui!» aggiunse Katsia con un sorriso. «A quanto pare hai bisogno di una baby-sitter, e questa signora coi capelli verdi è convinta che sia compito mio. Quindi, qua la mano, piccoletto! L'avventura continua!»

Un brusio attraversò l'assemblea. Eliott strinse con gesto meccanico la mano che gli tendeva l'avventuriera, ma non era sicuro di aver capito bene quello che aveva detto.

«Katsia è l'Eletta che accompagnerà Eliott nella missione» spiegò l'Albero-Fata. «D'ora in poi il destino di entrambi sarà legato a quello di Oniria.»

Ecco l'annuncio ufficiale. Per un brevissimo istante, Eliott ebbe l'impressione che il tempo si fosse fermato. Katsia. Katsia, la combattente dal sangue freddo che non si fidava completamente di nessuno. Katsia, l'avventuriera senza scrupoli, talvolta violenta, spesso imprevedibile, ma sempre integra. Era lei che sarebbe diventata la sua compagna di ogni giorno. Eliott non sapeva se rallegrarsene o meno. Era talmente diversa da lui! Certo, Katsia l'aveva tirato fuori dai guai più volte, e sapeva di poter contare su di lei. Insieme si erano fatti anche qualche bella risata... Ma, diversamente che con Farjo, Aanor o lo stesso Til, che conosceva da molto meno tempo, c'era sempre un qualcosa che gli impediva di sentirsi del tutto a proprio agio con Katsia. Forse perché quella ragazza non sapeva esprimere i propri sentimenti se non con la violenza? O perché, con lei, non si sapeva mai cosa aspettarsi?

Katsia scoppiò in una sonora risata.

«Be', di' qualcosa!» esclamò. «Guarda che faccia che hai! Non sembri tanto contento!»

«Io... Sì, sì!» farfugliò Eliott.

«L'Albero-Fata sceglie sempre il candidato migliore» gli sussurrò all'orecchio il Mercante della Sabbia. «Puoi fidarti.»

Eliott trasalì. Anche il Mercante della Sabbia era stato un Eletto, doveva sapere di cosa parlava...

«Ho un regalo anche per te, Katsia» disse l'Albero-Fata interrompendo le riflessioni di Eliott.

Katsia si avvicinò al tronco e le foglie presero a scuotersi come per l'effetto di un vento violento. Poi l'Albero depositò un oggetto tra le mani dell'avventuriera. Era un pugnale. Un lungo pugnale dal manico intarsiato di giada. Eliott soffocò un grido. Era proprio con quel pugnale che Katsia minacciava Farjo nella visione che aveva avuto poco prima...

«Con questo pugnale» annunciò l'Albero-Fata «potrai uccidere qualsiasi creatura dei sogni o degli incubi.»

«Uccidere?» ripeté Katsia con una punta di eccitazione nella voce. «Uccidere definitivamente?»

«Definitivamente» confermò l'Albero-Fata.

Eliott lanciò un'occhiata allarmata al suo amico Farjo.

«Grandioso!» gridò Katsia.

La scimmia aggrottò le sopracciglia. Non capiva perché Eliott lo avesse guardato in quel modo.

«Ma non si può mettere fine all'esistenza altrui impunemente» aggiunse l'Albero-Fata.

«Cosa vuol dire?» domandò l'avventuriera, mentre provava qualche mossa con la nuova arma.

«Vuol dire che ogni volta che darai un colpo fatale con questo pugnale, tu stessa diventerai vulnerabile per un giorno e una notte. Le tue ferite non guariranno più da sole, e anche tu potrai essere uccisa.»

«Definitivamente?» domandò Katsia con voce strozzata.

«Definitivamente» confermò l'Albero-Fata.

Katsia s'infilò il pugnale alla cintura.

«Ne farò buon uso» dichiarò. «Grazie.»

Con un ultimo fruscio, il viso della Fata scomparve, come anche le spalle e le braccia. I lunghi capelli verdi si trasformarono di nuovo in foglie. Al suo posto non rimase che un albero maestoso che sembrava essere lì da sempre. Un albero così immobile come lo sono gli alberi quando non soffia un alito di vento. Eliott rimase a fissare il tronco ancora per qualche secondo. Aveva sognato?

«Torniamo a Oza-Gora» disse il Mercante della Sabbia. «Abbiamo un bel po' di cose da raccontare all'Assemblea dei Saggi.»

Gli incubi lanciarono esclamazioni di meraviglia quando videro l'edificio bianco sormontato da una cupola dorata dell'Accademia dei Saggi. Dopo aver percorso l'ampio ingresso dove troneggiava, benevola e luminosa, l'immensa Pietra di Sabbia che attirava a sé tutte le altre permettendo agli Oza-Goriani di ritrovare la loro patria, Eliott, Katsia, Farjo, Jov' e tutti gli altri seguirono il Mercante della Sabbia lungo un corridoio lastricato di nero e bianco. Eliott gettò un'occhiata attraverso una porta socchiusa. L'emiciclo in cui si riuniva l'Assemblea dei Saggi era vuoto, i banchi di legno allineati, senza vita, in attesa della prossima riunione. Il Mercante della Sabbia si fermò davanti alla porta dell'ufficio di Mashar. Fece segno a Eliott e a Katsia di posizionarsi al suo fianco, poi batté tre colpi rapidi.

«Avanti!» disse una voce.

Mashar era seduto a uno scrittoio. Accanto a lui, una donna molto distinta con uno chignon grigio. Lorelys. Entrambi avevano il viso pallido.

«Vi presento il nuovo Inviato e la nuova Eletta» annunciò il Mercante della Sabbia. «Sono stati appena nominati dall'Albero-Fata per riportare la pace a Oniria.»

Mashar sollevò uno sguardo serio sui due ragazzi.

«Era ora» mormorò.

«Che succede?» domandò il Mercante della Sabbia con una punta di inquietudine nella voce.

«Come previsto, La Bestia è stata eletta presidente della Nuova Repubblica degli Incubi» rispose Lorelys.

«E la sua prima mossa è stata quella di avanzare con

una delegazione di incubi verso il palazzo estivo della regina Dithilde» continuò Mashar. «Hanno massacrato tutti e preso possesso del palazzo piantando la bandiera della NRI sulla torre più alta.»

Un grido soffocato si levò alle spalle di Eliott, e lui riconobbe subito la voce di Aanor.

«E come ha reagito la regina a questa provocazione?» domandò Jov'.

Mashar sollevò sul re ribelle uno sguardo pieno di disperazione.

«Ha dichiarato guerra» annunciò con voce d'oltretomba.

INDICE

B.F. Parry

ONIRIA

Il Regno dei Sogni

**Esiste un mondo dove ognuno di noi va ogni notte.
Un universo dove tutto è possibile.
ONIRIA, IL REGNO DEI SOGNI.**

Elliott è un ragazzo come tanti.
Ma un giorno sua nonna gli dà una clessidra che gli permette di viaggiare in un mondo fantastico e pericoloso.
Un mondo dove sarebbe imprigionato lo spirito di suo padre, caduto da mesi in un sonno misterioso. Un mondo in cui prendono vita miliardi di universi, oltre a tutte le cose più folli e spaventose sognate ogni notte dagli esseri umani.
Qui Elliott scoprirà di essere un Creatore, l'unico in grado di salvare il Regno dei Sogni dalla sanguinaria rivoluzione degli incubi.